·惺亭文会·

新世纪“底层文学”与中国故事

Xinshiji Diceng Wenxue Yu Zhongguo Gushi

李云雷 / 著

中山大學出版社
SUN YAT-SEN UNIVERSITY PRESS
· 广州 ·

图书在版编目（CIP）数据

新世纪“底层文学”与中国故事/李云雷著.—广州：中山大学出版社，2014.11
（惶亭文会）
ISBN 978-7-306-05073-1

Ⅰ.①新… Ⅱ.①李… Ⅲ.①中国文学—当代文学—文学评论 Ⅳ.①I206.7

中国版本图书馆CIP数据核字（2014）第250011号

出 版 人：徐 劲
策划编辑：邹岚萍
责任编辑：邹岚萍
封面设计：曹巩华 林绵华
责任校对：刘丽丽
责任技编：黄少伟
出版发行：中山大学出版社
电 话：编辑部 020-84111996，84113349，84111997，84110779
发行部 020-84111998，84111981，84111160
地 址：广州市新港西路135号
邮 编：510275 传 真：020-84036565
网 址：http://www.zsup.com.cn E-mail:zdcbs@mail.sysu.edu.cn
印 刷 者：广州家联印刷有限公司
规 格：787mm×1092mm 1/16 15.25印张 232千字
版次印次：2014年11月第1版 2014年11月第1次印刷
印 数：1～3000册 定 价：36.00元

目　录

导论　新世纪“底层文学”论纲 …………………………………… 1
一、何谓“底层文学” ………………………………………… 1
二、批评“底层文学”的三个角度 ………………………………… 4
三、“底层文学”及相关理论问题 ………………………………… 8
四、“底层文学”的重要性及其前景 ……………………………… 11

第一章　全球化视野中的“底层文学” ……………………………… 14
一、“中国经验”与中国故事 …………………………………… 15
二、全球化中的价值观或认同问题 ……………………………… 18
三、1980 年代“文学理想”的破灭 ……………………………… 21
四、“底层文学”的传统，或新的可能性 ………………………… 23
五、世界文学视野中的“底层文学” ……………………………… 25

第二章　“底层文学”、“打工文学”与中国故事 ……………………… 30
一、文学史脉络中的“底层文学” ……………………………… 30
二、“底层文学”与“打工文学” ……………………………… 32
三、“底层文学”的深化 ………………………………………… 34
四、“打工文学”：新的体验 …………………………………… 36
五、“中国经验”与“文艺复兴” ……………………………… 38

第三章　2004 年上半年：“三农”题材小说 ………………………… 41
一、“三农”题材小说展现的现实场景 ………………………… 42

二、文化与历史层面的反思 …… 48
三、“三农”题材小说的艺术成就及不足 …… 52

第四章 2006：“底层叙事”的新拓展 …… 58
一、思想层面的探索：曹征路与刘继明 …… 58
二、艺术性的追求：李锐与胡学文 …… 60
三、表现范围与方法的扩展：罗伟章与周昌义 …… 64

第五章 2007：“底层文学”的理论与实践 …… 67
一、“民族形式”与左翼传统 …… 67
二、“底层文学”中的“人性美”与“人情美” …… 69
三、“现代主义”或创作方法的拓展 …… 73

第六章 曹征路与“底层文学” …… 77
一、《那儿》：“新左翼文学”的力量及其可能性 …… 77
二、《霓虹》：无望中的挣扎与力量 …… 78
三、《豆选事件》：艰难中的新生 …… 82
四、《问苍茫》：“新左翼文学”的可能性 …… 84

第七章 转变中的中国与中国知识界：《那儿》讨论 …… 88
一、讨论的基本情况 …… 88
二、“纯文学”反思与“底层文学” …… 92
三、“新左派”与自由主义论争的影响 …… 95
四、新改革观与中国的前景 …… 97

第八章 “底层文学”的误区与“新左翼文学”的可能性 …… 101
一、“底层文学”的两种倾向 …… 101
二、“底层文学”、“纯文学”与现实主义 …… 105
三、“底层文学”与“左翼文学”的传统 …… 107
四、“新左翼文学”的可能性 …… 109

第九章　胡学文：一棵树的生长方式……………………………… 113
一、底层生活的发现者…………………………………………………… 113
二、执拗的主人公………………………………………………………… 116
三、叙述艺术的探索……………………………………………………… 119

第十章　王祥夫：底层生活与小说的艺术…………………………… 124
一、中国故事、文学传统与底层生活…………………………………… 124
二、小说的艺术与人性美………………………………………………… 128
三、道德的脆弱性与人性拷问…………………………………………… 131

第十一章　刘继明：从“先锋文学”到“底层文学” ……………… 135
一、先锋的意味与“节奏” ……………………………………………… 136
二、现实：关注与反思…………………………………………………… 139
三、从“底层叙事”到“新左翼文学” ………………………………… 142

第十二章　陈应松：中国乡村的“新现实”及其艺术化 ………… 144
一、《野猫湖》：被逼而成的“同性恋” ……………………………… 144
二、《夜深沉》：故乡为何难以归去 ………………………………… 146
三、《一个人的遭遇》：信任问题 …………………………………… 148
四、新问题的发现及其艺术化…………………………………………… 150

第十三章　贾平凹与新世纪文学的“底层”转向 ………………… 153
一、现实关怀与“底层”转向 ………………………………………… 153
二、民族文化与“民族形式” ………………………………………… 157
三、长篇、生活与整体性的态度………………………………………… 161

第十四章　我们如何叙述农村………………………………………… 165
一、“故乡”的消失 ……………………………………………………… 165
二、土地：问题的核心…………………………………………………… 168
三、新的问题与新的经验………………………………………………… 170

第十五章　如何开拓乡村叙述的新空间 …………………………… 175
一、历史视野中的“乡村巨变” …………………………… 176
二、世界文学中的“中国乡村”故事 ………………………… 178
三、“乡村巨变”与艺术的创造性 …………………………… 181

第十六章　“打工文学”的问题与前景 ………………………… 184
一、“打工文学”的兴起 …………………………………… 184
二、深圳的新生代打工作家及作品 ………………………… 187
三、周述恒和《中国式民工》 ……………………………… 191
四、“新工人美学”的萌芽与可能性 ………………………… 195

第十七章　“非虚构”文学中的底层叙事 ……………………… 203
一、“非虚构”：问题与方法 ………………………………… 203
二、“非虚构”的界限与传统 ………………………………… 206
三、理论问题与新的可能性 ………………………………… 210

第十八章　“底层文学”与青年作家 …………………………… 214
一、从“先锋”到“底层” …………………………………… 214
二、不同风格的“底层文学” ………………………………… 219
三、“底层”与开阔的世界 …………………………………… 224

余论　新“小资”的“底层化”与文化领导权问题 ……………… 229

导论 新世纪“底层文学”论纲

一、何谓“底层文学”

“底层文学”是在新世纪出现的一种新的文艺思潮，2004 年以来逐渐成为文艺界关注的一个中心。它与中国现实的变化，与思想界、文学界的变化紧密相关，是中国文艺在新形势下的发展，也是“人民文艺”或文艺的“人民性”在新时代的发展。

“底层文学”主要是以底层为描写对象的文学，与之对应的主要有“纯文学”、“主旋律文学”、“通俗文学”（或称“商业文学”）。在当前的各种文学形态中，如果说“主旋律文学”是一种意识形态的文学，通俗、商业作品是一种市场的文学，“纯文学”是一种中上层精英的文学，那么“底层文学”则是一种表现底层、代表底层利益的文学形式，它描写底层人的生活状态，代表底层人发出他们的声音。新兴的“底层文学”与上述三种文学是不一样的，具体说来，与“纯文学”相比，“纯文学”是不描写现实生活或只描写中上层生活的，而“底层文学”描写的是底层生活；与“通俗文学”相比，“通俗文学”是模式化的，主要迎合大众的审美趣味，并使大众在幻想中逃避现实，而“底层文学”则是作家的独特创造，它不是要迎合而是要提升大众的审美趣味，并使之对真实的处境有所认识与反思；与“主旋律文学”相比，“主旋律文学”是对现实秩序提供一种意识形态幻象，而“底层文学”则对现实有一种反思、批判的态度，希望引起大众对不公平、不合理之处的关注，以激发改变的可能性。

同其他各个领域一样，文学界也是由意识形态、市场、精英的力量控制着，“底层文学”处于弱势的地位。但是底层并不是所谓的“弱势群体”，作为个体的民众虽然在政治、经济、文化等方面处于无力的状态，但从总体上来说，正是“底层”这一群体从根本上决定着中国的将来。“底层文学”的作用在于，它不仅要打破意识形态、市场、精英在文学上的垄断地位，讲述底层的故事，发出底层人的声音，而且要以文学的变革为先导，唤起民众的觉醒，在政治、经济等领域中真正体现出底层的利益与力量，从而改变现实秩序中不公正、不合理的部分。

笔者试着总结“底层文学”的概念或内涵：在内容上，它主要描写底层生活中的人与事；在形式上，它以现实主义为主，但并不排斥艺术上的创新与探索；在写作态度上，它是一种严肃认真的艺术创造，对现实持一种反思、批判的态度，对底层有着同情与悲悯之心，但背后可以有不同的思想资源；在传统上，它主要继承了 20 世纪“左翼文学”与民主主义、自由主义文学的传统，但又融入了新的思想与新的创造。

这里存在一个值得辨析的问题，即“底层文学”与“打工文学”的关系。“打工文学”与“底层文学”的创作主体有很大的不同，“底层文学”的代表性作家都是知识分子或专业作家，如曹征路、王祥夫、刘继明、陈应松、胡学文、罗伟章等；而“打工文学”的代表性作家则是从打工者中涌现出来的，如郑小琼、浪淘沙、王十月、于怀岸、徐东、叶耳等。“打工文学”引起广泛的重视也是在 2004 年，这与“底层文学”大体是同步的，我们可以将“打工文学”和“底层文学”看作在新世纪崛起的两种思潮，或者说是“重视底层”这一文艺思潮的不同侧面。在笔者看来，广义的“底层文学”应该包括所有作家关注并描写底层的作品，也包括我们所说的“打工文学”，而狭义的“底层文学”则是以知识分子与专业作家为创作主体的。“底层文学”与“打工文学”虽然在创作主体上有所不同，却是同一种潮流的产物，它们之间是可以互补的，如果能将它们各自的长处结合起来，有可能建设一种新的文学形态。

“底层文学”并不是孤立的，而是文艺界总体转向在文学界的一种反映。重视底层在其他艺术领域也有表现：在电影界，伴随着“新纪录运动”的展开，以及第六代导演的转型，也拍摄出了一些反映现实生活和民生疾苦的影片，如王兵的《铁西区》、杜海滨的《铁路沿线》等纪录片，贾樟柯的《三峡好人》、李杨的《盲井》等故事片；在戏剧领域，黄纪苏的《切·格瓦拉》和《我们走在大路上》突破了小剧场的局限，在文艺界和思想界引起了巨大的争论与反响；在电视剧领域，《民工》热播，《星火》甚至创造了中央电视台当时最高的收视率，达到了12.9%；而在流行音乐界，也出现了“打工青年艺术团”的音乐实践。对底层的关注是一个综合性的文艺现象，已构成一种文艺思潮，值得我们关注并进行深入的研究与探讨。

“底层文学”的出现，首先与中国现实的变化密切相关。30多年的改革开放为中国的发展带来了巨大的活力，但也带来了一些新的问题，如贫富分化、贪污腐败等。孙立平教授指出，改革的基本共识已破裂，改革的动力机制已被部门利益、地方利益乃至某些人的个人利益所扭曲。因而要重建“改革”的共识，需要凝聚普通人的认同与支持，从“三农”问题的提出，到“郎咸平旋风”刮起，都在提醒我们究竟需要怎样的改革：是依靠少数“精英”，还是依靠大多数底层民众？是要与资本主义世界体系“接轨”，还是要贴近中国现实？是要走一条依附性的道路，还是要一个独立、自主的中国？对这些问题的思考与回答，体现在现实政策的变化与调整中，而这则为“底层文学”的出现与发展提供了重要契机。

在思想界，从1998年“新左派”与“自由主义”论争以来，在中国应走什么道路的问题上发生了激烈的争论，近几年以“国学热”为标志，文化上的“保守主义”也风起云涌。这些争论与文化现象丰富了我们对中国社会的理解。这里的一个关键问题是，究竟如何对待占中国绝大多数的底层？“保守主义”如果仍坚持封建式的等级秩序，仍只停留在“复古”的臆想中，那么必定在现代社会中无所作为；“自由主义”现在几乎构成了知识界的“常识”与无意识，但他们所代表的只是特定阶级的利益，他们所追求的“自由”与“民主”因而值得反思；而对于“新左派”来说，如何总结历史上的经验与教训，如何将新的理论资源与中国现实结合起来，是他们面临的问题，但他们将自己的思考与底层的命运联系在一起，则是值得肯定的方向。

具体到文学上，从1980年代中期开始，“纯文学”就逐渐占据了文学界的主流，这一潮流的特征主要有：注重形式、技巧、叙述的探索与创新；回避对社会现实的直接描绘，而注重表达个人抽象的情绪与感受；注重对西方现代主义及最新“潮流”的模仿与学习。这一思潮对反拨此前文学的弊端具有历史性作用，对文学作品整体艺术性的提升具有重要意义，但发展到后来也暴露出了一些问题，结果形式探索成了一种貌似先锋的姿态，向西方学习也成了一种盲目的崇拜。2001年，文学界开始反思“纯文学”，希望文学能够在注重艺术性的同时，重新建立与现实世界的联系，在中国社会中发挥更大的作用。对“纯文学”的反思，是文学研究、理论界至今方兴未艾的话题，而“底层文学”的兴起则是创作界反思“纯文学”的具体表现，也是其合乎逻辑的展开。

新世纪以来，最好的作品都是关于底层的，“底层文学”不仅创造出了优秀的作品，而且其代表性作家都形成了不同的艺术风格，代表了中国文学的杰出成就，不仅在艺术上而且在社会上产生了广泛的影响。同时，“底层文学”也处在不断丰富的过程中，如果说早期更多的是“问题小说”，那么最近已突破了这一模式。当前有两个倾向值得注意，一个是不少作家不仅关注底层所遇到的社会问题，也开始关注底层人的心灵世界与精神处境，这是一种深化，也涌现出了一些优秀的作品。另一个是已有作家开始以底层为题材创作长篇小说。以前引起关注的“底层文学”都是中短篇，长篇的出现说明作家不单是关注某一社会问题，而且力图在总体上呈现对底层、社会、时代的看法，这可以看作“底层文学”不断深化的一个表现。

二、批评“底层文学”的三个角度

在关于“底层文学”的论争中，也有人提出了批评性的意见，主要是知识分子能否为底层代言的问题，“底层文学”是否“抢占道德制高点”的问题，“底层文学”只有社会学意义而缺乏“文学性”的问题也值得进一步展开。

（一）作家或知识分子能否代言底层

作家或知识分子能否代表底层发言？这是讨论较多的一个问题。我们首先来谈“代言”，如果极端地说，任何一个人都不能为另一个人“代言”，甚至任何一个人都不能为自己代言，因为一个人不同场合想说的不同，不同的时间想说的也不同，甚至想说的和表达出来的也不同。在这个意义上，作为“主体”的“人”不是统一的、透明的、完整的，而是充满了裂隙，这只是问题的一个方面。另一个方面，“人”作为一个存在或社会存在，也是相对统一、透明、完整的，这就是“我”不同于“他者”的理由，所以“我”的发言在一定程度或一定意义上是能够代表“我”的；而且人的本质是其“社会关系的总和”，必然会受到其自身的阶层、种族、国家、性别等方面的影响，他的发言——在意识、潜意识或无意识中——也必然带有其阶层、种族、国家、性别的痕迹，这就是“代言”可能存在的理由。

那么，作家或知识分子能否代表底层发言？笔者认为可以做以下的分析：首先，作家或知识分子当然不能完全代表底层发言，他们之间有诸多差异，这已有不少人说过了；其次，尽管这样，作家或知识分子对底层苦难的关注与表现仍是值得尊重的，至少比对底层漠不关心或持一种蔑视的态度要强；再次，我们希望底层直接发言，但底层的发言也会存在一些问题，比如他们可能只会注意到底层的个人利益、眼前利益与表面利益，而无法关注到底层的整体利益、长远利益与根本利益，而作家或知识分子的“超越性”，则有可能使他们做到这些。所以作家或知识分子的“代言”和底层的发言应该互相补充，形成一种关注底层的风气。

（二）“底层文学”是否“抢占道德制高点”

关于“底层文学”与道德的关系，可以分为几个层次来讨论：

1. 作家是否以个人僵化的道德理想来要求他人？是否因此伤害了作品艺术的丰富性与复杂性？如果是的话，那么这样的创作方式无疑是应该否定的。

2. 道德生活能否作为文学的题材？能否成为文学表现和思考的对象？毫无疑问应该是可以的，道德生活是人类生活的一部分，为什么不能表现呢？

3. 作家关注底层是否就表示他道德高尚呢？作家关注底层苦难，并不必然表示他道德高尚，还要看他在创作时表现出来的人生态度与世界观，如果他对底层的苦难是把玩或漠不关心的，就谈不上高尚；如果他抱有真切的同情与强烈的爱憎，则是值得尊重的。现在值得深思的是，在中国，有道德感的作家在文坛反而是受到歧视的。那么，不关注底层是否就表示作家道德不高尚呢？在今天的中国，创作题材是自由的，每一个作家都有选择题材的自主性，说作家的社会责任就是写出好作品也没有错，但在这里，笔者觉得将作家的职业道德与社会道德割裂开来了，同时也将艺术与道德对立起来了，如果能统一起来岂不更好，就像托尔斯泰、陀思妥耶夫斯基、加缪这样的作家那样。如果不能统一，坚持艺术性的作家是值得尊敬的，比如博尔赫斯、卡尔维诺，同样，有道德感的作家也是值得尊敬的，比如斯坦贝克、福克纳等。

“道德”之所以成为一个话题，与中国文学一直有泛道德化的倾向有关。1980 年代以来，“纯文学”思潮对泛道德化有所纠正，其中影响最大的是米兰·昆德拉关于“道德审判的无限期延宕”的观点，他在《被背叛的遗嘱》一书中说：“架空道德审判并非小说的不道德，而是它的道德。这道德与那种从一开始就没完没了地审判，对所有人全都审判，不分青红皂白地先审判了再说的难以根除的人类实践是泾渭分明的。这一道德的审判的随意性应用从小说的智慧来看是最可憎的愚蠢，是流毒最大的恶。这并不是说小说家绝对地否认道德审判的合法性，他只是把它推到了小说之外的领域。”[①] 1980 年代以来，中国文学在“架空道德审判”的思维方式下，回避了对道德问题的关注，似乎文学就不应该关心道德，越不道德，文学性就会越高，甚至道德也成了题材的禁区，这就走向了自身的反面，从一种解放性的思想变成了一种压抑的机制。

在 19 世纪，我们看到“上帝死了”所象征的绝对道德的崩溃，托尔斯泰、陀思妥耶夫斯基等作家的作品正是在这一精神困境中的挣

① 上海译文出版社 2003 年版。

扎；在20世纪，我们在伯格曼、小津安二郎等大师的电影中，也可以看到他们对旧道德和新道德的痛苦选择与探索。而在中国，从坚守“三纲五常”到“目无纲纪”，不过100多年的历史，道德标准的剧变可谓“五千年未有之变局”，今天道德标准的紊乱大概也是空前绝后的，而这些尚未得到作家的足够关注，似乎也很少有人为此内心感到痛苦，不能不说是十分遗憾的。但需要强调的是，今天我们需要的不是一种僵化的道德标准，而是对这一历史与现状的关注与思考，以及在此基础之上道德生活的重建，这对中国与中国文学来说都是极为重要的问题。

（三）“底层文学”的社会价值与文学价值

关于“底层文学”的社会价值及文学价值，涉及对文学性的理解问题。究竟什么是文学，什么不是文学，其实是一个一直没有讨论清楚的问题，也需要做历史的而不是“本质主义”的理解。而对“文学”理解的变化每次都会给文学带来革命性的转变，在梁启超之前，小说、戏曲不算文学或者被看作低一等的文学；在胡适、陈独秀之前，白话文不算“文学”，而只是引车卖浆之流所用的语言；1980年代以来，在“先锋文学”的视野中，“现实主义”作品不是文学或“纯文学”，在文体上，“报告文学”、“纪实文学”在整个1980年代影响很大，也不被看作文学或“纯文学”。现在“底层文学”的一个重要作用，就是拓宽了我们对文学的理解，有助于我们反思何为文学性，而不仅仅是题材或主题上的意义。这就是它的解放性的作用，它打破了我们固定的对于“文学”的理解，把一些以前不被认为是文学的内容或写作方法也重新纳入文学的视野，这本身就是一种革命性的变化。

正如不存在纯粹的“艺术论”一样，也不存在纯粹的“工具论”，我们评价任何一部作品，都必须从美学与历史两个角度着眼，抛弃其中任何一个都必然是偏颇的。我们并不认为“底层文学”就一定是好的作品，也不认为其他形态的作品就必定是不好的。从这个角度，我们既反对“题材决定”论，也同样反对“题材无差别”论，而是希望作家能以独特的视角发现生活中的秘密，并以独到的艺术方式表现出来，在这一过程中能自然地体现出对底层的关注与关切。我们之所以对陈应松的《马嘶岭血案》、胡学文的《命案高悬》、罗伟章的《大嫂谣》等作品有较高的评价，正是由于这些作品不仅写了底层，而且在艺术上也达到了一定的高度，我们是从美学与历史两方面对这些作品来加以肯定的。“底层文学”的重要性，不仅在于它关注现实与社会问题，而且在于它在艺术上也有独特的创造。

但在“底层文学”中，也并非不存在问题，这些问题在很大程度上制约了其发展，因而值得我们关注与思考。这些问题主要有：①思想资源匮乏。很多作品只是基于简单的人道主义同情，这虽然可贵，但远远不够，如果仅限于此，既使作品表现的范围过于狭隘，也会削弱可能的思想深度。②过于强烈的“精英意识”。很多作家虽然描写底层及其苦难，却是高高在上地表现的，他们将底层描述为愚昧、落后的，并没有充分认识到底层蕴含的力量，也不能将自己置身于和他们平等的位置。③作品的预期读者仍是知识分子、批评家或市场，而不能为底层民众所真正阅读与欣赏，不能在他们的生活中发挥作用。

三、“底层文学”及相关理论问题

在“底层文学”发展的过程中，也涉及了一些具体的理论问题，比如“民族形式”、“人性”与“阶级性”、“小人物”等问题。

（一）“民族形式”

“民族形式”是一个重要的命题，这不仅是形式的问题，而且是内容的形式、内在的形式，是和内容紧紧联系在一起的。所以，真正的“民族形式”，应该可以表现民族的性格、民族的心理结构、民族的灵魂。如何创造出新的“民族形式”，是中国作家应该努力的方向。如果说1980年代提出的“新的美学原则”只不过是简单地以一种西方的、现代主义的、精英阶级的既定美学标准来规范中国文学，那么在今天的“底层文学”中，则蕴含着一种“新的美学原则”的可能性，这种美学原则是中国的而不是西方的，是人民大众的而不是精英的，是容纳了各种创作方法而不只是现代主义的。1940年代，“民族形式”的问题受到极大的关注，但也有争论，有人主张向古典传统与民间传统学习，有的主张“民族的内容，现代（西方）的形式”，有的主张在关注现实中发展出新的“民族形式”。这一问题在今天仍有意义，真正优秀的文学作品必然是民族的，也是世界的，而只有扎根于民族生活的土壤，才能创造出这样优秀的作品。

（二）“人性”与“阶级性”

关于文学中的“人性美”与“人情美”，在我们的文艺上曾有过两个极端，一个是以“党性”与“阶级性”来代替“人性”，这在一段时间曾占据文艺界的主潮，使我们的文学只描写人的政治生活，从而忽略了更为丰富宽广的生活世界。当然，历史地看，这相对于只笼统地描写人性是一种进步，但其不足也是明显的，人人都只有阶级性的一面，都成了阶级的符号，这是文学走向公式化、概念化的重要原因，正如鲁迅所说的，阶级性固然是人性的一部分，但在阶级社会中人人“都带”而并非“只有”阶级性。另一个则是1980年代以来，我们过于强调人性，否定了人的阶级性，这使我们的文学忽略了人的社会或政治方面，进而从“人性美”到“人性恶”，只描写人作为生物的“性”的一面。在这里，欲望代替阶级成为解释历史的唯一动力，又走到了另一个极端，现在我们文学的弊端大抵在此。

（三）“小人物”

“小人物”是“底层文学”批评文章中常见的术语，我们知道，“小人物”最早可以追溯到普希金的笔下，作为一个评论术语则可以追溯到别林斯基评论果戈里、陀思妥耶夫斯基的文章。“小人物”主要是指处于社会底层的小人物，“小人物”的发现可以说是19世纪文学的一大贡献。在批判现实主义大师托尔斯泰、巴尔扎克、狄更斯、德莱赛等人的笔下，我们可以看到底层的世界，他们站在底层“小人物”的立场上，批判社会的不公，寻找一个更加理想的世界。但是随着社会与文艺思潮的演变，进入20世纪，“小人物”也发生了巨大的变化，在欧洲资本主义国家，正如卡夫卡笔下的K、加缪笔下的莫索尔，我们看到的“小人物”是绝望的、破碎的主体，他们是历史与现实的“局外人”，无法主宰自己的命运，只能陷入荒谬的绝望境地；而在苏联等社会主义国家，“小人物”虽然在理论上成为历史的主体，在文学中也成为主人公，但只是虚幻的、乐观的主体。

在中国也经历了类似的过程。“五四”时期，“劳工神圣”代表了一种新思潮的崛起。鲁迅在《一件小事》中所表现出的对底层"小人物"的道德自卑感，体现出了知识分子的内在矛盾与典型态度。1920—1930年代，"左翼文学"在论争中崛起，茅盾、叶紫、丁玲、萧红、张天翼等文学新人吸引了广泛的关注，他们关注底层民众的生活，探讨社会的出路，与此同时，老舍、曹禺等"民主主义作家"也以自己的方式关注底层民众的生活及出路问题。在老舍的《骆驼祥子》中，我们可以看到一个底层"小人物"的个人奋斗及其梦想破灭的过程，在曹禺的《雷雨》、《日出》中，我们也可以看到工人、妓女等"小人物"，作者站在他们的立场上，质疑整个社会秩序的合理性。在这里，我们比较一下"左翼文学"与"民主主义文学"的异同，可以看到，两者都关注底层民众及其生活。但不同的是，"左翼文学"有更明确的社会理想导向——通过革命，改变旧的社会秩序，建立一种更为合理的社会制度，这是"左翼文学"在当时为人广泛关注的原因——这是一种有力量的文学，是一种有理想的文学，也是一种试图改变世界的文学；而"民主主义文学"虽然认识到现实的不合理之处，却缺少改变的途径与方向。相比之下，"民主主义文学"则黯然失色。如果我们将"底层文学"与这两种文学传统相比较，可以发现"底层文学"具有"左翼文学"的某些特质——这也是"底层文学"被称为"新左翼文学"的原因，但其实它更接近"民主主义文学"的传统。这与当今世界的整体变化密切相关，这一变化包括两个层面，一方面，主要是"冷战"结束之后，"历史终结"，资本主义大行其道，社会主义革命被污名化；另一方面，左翼思想虽然在学院内（尤其在欧美）占据一席之地，却无法提出新的社会革命的整体性方案，也无法与底层民众接触，因而处于一种无力的状态。在这样的社会语境中，虽然很多作家看到了社会的不合理、不公正之处，却无法看到改变的力量及其方向。

在这样的情境下，中国文学在"左翼文学"之后，虽然有着"解放区文学"——"人民文学"的传统，但"底层文学"所接续的，更多的是"左翼文学"尤其是民主主义的传统，或者说是更接近于欧美19世纪的批判现实主义，而并非20世纪的社会主义现实主义。在这里，我们也可以看到，"小人物"在经历了历史的演变之后，又回到了最初的原点，“小人物”不再是历史的主体，而只是被同情、怜悯的对象。在历经了历史的巨大曲折之后，我们甚至无法达到19世纪批判现实主义的高度或者中国1920—1930年代“左翼文学”的认识，而这，或许正是历史的曲折带给我们的。

但是在这里，有两点值得注意：关注底层本身便是“底层文学”的一个重要贡献，我们并非以上述理由批评“底层文学”，相对于权力、资本对底层的压抑与控制，相对于其他类型文学的帮忙或帮闲，“底层文学”能够站在底层的立场上发出“小人物”的声音，已经颇为难得；另外，“底层文学”是丰富的，其内部也蕴藏着一种有理想、有力量的文学，而且“底层文学”处于发展的过程中，在历史的夹缝中，或许能够与“小人物”一起寻找到未来的出路。

还有一点值得一提，那就是，当下中国的现实与19世纪欧美批判现实主义大师所处的时代有诸多相似之处。从现代化的角度看，我国现在类似于欧美国家资本主义发展的早期阶段，在这样的历史时期，不仅乡村的经济与社会秩序处于瓦解之中，而且人们的传统观念也处于崩溃之中。但是在我国，尚未出现能够概括这个时代的大作家，这不仅在于中国作家的艺术能力有限，也在于我们缺乏把握历史的理论与历史眼光，我们需要在世界文学视野中讲述“小人物”的故事。

在这个意义上，“底层文学”及这一现象的出现，可以让我们重新审视一种文学传统，并激活了相关理论问题的深入讨论。

四、“底层文学”的重要性及其前景

为什么要提倡“底层文学”？笔者认为主要有三个原因。

（一）“底层文学”是当下文学的一种“先锋”

我们以前对“先锋文学”都有一种概念化的看法，认为形式上的探索、用跟别人不一样的写法来写就叫“先锋文学”，但这样一来“先锋文学”仅限于形式和内心情绪的探索。而“底层文学”将“先锋文学”没有触及的对内容与外部世界的探索、与“先锋文学”对形式及内心的探索结合起来，所以它也具有“先锋性”，它是与整个中国现实的变化和思想界、文学界的变化紧密结合在一起的。

改革开放给中国带来很大的活力，但是也有一些问题促使大家反思。“底层文学”好的一方面就是，它能够以文学的方式，参与到社会的、思想界的讨论之中。从思想方面来说，从1998年的新左派和自由主义论争以来，在中国应该走什么道路的问题上发生了比较激烈的争论。其中一个关键的问题就是怎么对待占中国大多数的底层，有的人认为这些人是社会发展中的包袱，可以把它甩掉，或者是可以被牺牲、被忽略，或者可以被遗弃的。另外一种态度则截然不同，认为底层其实是中国社会的主体，只有这个主体发展起来，整个中国才能发展起来。“底层文学”也在这个层面上参与了讨论，它对底层的主体性的寻找，对他们在社会发展中的作用的强调，包括对他们在现实中苦难生活的描写，都给我们提供了很多思考。仅从文学界来说，“底层文学”也是一种新的思潮。从1980年代开始，“纯文学”占据了文学界的主流，新世纪以来，很多人已经对其进行反思，希望文学能够重新建立与现实、与底层社会的关系。所以，新世纪“底层文学”的兴起，与整个文学界对“纯文学”的反思是紧密联系在一起的。现在文学研究界这种反思也还在继续，在创作界，“底层文学”的出现，可以说是用自己的作品对以前思潮的一种反思，在这个意义上，“底层文学”是一种真正意义上的先锋。

（二）“底层文学”是“五四”新文学的继承者，是一种“新文化”

从1980年代开始，文学界逐渐告别了“五四”以来的新文学的方向。所谓“五四文学”的方向，应该包括三个部分：一是“左翼文学”，二是“自由主义文学”，三是为艺术而艺术的文学，这些倾向内部也会有斗争，但都代表了“五四”新文化运动开创的思想与文学的不同方向。但是从1980年代中期，“左翼文学”基本上被剔除出文学史叙述之外。自由主义作家的分量不断加重，“先锋文学”、“纯文学”可以说是“为艺术而艺术”，曾盛极一时，但到1980年代末1990年代初，“自由主义文学”和“先锋文学”的影响越来越小，只在一个小圈子里坚持“纯文学”。这是由于市场经济和大众传媒的发展，文学的功能也在发生变化，从启蒙与救亡更多地变成了消费和娱乐。此后“通俗文学”不断地进入我们的视野，并且占据的范围越来越大。我们都知道“五四”新思想与新文化的重要性，在某种意义上可以说没有“五四”的新文化，就没有新中国，也不会有我们的今天。而到1990年代末期，特别是现在，整个文坛的主流已经背离了“五四”新文学的方向。在这个意义上来讲，“底层文学”的出现就显得特别重要，它不仅代表底层人民的利益，而且坚持了“五四”新文化的方向。

在“五四”之前，黑幕小说、武侠小说、官场小说、青楼小说、鸳鸯蝴蝶派等占据了文坛，今天的文坛上最多的也是这一类小说。这些通俗文学起到的是一种类似于鸦片烟的效果，有故事，有通俗化的模式，让人在阅读的快感之中逐渐失去了对个人与时代的清醒的认识和判断，“五四”时期，如鲁迅、茅盾等都对这些通俗作品极力给予批评。但是新文学不同，如鲁迅、茅盾等，是把现实的东西写出来让人看，让人重新认识自己与世界，产生精神上的作用，正像鲁迅所说的，“引起疗救的注意”，从而改变社会的不合理的不公平的秩序。“新文学”与“新文化”应该是让人们面对现实、改变现实，而不是在幻想中逃避现实。所以，“底层文学”的重要性，就是坚持了“五四”以来新文化的方向。

（三）“底层文学”的社会作用

“底层文学”的重要作用，可以说是意识领域的斗争，也可以说是文化领导权的争夺，或者也可以用一个简单的词——“翻心”——来概括，如果说“翻身”是从当奴隶到当主人，那么，从奴隶到主人，实际上有一个觉醒的过程。“底层文学”应该能起到这样的作用：一方面是让人把“心”翻过来，让人们意识到这个社会不公平的地方，从而引发改变现状的一种可能性，这是在觉醒过程中的作用。另一方面就是觉醒之后、翻身之后，如果仍然认同弱肉强食的丛林法则与“人吃人”的社会，不过是简单地从以前的受压迫者变成现在的压迫者。“底层文学”应该能起到这样一种“翻心”的作用，即翻过来之后就不是以前那颗“心”了，让人有一种对社会流行意识的批判性的认识，从而创造出一种新的文化、一种新的人与人的关系，只有在这样的过程中，“底层文学”才能融入中国与世界的变化之中，为人类社会更加公平正义贡献出自己的力量。

第一章　全球化视野中的“底层文学”

如何阐释中国，已经成为一种世界性的焦虑，即使对于中国或中国人来说，也并不是一个能够轻易说清的问题，因为这不仅是一个理论问题，而且与我们每个人的切身感受息息相关。如果从长时段来看，我们可以将当下中国视为从传统中国向现代中国“转型”中的一个阶段，这一转型从 1840 年鸦片战争开始，至今仍然没有完成；同时这一过程也是资本主义全球体系不断扩张、将中国纳入其中的过程，这同样是一个尚未完成的过程。而在这两个过程的交织中，中国从一个东亚朝贡体系中的中央大国，经过一个半世纪的自强、维新、革命、改革，演变成今日国际条约体系中的一个“民族国家”。然而对于我们来说，未来的“现代中国”是什么样的，仍然是未知数。这首先由于中国并不是一个单纯的“民族国家”，而是一个“多民族共同体”，这相对于以单一民族、宗教为基础的西方“国家”观念来说是一个异数。其次，自“金融危机”以来，人们会更容易地认识到资本主义与市场经济的弊端。中国作为一个庞大的经济体，以及有着悠久文化与社会主义经验的大国，即使融入资本主义全球体系，也有可能对这一“体系”本身产生较大的改变或影响，从而改变人类与世界未来的面貌。

在上述转型的过程中，不仅中国人的物质生活发生了极大改变，中国人的心灵也发生了极大的变化。文学作为表现心灵的一种方式，也相应地发生了转变。在传统中国，文学作为一种“小道”，在“经史子集”的文化格局中并不占有重要地位，即使在文学内部，也是诗词等文体占据着正宗的位置，小说与戏曲只是一种卑下的文体。经过晚清的“小说界革命”以及“五四”新文化运动，文学在整个文化中有了较高的地位，而以小说为代表的新文体则取代诗词、“古文”等传统文体，在文学中处于中心位置，也形成了我们今天的文学观念——文学包括“小说、散文、诗歌、戏剧”的四分法，而其他的传统文体，如碑、铭、诔、赋等，如果不能纳入“散文”或“诗歌”中得到承认，则被划到“文学”之外。然而，文学“现代化”的另一面是，它被赋予了表现或组织现代中国人精神世界的责任，无论是启蒙还是救亡，中国文学都参与到了现代民族国家的建构之中，它在这一过程中改变了“中国”，同时也改变了自身，从“旧文学”蜕变成了一种“新文学”。

一、“中国经验”与中国故事

何谓“中国经验”？这是一个人言人殊的问题。在笔者看来，所谓“中国经验”应该是与其他国家不同的经验，也应该是与“传统中国”不同的现代中国的发展经验，它至少应该包括三个部分与一个前提。这三个部分是中国的传统文化、社会主义传统、改革开放以来的新传统。一个前提则是中国的基本国情：首先，中国是一个第三世界国家，在整个资本主义全球体系中处于边缘的位置。其次，中国在鸦片战争以来屡受侵略，濒临瓜分或灭亡而终于独立，至今仍处于“民族复兴”的过程中。而就国内情势而言，则是农民占绝大多数的一个人口大国。这一国情在相当长的时期内不会改变，这也是我们讨论“中国经验”的基础。

所谓“中国故事”，是指凝聚了中国人共同经验与情感的故事，在其中可以看到我们这个民族的特性、命运与希望。而在文学上，则主要是指站在中国的立场上所讲述的故事，这主要包括以下几个层面：相较于1980年代以来的“个人叙事”、“日常生活”、“私人生活”，“中国故事”强调一种新的宏观视野；相较于“五四”以来，尤其是1980年代以来的“走向世界”，“中国故事”强调一种中国立场，强调在故事中讲述中国人（尤其是现代以来的中国人）独特的生活经验与内心情感；相较于“中国经验”、“中国模式”等经济、社会学的范畴，“中国故事”强调以文学的形式讲述当代中国的现代历程，在“中国经验”的基础上有所提升，但又不同于“中国模式”的理论概括，而是更强调在经验与情感上触及当代中国的真实与中国人的内心真实。

如果我们将“中国经验”与其他国家相对比，或许会看得更清楚一些。比如，在竹内好、沟口雄三等人看来，日本从福泽谕吉的“脱亚入欧”论以来，所走的就是一条“优等生”的道路，他们学习西方并在亚洲率先实现了“现代化”，但与此同时也失去了自身的“独特性”，只是融入了欧美主导的全球体系与世界秩序。反观中国，从孙中山、鲁迅、毛泽东以来，所探索的是另一条现代化的道路，是一种“反现代性的现代性”，是在现代化的过程中坚持中国与中国文化的独特性，或者说从中国文化自身中开辟出现代化的道路，从而为传统中国的现代转型拓展出新的道路，也为未来的世界想象提供新的可能。孙中山的“三民主义”与“五权宪法”、毛泽东的“马克思主义中国化”固然是这样，鲁迅的思想与文学也是如此。有人曾以“托尼思想、魏晋文章”来概括鲁迅的生平事业，——在这个意义上，鲁迅是最新的，但同时也是最旧的，他的文章越过桐城派、唐宋古文而返回到“魏晋”，但同时却为新文学开辟出了新境界。“周虽旧邦，其命维新”，“苟日新，又日新，日日新”，中国文化正是在不断的创新中发展与延续着。

传统文化是丰富复杂的，并不只是孔子与儒家，它既是一个几千年来不断发展的过程（如“经学”中的汉学、理学、心学、朴学），同时也包括诸子之学与佛、道及民间文化和地方文化。在晚清时期“传统中国”崩溃以后，自汉武帝“罢黜百家，独尊儒术”以来，中国才第一次有可能避开传统儒家的意识形态，重新审视更加丰富的传统文化。从魏晋时期佛教进入中国之后，西方文化的进入可以说是中国文化所遇到的第二次危机。但佛教进入中国后，一方面中国化为“禅宗”等派别，另一方面也对中国文化产生了影响，出现了宋朝的“新儒学”，内化为中国文化的一部分。如今佛教在其发源地已经湮没，只有在中国以及以中国为中介传播的国家仍在现实中发生影响。西方文化对中国的冲击虽然很大，但同时也开始了中国化的进程，“马克思主义中国化”就是一个最明显的例子，如今它也已内化为中国新文化的一部分，并在政治制度等层面发挥着巨大的影响。但如果从长远的眼光来看，这一融合的过程还只是刚刚开始，传统的中国文化尚面临着巨大的挑战，而只有在“凤凰涅槃”之后，才会有中国文化的“浴火重生”。

中国面临的最大挑战，是西方文化以及其孕育出来的资本主义。然而，正如我们不能笼统地看待中国或“传统文化”一样，我们也不能笼统地看待西方或“资本主义”。首先，资本主义是在文艺复兴、宗教改革之后发展出来的一种西方现代文化或生产生活方式，与西方的“传统文化”或“古典文化”有着本质的不同；其次，资本主义是一个历史的发展过程，从意大利、荷兰、西班牙、葡萄牙到英国、美国，500 年来资本主义全球体系是一个不断扩张的过程。按照马克思的说法是：“资本主义要按照自己的面貌改造全世界”，按照沃勒斯坦的说法，资本主义的扩张“有赖于一个大的农村部门的存在，那里的人们还没有加入到工资劳动力的市场中来。但是，作为一种世俗倾向，这种地区恰恰正在缩小。全世界非农村化的曲线正在上升，这种现象在过去的 500 年中正在不断发生，而从 1945 年起这一进程大幅度地加速了”①。按照阿瑞基的说法：“在过去 500 年里，推动资本主义世界经济大规模扩张的，并不是通常意义上的国与国之间的竞争，而是国与国的竞争加上整个世界体系中资本主义权力的日益集中。”② 可以说，我们今天正置身于这一历史的进程中，或者说从 1840 年鸦片战争以来，我们即已置身于这一进程之中。

在这个意义上，我们可以说 20 世纪中国选择马克思主义，是对西方资本主义的一种反应，或者说是一种超越的努力。对置身于列强环伺之中、随时有可能被瓜分或侵略的中国来说，马克思主义至少在以下几个层面具有吸引力：马克思主义是反对资本主义或帝国主义的；马克思主义是反对西方的；马克思主义是一种普遍主义；马克思

---

① （美）伊曼纽尔·沃勒斯坦：《美国实力的衰落》，谭英根译，社会科学文献出版社 2007 年版，第 45 ～46 页。

② （意）阿瑞基：《漫长的 20 世纪》，姚乃强等译，凤凰出版传媒集团江苏人民出版社 2001 年版，第 15 ～16 页。

主义是一种科学的“客观规律”。而20世纪的中国革命，通过对底层民众的广泛动员与组织，建立起了一个独立而强大的新中国，新时期以后的改革开放，则通过部分融入资本主义全球体系，使中国成为一个经济大国，也在当今的世界格局中有了更多的发言权。

然而，“中国经验”并不是简单模仿西方强国融入世界的“崛起”，也不是社会主义与资本主义的二分法可以解释得清楚的，而是有着更多丰富复杂的因素，需要我们去认真总结。可以说，当今中国的变化并不是某一种理论所能概括的，“中国经验”的丰富、复杂乃至矛盾之处，挑战着各种现成的理论体系与阐释框架，而这不仅刺激着本土理论的产生，同时也为贴近具体经验与“内心”的文学的发展提供了前所未有的契机。

如前所述，中国文学从传统到现代的转变，既是“中国经验”的一个部分，同时也为表述“中国经验”提供了新的可能性。我们阐释中国文学，需要认识到在这一转型中，“文学”及关于文学的观念是变动不居的，我们不应受制于某一种固定化的文学观念，而应有一种历史的眼光与开放的视野，同时也需要在文学与现实中国及其变化的联系中加以把握。

如果说在晚清之前，中国文学有一个稳定的传统，数千年没有太大的变化，那么此后则处于频繁而激烈的变动之中，几乎每10年或20年都会发生重大的变化，每一个时期的作品在下一个时期都会被重新认识与重新评价，或者被历史所淘汰。即以“新时期文学”为例，去今不过30年，究竟还有多少作品能在文学而非文学史的意义上为人认可，这就是一个大大的疑问。

可以说，我们今天的文学尚未形成一种稳定的“新传统”，但在近百年来中国“新文学”的发展中也形成了自身的传统，也即以鲁迅为代表的新文学传统，我们可以将这一传统视为传统中国文学的现代转型，也可以视为未来的“新传统”的萌芽或基石。

二、全球化中的价值观或认同问题

以上我们从纵的角度考察了“中国经验”与中国故事的关系，接下来我们从横的角度来考察当前世界格局中的价值观问题，并探讨文学在其中可能起到的作用。

根据萨缪尔·亨廷顿的看法，在“冷战”以后的世界格局中，“文明的冲突”将取代“意识形态的冲突”，成为世界秩序重建的一个新的框架，中国作为“儒教文明”的主要代表，也成为他所列举的诸种文明之一。而在“9·11”之后，布什主义重申“圣战”，将与恐怖主义的斗争描述为基督教文明与伊斯兰教文明的冲突，这也让人们认识到“文明”作为一种价值认同体系，已成为影响国际政治的重要力量。而按照潘维在《核时代的意识形态》一文中的说法，在核武器制衡的现代世界中，不可能发生全面性的战争，那么民族国家之间的竞争更多地体现在文化、价值、意识形态等方面。所以，对于我们来说，重建中国的核心价值观便显得分外重要。重建中国的核心价值观，无疑应该在中国的传统文化、社会主义传统、改革开放以来的新传统这三种“传统”的融会贯通中，发展出一种现代中国的新的价值理想，——既不同于传统中国，也不同于西方，而是既“中国”又“现代”的价值观念体系，——这也将是中华民族对于世界的一个重要贡献。

然而，这样一种理想的价值体系还处于形成的过程之中，或者说现实中人们的价值观是紊乱的、无所适从的。“五四”以来，新价值观与旧价值观、西方道德与中国道德、公共道德与私人道德之间互相矛盾的标准，使任何一种标准下的“好人”在另一种标准看来都是可疑的。比如，“父慈子孝”在传统的价值观看来是天经地义的，但在新的价值观看来，却蕴含着一种等级制，是不“民主”的。再比如，一个贪官在公共道德上无疑是亏欠的，但或许在私德上他是一个好人，这种价值的紊乱已经使社会陷入了一种混乱。

在近百年来的剧烈变化中，虽然我们尚未形成一种稳定的新型价值观念体系，但已摒弃或超越了某些旧的观念，形成了新的价值认同。比如宗族观念与家族观念，随着“大家庭”的解体已经淡化，“差序格局”中的等级观念与亲疏关系同样淡化了，所谓“世交”或“世仇”也不像以往那样成为左右人们的重要关系。再比如地方观念，今天人们虽然还会认同自己属于哪个省或哪个县哪个村，但这种意识也已经薄弱了，他们会首先认同自己是“中国人”，一种“国家认同”或“国民意识”已经取代地方观念，成为人们最重要的身份意识，而这在军阀混战的民国时代尚没有建立起来。再比如婚恋观念，今天的人们都会认同“一夫一妻制”，而不会认同于100年前还被视作当然的“一夫多妻制”，即使通俗的言情小说，其故事的逻辑也建立在“一夫一妻制”的婚恋观念基础之上，也已经“现代化”了，否则三角或多角的恋爱对于男女主人公并不必然构成痛苦的根源。

在这种价值观转变的过程中，文学不仅展示了历史中“个人”具体而微的心灵波折与内在痛苦，而且也以其生动形象的描述，对新型的价值观或身份认同的形成起到了重要作用。在萧红的《生死场》中，我们可以看到，那些为邻里纠纷、家族矛盾而斗争的人们，在日军入侵到村中以后，如何摆脱了这些“小”的困扰而形成了共同对抗日军的意识，而正是在这种艰难而痛苦的转变中，一种现代的“民族意识”才得以形成。而在叶紫的《星》、《火》中，我们也可以看到，那些饱受地主欺压、剥削的农民，在忍无可忍之后，如何联合起来与地主对抗，而正是在这样充满波折的“联合”过程中，才形成了朴素的现代“阶级意识”，可以说，在现代意识的形成与现代民族国家的构建过程中，中国文学发挥了独特而重要的作用。然而从长远来看，新型的价值观还处于形成的过程中，如何将传统观念中的有益因素与现代的民族意识、阶级意识、性别意识以及自由、民主、平等观念结合起来，从而形成一种新的价值认同，还是一个任重道远的过程。

问题的另一面是，现代化所造成的价值错位或价值虚无，不仅在中国存在，在西方国家同样存在。“一切坚固的东西都烟消云散了”，对于现代人来说，没有任何坚不可摧的观念，一切都处于相对化或虚无化的状态，都处于无根的漂泊中。在19世纪，我们看到“上帝死了”所象征的绝对价值的崩溃，尼采、陀思妥耶夫斯基等人的作品正是在这一精神困境中的挣扎。如果就西方内部的价值观来说，只有古今、新旧的矛盾，而对于中国及其他后发国家，在古今、新旧之外，还有一个中外的问题，使价值的问题更加混乱与复杂。

三、1980年代“文学理想”的破灭

“五四”以来的中国“新文学”，既是传统文学的现代转型，也是“世界文学新拓的一个支流”，它是在中国文化与西方文化的交融中形成的，既有“民族的、科学的、大众的”一面，也有“面向世界、面向未来、面向现代化”的一面。同时，它也是在与中国人民的血肉联系中形成的，“新文学”为中国的“转型”提供了新的价值认同，也将转型过程中的艰难转折呈现了出来，形成了一种新的文学传统与精神资源。

1980年代以来的中国文学，逐渐偏离了“五四”新文学的传统。现在看来，1980年代提出的“新的美学原则”，是以一种西方的、现代主义的、精英阶级的既定美学标准来规范中国文学，从而形成了一种注重形式、叙述、技巧的倾向。如果说1980年代的文学理想是“走向世界”的，是“纯文学”的，是对作家创作“天才”的迷信，那么在今天，这一理想已经破灭了，一是对西方文学的“模仿”不可能产生真正的大家，二是“精英化”使它逐渐远离了底层，远离了读者，在表面的繁荣之后隐藏着严重的危机。如果从作家的角度来说，这些危机主要包括作家的生活状态与精神状态的影响，他们把握世界的艺术方式的缺陷，以及市场化与消费主义文学环境的影响，等等。

李美皆在《从苏童看中国作家的中产阶级化》一文中指出：“成功以后的苏童，身上越来越见出贵族气质的沉淀，同时作品也越来越少，有一段时间我曾经纳闷，苏童是在韬光养晦吗？在期待之中迎来了苏童的《蛇为什么会飞》，结果却是大失所望。我甚至怀疑：这是苏童写的吗？尤其书出来以后，苏童明明底气不足，却还到处去做宣传，倒显出某种贵族身上的寒碜，让人觉得遗憾和难过。……其实苏童丧失的不仅是悲悯，更是面对苦难和发现苦难的那种勇气。这个苦难包括内在和外在的。苏童的贵族气，地道看来应该是中产阶级气

味。中产阶级最大的特征便是从精神到物质的自足性。”① 李美皆的描述是富于洞察力的，然而处于这种状态的作家不只苏童一个人，而是大多数在1980年代成名的作家，即使还没有处于这种状态，“中产阶级化”也是其中大部分人的梦想，于是我们便不能不一次次从他们的新作中感到失望。当作家仅仅满足于成为一种“成功人士”，成为一种“中产阶级”，那么他们的文学也就只能成为这个阶层的审美或标签，从而丧失了对现实的观察、思考及艺术化的能力。与此形成对照的是“大师的焦虑”与“诺贝尔文学奖情结”。这里折射出两个问题，一是他们对西方文学价值体系的简单认同与追逐，二是他们对名利的过分看重，或者说对“文学场”中的权力的过分看重。

一方面，在把握世界的艺术方式上，1980年代的很多作家尤其是“先锋派”，一直是以主观化、抽象化的方式来把握世界及其本质的。在他们的作品中，叙述比现实更加重要，作者通过独特的叙事方式，将人物、故事、理念巧妙地结合起来，给我们呈现出一个艺术化的世界。主观化的方式有利有弊，但只要与作家的艺术特点结合起来，也能写出优秀的作品。但在今天，我们看到更多的是先锋的“姿态”后的无病呻吟与矫揉造作，仅从主观上把握世界的方式已经失去了创造力。

另一方面，是文学环境的市场化与消费主义倾向。市场化既为作家带来了机遇，也给作家带来了伤害。以余华的《兄弟》为例，对余华这样成名于1980年代、以《活着》等作品在1990年代获得巨大声誉的作家来说，其名字与声誉便是无形的“象征资本”，如何将“象征资本”转化为现实财富，恐怕不仅取决于作家本人的意志，也是出版与商业等机构所孜孜以求的。对于1980年代的“文化英雄”来说，在市场化的进程中，关键的是要将所获得的声望等“象征资本”转化为现实财富，于是不管写得多差，只要有了宣传的力度与覆盖面，也会取得市场意义上的“成功”，而一些可能写得更好的年轻人，则被压制、压抑了。1980年代以来的中国文学有一种奇怪的

① 李美皆：《从苏童看中国作家的中产阶级化》，http://www.chinawriter.com.cn/zjzl/zjk/limeijie/zxzyzp/13422_115355.htm。

现象，它们是面向精英、面向批评家、面向（海外）市场的，好像与中国的底层民众没有关系，既不关注底层民众关心的事情，也不把底层民众当作预期的读者，底层民众自然也不会关心他们。以上这些不仅造成了1980年代“文学理想”的破灭，对“文学”本身的存在也造成了极大的危害。

四、“底层文学”的传统，或新的可能性

“底层文学”在新世纪的出现具有重要的意义，它重建了文学与现实、与世界、与民众的联系，并从底层的视角观察与描述着中国的变化。只有这样的视角，才有可能全面地表述出“中国经验”的丰富复杂性；也只有这样的视角，才能表现出普通中国人在这一变化中的情感与内心世界。

如今关注底层已经成为一种思潮，不只文学（小说、散文、诗歌、话剧）、电影（故事片、纪录片），在美术、摄影、电视剧甚至流行歌曲中都有所表现，在理论、批评领域更是讨论的一个热点，可以说是一个整体性的文艺思潮。这一思潮的产生与中国现实的变化相关，与思想界的论争有关，也与文艺自身的发展规律有关。

“底层文学”正吸引越来越多的人，已经出现了一些代表性的作家，以前不太关注底层的作家也开始写这方面的作品，一些青年作家正在涌现。就作品来说，“底层文学”在不断丰富。

现在关于“底层文学”的讨论中，常有论者将“底层文学”与“左翼文学”联系在一起，认为“左翼文学”构成了“底层文学”的文学史传统，笔者也是最早持这种论点的研究者之一。这一讨论方式的长处在于，可以将“底层文学”的讨论纳入历史的视野或框架，从而不单纯讨论当前的文学现象与文学思潮，而可以从“左翼文学”的发展历程中汲取经验与教训；其不足之处则在于，一些研究者往往将“底层文学”与“左翼文学”简单地相提并论，不论其赞成或反对，都首先是针对“左翼文学”而来的，而这又因为对“左翼文学”理解的窄化与“意识形态化”，从而加剧了对“底层文学”的偏见，也忽略了“底层文学”在新时代的创造与独特性，因而我们需要重新认识“底层文学”的传统及其在新时代的可能性。

“左翼文学”固然构成了“底层文学”的重要资源，但并不是唯一的传统，在“左翼文学”之外，“底层文学”还有更多值得借鉴的传统。而从“底层文学”当前的创作实践来看，与其说它更接近于“左翼文学”，毋宁说它更接近于现代文学史中“民主主义”一派的创作，也即以巴金、老舍、曹禺等人为代表的新文学传统。它们的共同之处在于，虽然它们对社会现实的不公正、不合理之处充满义愤，却并没有明确的改变的途径或方向。在以往的文学史叙述中，“没有方向”或“看不到出路”是这一派文学最终为“左翼文学”所取代的重要原因，但在“去革命化”的时代，我们可以看到，在昔日的意识形态与乌托邦失去光彩之后，“没有方向”成为大多数作家的现实处境与精神处境，因而巴金等作家对现实社会压迫结构的揭示，对“小人物”的同情与悲悯，及其背后的人道主义等思想资源，便成为“底层文学”所继承的重要文学遗产。

我们固然可以批评他们“看不到出路”或者无法提出新的“乌托邦”，但同时也应该认识到，这是包括左翼思想在内的批判思想在当今世界所遇到的普遍困境。我们毋宁将他们对社会现实的描绘与批判视为寻找出路或者从困境中突围的一种方式，而只有在这种寻找与突围之中，我们才能够看到新的曙光与新的希望，只有从这个角度，我们才能充分认识到这些作品的积极意义。或许也只有这样，文学作为人类精神探索的一种形式，其丰富性和多样性才能充分得以展示，也即文学并不能提供某一种固定化的理想或“真理”，也不期望以一套“完整的方案”一劳永逸地解决所有问题。作家们只是对社会现象或现实问题提出各自的批判与质疑，发出自己独立而独特的声音，彼此之间不必相同，正如巴金与老舍不同，而他们又都不同于曹禺一样，从而形成一种参差错落、多元共存的美学景观。

但同样重要的是，“民主主义”作为“新文学传统”的一脉，自然也与“旧文学”、与“新文学”的其他派别不同。它们并不将文学当作“得意时的消遣或失意时的玩意儿”，也不追求“为艺术而艺术”，而是注重文学在改良人生、改造社会中的功用，这正是它与“左翼文学”的相似之处。巴金通过“激流三部曲”和《寒夜》、《憩园》告诉我们：这样的生活不能再继续下去了，必须改变！而老舍通过描写祥子“个人奋斗”的波折和最后的堕落，曹禺通过对比上层社会的奢靡与底层生活的艰辛，也告诉了我们同样的道理。这是一种站在底层或“小人物”立场上的呼喊，是对旧秩序或旧中国的批判与质疑，也是对更公平、更自由、更民主的“新社会”的召唤。在这个意义上，我们可以说他们是新世纪“底层文学”的先驱，或者说，“底层文学”继承了他们的精神血脉。

我们并不否认“左翼文学”是“底层文学”的传统与精神资源之一，“底层文学”不仅为我们提供了认识历史的契机，而且在全球化的时代为书写中国经验提供了一个新的视角——来自民间与底层的视角。只有建立在底层之上的“中国文学”，才是稳固的、坚实的，也才能在传统中国的现代转型中、在价值碎片的整理与重建中发挥出独特的作用。我们可以看到，在这一个半世纪以来的“转型”中，中国文学与中国一样处于一种变动不居的状态，而正是由于与中国的大地与人民建立了血肉联系，中国文学才获得了勃勃生机。对于我们今天的文学来说，能否呈现出中国经验的丰富性与复杂性，能否展示出中国人内心世界的微妙、矛盾之处，能否探讨并建立一种新型的价值观，能否发展出一种新的美学，则是其是否成功的一个重要标志。

五、世界文学视野中的“底层文学”

2009 年，美国作家雷蒙德·卡佛的《大教堂》在我国出版，引发了不少人的关注，不少作家、评论家对卡佛颇为推崇。卡佛笔下的人生失败者及其“极简主义”也引起了较多人的讨论，一时形成了一个文学热点。但是，在文学界关注卡佛的时候，有一个很有意思的现象，套用一句卡佛式的语言：当我们在谈论卡佛时，我们谈论什么？

关注卡佛，可以说是 1980 年代以来我国文学界关注国外作家的一个延续。1980 年代以来，我国文学界翻译介绍了不少国外作家，并且追踪国际文学界的最新时尚，从萨特、加缪到马尔克斯，作家们则以追赶的心态将国外作家当作学习的对象。卡佛也是在这样的意义上被引进国内的，因此在谈论卡佛时，更多作家谈论的是“极简主义”，是他的形式、叙述技巧，这也是 1980 年代“纯文学”这一取景框中所能看到的卡佛，当年他们也是在这样的视野中谈论卡夫卡、马尔克斯等的。但是他们却忽略了卡佛作品的社会内容，正如卡佛作品也被称为“肮脏现实主义”一样，他的作品关注的是“肮脏现实”，但是现实为什么肮脏？肮脏在何处？艺术作品如何处理这样的肮脏现实？这些问题却没有进入我们的作家与评论家的视野中。

在笔者看来，卡佛小说所描述的底层小人物向我们展示了一个丰富的艺术世界，卡佛关注作为“个体”的小人物，描述他们的人生失败，生活中的偶然性改变了他们的命运，他们处于尴尬的境遇中，看不到任何希望，笼罩在他们的世界之上的是一种灰色与绝望。卡佛的故事传达出了这些底层小人物的微妙情绪，也传达出了他的人生观——在一个看不到希望的世界上，只能无奈地忍受。在卡佛的小说中，我们能感受到后现代主义的绝望，这是比卡夫卡、加缪更加深刻而庸常的绝望，因为这不是抽象的，而是日常生活中的绝望。这样一种情绪的产生，与晚期资本主义的文化逻辑有关，也与底层人物的现实处境相关，或者说是“美国梦”破灭的产物，在一个资本、权力、技术与意识形态控制越来越严密的世界中，底层小人物的出路似乎越来越渺茫。但卡佛似乎从来不将底层作为一个群体，他只是讲述这个群体中的“个人故事”。

与卡佛作品同被称为“肮脏现实主义”的还有理查德·福特的作品，他的小说集《石泉城》近年也被译介到国内。福特的小说与卡佛的小说相似，关注的也是底层社会中形形色色的小人物，他也很少讲述一个完整的故事，而只是剪取人生经历中的某些场景，描述不同人物之间的微妙情绪，传达出一种复杂难言的感受。如《大瀑布》从一个儿童的视角写父亲与母亲及其情人的对峙，这个本来颇具戏剧性的故事，在作者写来却平静如水，但在平淡的叙述背后，我们却可以感受到不同人的内心纠结及其相互之间的纠缠。在小说的最后，作者写道：“但我一直不知道那些答案，也没再向任何人问起过。然而答案可能并不复杂：那就是我们低劣生活的本质，我们固有的冷漠和孤独无援的感觉，它导致我们对单纯的生活做出错误的判断，使得我们的存在如同水中月一样虚无缥缈，也使得我们与那些相遇在路上的动物一样——警惕，不宽恕，没有耐心，没有愿望。”① 作者将问题的根源归结于“我们低劣生活的本质”，正是由此产生了小人物失败的情绪及其相互之间的敌意。在《石泉城》、《甜心》、《少年》、《共产党》等小说中，也存在着类似的情绪。值得一提的是《共产党》，在这篇颇具政治象征意味的小说标题下，讲述的也是一个日常的故事。小说仍然是以少年“我”的第一人称讲述的，讲的是“我”和母亲及母亲的男朋友格伦一起去猎野鹅的一次经历。在小说的高潮部分，我和格伦打了很多野鹅，一只野鹅受伤在湖面上挣扎，母亲让格伦打死它，但他一直不肯动手，最后受不了她的讥讽，“他又一连开了三枪，直到枪里的子弹全部打光了。野鹅的头垂了下去，并朝着空旷、深蓝色的湖心漂去。‘看看谁心狠?’格伦说，但他转过身来时我母亲已不在了，她已朝停车子的地方走去，她的身影已几乎消失在黑暗中……”小说描述的是少年眼中成年男女之间情感的纠葛及其尴尬，其中与“共产党”相关的只有格伦是一名共产党员，但小说中却没有涉及政治性的内容。

蒂姆·高特罗讲述的也是底层生活的故事，但他的笔法与卡佛、福特等人不同，这位来自美国南方的作家更注重生活的细节，也更注重故事的完整性，他的小说集《死水恶波》也向我们展示了一个不同的世界。在《死水恶波》中，我们看到了一个水泵修理匠和一个杀害了自己丈夫的妇女的故事。而《晚间新闻令人胆寒》描述了一个货车司机造成事故后逃跑的过程。《梅兰·勒布朗求婚记》描述了年已52岁的勒布朗在女儿去世后，不得不照顾其年幼的婴儿，为此他想再结一次婚，而同时他的父亲、祖父也参与到了他的生活中，让他狼狈不堪。小说最后在宁静的氛围中结束，“面对这幕情景，他们的心纯净得如同一潭碧绿的春水。在惊愕中，他们的想法更加坚定不移了”②。这篇小说诙谐而凝重，让我们看到了小人物在面对人生困境时的一丝温暖。而《赌桌上的调味酒》是一篇更具技术性的小说，

---

① （美）理查德·福特：《石泉城》，汤伟译，人民文学出版社2012年版，第52页。

② （美）蒂姆·高特罗：《死水恶波》，程应铸译，人民文学出版社2013年版，第88页。

小说以正在打牌的几个人讲故事的方式，以“十日谈”的形式将几个故事容纳在一起，而其中每一个故事都充满了波折，显示出生活之艰辛与作者的创造性。

如果同中国的“底层文学”相比较，我们可以发现卡佛、福特、高特罗等作家很少关注作为群体的底层，也很少关注社会事件，他们更多地关注作为“个体”的底层小人物的人生故事。之所以有这样的区别，可以说既有社会层面的原因，也有文艺思想上的差异。从社会层面来说，30 多年来中国的社会结构处于剧烈的变化之中，作为“个体”的底层是伴随底层群体产生的，其命运也与底层群体紧密联系在一起，在这个意义上，“底层文学”关注作为“个体”的底层本身便包含着对群体的关注。而美国则不同，美国的社会结构没有太大的变动，在相对稳定的社会结构中，底层之所以成为底层，更多地应该归结于“个人”的原因，或许这也是卡佛等人讲述失败者故事的重要原因。从文艺思潮来讲，中国更注重集体，美国更注重个人，在文学上也是如此，而在艺术层面，“底层文学”在艺术上已达到了相当的成就，但在理论上却缺少总结，而卡佛等人则通过“极简主义”、“肮脏现实主义”等命名，在文学史上刻下了自己的印记。

虽然卡佛等人创作的主要时间是 1960—1980 年代，但我们也可以看到，在美国社会中穷人越来越多，2011 年的“占领华尔街”运动，更是让我们看到了美国社会中 1% 与 99% 的对立，可以说在我们这个时代，底层小人物通过个人奋斗进入上层社会的“美国梦”已经越来越难以实现。近年来英、法等国不断爆发罢工与学生运动，处于社会底层的民众感到生活压力越来越沉重。日本也是如此，据报道，2008 年的“金融危机”加剧了日本工人生存状况的恶化，这主要表现为工人福利的消失，临时性的用工方式，如“派遣工”呈大幅度上升，临时工占到全部工人的 1/3；贫富差距的拉大，使“1 亿总中流”——生活属于中等程度的国民占人口绝大多数的社会——在结构上瓦解，出现了新的“贫穷阶层”，如今日本已成为发达国家中贫困率排名第三的高贫困率国家。

在中国，不仅工人、农民、打工者等底层群体仍然大量存在，而且出现了“新穷人”。可以说不仅世界范围内的底层越来越多，而且底层的范围也在扩展，这是我们这个世界面临的重大问题与危机之一。之所以出现这样的现象，有两个重要的原因，一是“冷战”结束后，社会主义作为一种平衡力量的消失。我们可以看到，尽管“斯大林主义”曾形成了专制，但社会主义作为一种追求普遍平等的思想，在1960—1970年代对欧美世界黑人、女性、少数族裔争取权益曾起到了巨大的支持作用。二是新自由主义与保守主义的合流。新自由主义强调市场化、私有化与全球化，但是市场化并未带来曾经许诺的自由与民主，而是形成了一种以资本为核心的等级秩序，现在这一秩序正趋于凝固化，也正趋于保守化。

面对这样一个世界，文学能做些什么？相对于权力、资本与意识形态，文学的力量是弱小的，它不能直接改变世界，但是文学也有自己的力量，文学的力量如鲁迅所说是“撄人心者也”，如卡夫卡所说是给人“当头一棒”，让我们面对不合理的世界可以说不，让我们站在底层小人物的一边，去探索人类的未来。可以说，“底层文学”的兴起恰恰具有这样的意义。“底层文学”当然也仍有不尽如人意之处，但它在根本上显示了我们这个时代的良知与思想力。对于文学来说，形式、技巧、叙述方式等固然重要，但良知与思想力无疑更加重要，良知让我们面对这个世界可以坚持最基本的道德准则，而思想力则可以让我们穿透纷纭复杂的社会现实，走在时代的最前沿。我们期待的“底层文学”，有直面现实的勇气，有从未来汲取诗意的冲动，有想象乃至创造一个新世界的努力。“这个世界会好吗？”面对一个越来越动荡不安的世界，很多人都会在内心这样发问，但是我们应该为这个世界更好而尽自己的一份力量。“底层文学”或许并不能改变世界，但至少它对这个世界发出了自己的声音，让世界看到了这个群体的存在，如鲁迅所说，“这是东方的微光，是林中的响箭，是冬末的萌芽，是进军的第一步……”①

① 《白莽作〈孩儿塔〉序》，《鲁迅全集》第六卷，人民文学出版社1981年版，第494页。

第二章　“底层文学”、“打工文学”与中国故事

一、文学史脉络中的“底层文学”

“底层文学”思潮与文学史上其他文艺思潮有所不同。欧洲19世纪后期的现代主义文学运动以来，文艺思潮总是以鲜明的革命姿态出现，对此前的文艺思潮以决绝的姿态加以批判，以口号与宣言宣告自己的存在，并以理论引导创作，我国“五四”以来的文艺运动大多也采取这样的形式。这样的文艺思潮可以先声夺人，迅速在文艺界与社会领域引起广泛的关注，但其不足之处则在于，不少文艺思潮的历史意义大于文学意义，理论价值大于创作价值，更有甚者，则只有历史与理论价值，在文学创作上并不能拿出具有说服力的作品。而“底层文学”思潮则相反，理论的探讨与创作的推进相互影响、相得益彰，对“底层文学”没有采取一种固定化的思维方式，反而使这一思潮影响更大，而且创作上有着重要的实绩。

关于1980年代的文学，尤其是1980年代中后期的文学，我们一般都把“纯文学”作为一种主潮，建构起了这样一条文学史叙事：从“伤痕文学”开始，然后是“反思文学”—“改革文学”—“寻根文学”—“先锋文学”—“新写实主义”这样一条线下来。但是在1985年前后“寻根文学”和“先锋文学”兴起的时候，这些作品承担了文学的虚构功能，而文学的纪实功能则由另外一种文学形式承担了，那就是“纪实文学”或“报告文学”。在这里，我们可以认识到上述那条文学史的线索其实是“纯文学”的“自我建构”，是从

“纯文学”的角度建立起来的一种“文统”，它通过这样一种方式把自己合法化了，而把其他的文学形式如纪实文学或报告文学摒除出了“文学”之外。

但其实“纪实文学”在1980年代的影响很大，它们中的一部分承担起了纪实、批判的功能，具有较高的价值，比如刘宾雁、苏晓康等人的作品。他们的作品现在看来是很值得反思的，但我们也应该注意到，这样的作品在当时影响是很大的，如果按照阿多诺的说法，文学性是“时代的真理内容的反应”，那么这些作品也很有文学性。所以说，将“纯文学”当作1980年代文学的主潮，是一种文学教育的结果，是一种文学史的建构，而这套知识是在1980年代后期与1990年代建立起来的，或许并不符合当时文学的实际情况。如果我们将“纯文学”和“纪实文学”当作1980年代文学传统的两个侧面，那么我们可以说，在新世纪崛起的“底层文学”，从总体上完整地继承了这一传统，它既有“纯文学”注重形式、叙述、技巧和关注人物内心的一面，也有“纪实文学”注重现实、批判和关注“小人物”的一面，在这个意义上可以说，“底层文学”真正继承了1980年代文学的精神。

“底层文学”与1940—1970年代文学史的关系也是很值得讨论的。近来有一些论文用“底层文学”的概念去分析文学史上的一些现象，这样的思路有助于我们看到文学史的连贯性。但也有一些弊端，“底层文学”是产生于新世纪的一个文学概念，有它产生的具体环境与它的内涵与外延，而且还在发展之中，如果不加思考地就用来分析文学史上的现象与作品，容易产生一些混淆。我们使用的文学概念或理论术语，应该是照亮文学与文学史的一种工具，应该呈现出其内在的联系与复杂性，而不是以概念将作家作品简单分类。

现在不少人经常把“底层文学”与1940—1970年代的“人民文学”加以比较。对于1940—1970年代的文学，新时期以来不少人是以否定的态度来看待的，所谓“重写文学史”，就是要对这些当时评价甚高的作品重新估价，认为它们的价值不像以前说的那么高，或者甚至可以说是没有什么价值的，这样一种看法是1980年代的“新潮学人”和海外汉学家共同完成的，直到现在仍是学界的一种主流。

但同时也有一些人以新的思想与文化视野重新看待这一时期的文学，包括洪子诚、韩毓海、李杨、旷新年、董之林、贺桂梅等学者，虽然他们的观点不尽相同，但有一点是相似的，他们并不以1980年代的“意识形态”或主流思想框架来看待1940—1970年代的文学，而是力图超越这一框架，提出看待问题的新的角度与新的方法。

“底层文学”与1940—1970年代的“人民文学”有很多相似之处，比如对待底层的态度，比如大多采用现实主义的创作方法，等等。但是也有很大的不同，首先，“底层文学”背后的思想资源不仅仅是左翼思想，而且包括人道主义等在内的更多思想资源；其次，“底层文学”的背后并没有“目的论”与“本质论”做背景，没有“历史规律”在支配，也没有提出一种整体性的乌托邦；再次，“底层文学”并没有将底层加以拔高，而是写出了他们的真实状态；最后，“底层文学”保持了对现实的批判性，这是一个很重要的不同。所以我们可以说“底层文学”是“人民文学”在新世纪的继承者，但不能将二者简单地联系起来，忽略它们之间的差异；也不能以对“人民文学”或褒或贬的态度，来简单地评判“底层文学”，事实上它们所处的语境是完全不同的。

二、“底层文学”与“打工文学”

“打工文学”与“底层文学”两类作家有很大的不同，“底层文学”的代表性作家都是知识分子或已成名的作家，如曹征路、刘继明、刘庆邦、王祥夫、陈应松、胡学文、罗伟章、贾平凹等，他们或者是大学教授，或者是作协系统的作家；而“打工文学”的代表性作家则是从打工者中涌现出来的，如郑小琼、浪淘沙、王十月、于怀岸、徐东、叶耳等。按照“左翼文学”的逻辑，知识分子作家不如工农出身的作家在思想意识上“先进”，但在这里，我们看到一个有意思的现象，在“打工文学”中我们反而较少看到群体意识或阶级意识，而更多的是个人意识或个人奋斗的思想，而在“底层文学”中，群体意识或阶级意识则更明显一些。这里是就大体而言，当然也有例外，下面我们还要讲到。之所以出现这样的情况，笔者以为有以下原因：就知识分子而言，他们去看另一个阶层，或许更容易看到

“打工者”的相同之处，而对于打工者来说，看自身所处的社会阶层，可能更容易看到彼此之间的差异；知识分子看问题，可能更偏重于思想与艺术上的总体把握，“打工者”看问题，可能更偏重于个人经验的表述。

这里便涉及一个文学界一直争论不休的问题，那就是知识分子是否能为底层代言。关于这个问题，南帆、张闳、吴亮等学者有过争论，南帆在与一些青年学者的讨论中，探讨了底层表述的可能性及其理论上的困境，而张闳、吴亮等人认为这是知识分子在争夺“学术霸权”，或是一场学术的“圈地运动”，而唐小兵则认为这不过是“民粹主义”的一种表现。

在这里，值得讨论的问题不仅是知识分子能否为底层代言，也包括底层能否为底层代言的问题。这个问题我们可以从两个层面来谈，第一个层面，作为个体的底层或打工者，是否能为整体性的底层代言？这里涉及是否有兴趣、视野、能力为底层代言的问题，并不是每个底层作家都有这样的意愿，我们在今天看到的往往是其反面；第二个层面，作为个体的底层或打工者，是否能为“自己”代言？这从表面看好像不会有问题，但在“主体”已经破碎、人们都在怀疑“我能否相信自己”的今天，而外界还有强大的社会规范与美学规范，一个人能否代表自己也成为一个问题。

在这里，我们可以看一看文学史，历史的经验往往比理论探讨更能给人以启发。“左翼文学”从1920年代“大众化运动”以来有一个终极理想，就是“大众写，写大众，为大众写”，这一理想在新中国成立后有了实现的可能，出现了不少工农作家，比如胡万春、李学鳌、仇学宝等。但是这一理想的实现也带来了自身的问题，这在浩然、高玉宝身上有突出的表现。浩然说自己是“农民写，写农民，为农民写”，他也在某种程度上实现了这一想法，但有一个关键的问题，就是他并没有完全站在农民立场上来写，当主流意识形态与农民立场相一致的时候，他为农民而写，而当两者发生冲突的时候，他就站在主流意识形态上来写，这一点与赵树理是截然不同甚至完全相反的，浩然有时会顺着潮流走，而失去了一个作家的独立性，这是应该反思的。高玉宝的《高玉宝》现在看来也是一部很不错的书，但是在他1980年代写的《高玉宝》续集中，我们看到他的整个思想意识也完全是1980年代的个人主义，与《高玉宝》形成了鲜明的反差，在这个意义上，浩然、高玉宝能代表农民吗？能代表他们自己吗？显然不能，这也是今天“打工文学”所面临的困境。

“底层文学”与“打工文学”虽然有所不同，却是同一种潮流的产物，知识分子固然不能毫无障碍地为底层“代言”，而打工作家也并不天然地代表打工者。但他们之间是可以互补的，如果能将他们各自的长处结合起来，有可能建设一种新的文学，而这也是中国文学未来的希望。围绕“代言”的资格陷入无尽的争论，这是毫无意义的，文学虽然与个人身份有关，但最后毕竟还是应该看作品，在这一点上，无论是“底层文学”还是“打工文学”，都还需要继续努力。

三、“底层文学”的深化

“底层文学”不断深化的一个标志是，它所关心的不再仅仅是社会问题，而将笔触深入到了底层人的精神世界，不再仅仅关注他们外部的物质问题，而把触角探入到了他们心灵的最深处。与外在的社会问题相比较，底层的精神创伤更隐蔽，但是对他们的影响却更深远，关注这一方面，可以使底层的生活感受与内在逻辑得以展现，同时也使小说在艺术性上有了更多的探索空间。范小青的《父亲还在渔隐街》、魏微的《李生记》、马秋芬的《朱大琴，请与本台联系》等小说，从不同角度挖掘了底层人的内心感受，让我们看到了他们丰富的心灵世界以及他们所遭遇的精神创伤。许春樵的《尊严》则从另一个侧面涉及了底层人或边缘人的“尊严”问题。

许春樵的《尊严》描写了两个社会边缘人寻找“尊严”的故事。陈林因老婆和朋友通奸而操起了菜刀，这个老实人竟然能够杀人，着实出乎邻居们的意料，而他这样做正是因为要活得“有尊严”。从监狱出来后，他被打上了罪犯的烙印，他试图在事业、婚姻两个方面重塑自己的“尊严”。他的小生意红红火火，却找不到满意的伴侣，只好到婚介所去试一试。正是在这里，他遇上了杨晓雯（孟丽丽），她在接待港商时被骗，到深圳做了别人的情妇，不久被抛弃，回来后被一家婚姻介绍所胁迫做了“托儿”，她决定重新做人……

这篇小说写的是两个人重新做人的故事，也是两个人试图找回“尊严”的故事，一个想从“囚犯”回到正常的生活，另一个想从“托儿”转变为正常的人。“尊严”问题的提出，可以说是底层人或“人”在精神上觉醒的一个标志，是他们构建“主体性”的一个重要组成部分。在新写实主义小说中，我们看到的是灰色的、琐碎的、黯淡的人生，是“一地鸡毛”，是“冷也好热也好活着就好”，是“贫嘴张大民的幸福生活”，这不仅是小说主人公生活的具体表现，同时也映射出作家犬儒主义的生活态度，在现实生活的秩序与压力面前，他们没有反抗的力量与意识，也没有更加高远的精神追求，只能贴在生活的地面上匍匐，求一个“活着”，而完全丧失了主体性与能动性，这不仅是作家的精神态度，也是1990年代中国知识分子的总体性问题。如果我们重新阅读新时期初期的作品，就会发现，改革开放的合法性不仅在于它提高了人们的物质生活水平，而且也在于它能够在精神上给人以“尊严”。何士光的《乡场上》为我们描述了何幺爸在精神上的扬眉吐气，高晓声的《李顺大造屋》也让我们看到了主人公在新时期的满足感。如果一个社会的发展以牺牲大多数人的尊严为代价，那么这样的发展方式必然不能长久。

在小说故事的进展中，我们可以看到作者的反思，主人公反复强调“杀人的人不一定是坏人”、“有污点的人并不是污泥”，作者试图从转变的过程中发现他们身上的闪光点。陈林在被杨晓雯骗后，当她打电话向他寻求帮助时，陈林虽然不无犹豫，却三番两次给她打去了钱。在这一过程中，他们也互相从对方身上看到了彼此的可贵之处，所以当杨晓雯逃到陈林的小吃店时，他冒险收留了她。小说发展到这里出现了一个转折，前面二人接触的过程有不少波折，正是这些波折与出现的或可能出现的各方冲突，使小说充满了张力，也充满了各种变动的可能性，紧凑而有韵致。但当杨晓雯到小吃店后，这种张力却变得松弛了，小说毫无悬念地写到他们二人终于走到了一起，并准备结婚。如果说这一段落有些俗套，那么接下来小说推进的高潮则是一种审美的逃离，在逃的杨晓雯在车祸中救人而死，并被塑造成了英雄，这样一种结局偏离了小说前半部不断加强的“尊严”主题，而使叙述的重心变成了对媒体或政府机构的嘲讽。这虽然不无现实意义，但一方面过于戏剧性，另一方面也消解了“尊严”的价值，荣誉或者尊严的最终获得，来自于外部世界的赐予，而离主人公的内心世界却越来越远了。

许春樵的小说擅长将“先锋小说”的形式与现实主义题材融为一体，通过具体的人物与故事，探讨更具普遍性的人性命题。这篇小说在题材与写作方式上更偏重于现实主义，但它试图探讨“尊严”这一命题也是显而易见的。小说虽然将故事讲得较为圆满，整体叙述也很紧凑，但在最后的推进上却存在一些问题，这使得小说的主题没有得到提升，因而对“尊严”的思考在深度与力度上都有所欠缺。

尽管如此，小说让我们看到底层或者边缘人对“尊严”的坚持，以及他们为寻求尊严所遭受的重重波折，让我们意识到他们的内心世界并不单一，而是丰富、复杂并有内在逻辑的，充分认识这一生活逻辑，关注他们在精神上所受到的伤害，这应该是当前文学尤其是“底层文学”的着力之处。

四、“打工文学”：新的体验

“打工文学”的代表诗人之一是郑小琼，她的诗歌是犀利、敏锐的，对打工者的内心感受有着细腻的捕捉。比如她的《生活》：

你们不知道，我的姓名隐进了一张工卡里
我的双手成为流水线的一部分，身体签给了
合同，头发正由黑变白，剩下喧哗，奔波
加班，薪水……我透过寂静的白炽灯光
看见疲倦的影子投影在机台上，它慢慢的移动
转身，弓下来，沉默如一块铸铁
啊，哑语的铁，挂满异乡人的失望与忧伤
这些在时间中生锈的铁，在现实中颤栗的铁
——我不知道该如何保护一种无声的生活
这丧失姓名与性别的生活，这合同包养的生活
在哪里，该怎样开始，八人宿舍铁架床上的月光
照亮的乡愁，机器轰鸣声里，悄悄眉来眼去的爱情

或工资单上停靠着的青春，尘世间的浮躁如何
安慰一颗孱弱的灵魂，如果月光来自四川
那么青春被回忆点亮，却熄灭在一周七天的流水线间
剩下的，这些图纸，铁，金属制品，或者白色的
合格单，红色的次品，在白炽灯下，我还忍耐的孤独
与疼痛，在奔波中，它热烈而漫长……

这首诗写出了打工者在机械的生活中被“异化”的心灵感受，并且有一种独到的节奏、美感与现代感。虽然它写的是个人感受，却让我们感受到了一个群体的内心世界，而且其中没有常见的自怨自艾或感伤，可以看出诗人面对现实时自尊、省思的态度以及诗艺上的纯熟。

而梁彦选在诗歌中对打工者现实处境的描述，寄寓着人生际遇的沉痛与悲愤，在艺术风格上也更为低沉、低回，但更具有震动人心的力量。在关于矿难的诗歌中，他写道：

此起彼伏
层出不穷的矿难
如黑色的风暴
从北方吹到南疆
从西部吹到东溟
暗淡了中国的天空

他描写矿工工作的环境：

在那里
昏暗的灯光照不破四周的黑暗
飞扬的煤尘直往鼻孔里钻
弯着腰就能碰着头顶的天
断柱的响声把心提到了嗓子眼儿
脚下的积水像无底的深渊

荡漾着恐惧和不安
闷热脱去了全身的衣服
黑黝黝的身子像海豚在汗水里游
耳朵里塞满了工头的骂声
矿工的心头呵
像转着的大磨盘（《挖煤工》）

梁彦选做过矿工，并曾与一家发生矿难的煤矿擦肩而过。在这里他写出了矿工在恶劣工作环境中复杂而细微的心理，非外人所能道出。在另一首诗中，他写道：“在这个没有阳光的世界里/水火无情　瓦斯无情/无情的一切/远没有老板的心肠冷”，他所批判的便不仅仅是恶劣的工作环境，而且是这一环境的制造者，是资本的逻辑。梁彦选诗歌的可贵之处，就在于他从未有“个人”的幻想，而是自觉地认同于打工者的身份，并试图描绘出这一阶层的现实处境与历史命运。他诗歌中所描述的经验、情绪与感受，既是属于他个人的，也是属于打工者群体的，两者水乳交融。或者说，打工者群体正是通过梁彦选的诗歌，才在沉默中发出了自己的声音，唱出了属于自己的歌。在梁彦选的诗歌中，我们可以看到打工者群体的意识，其中又呈现出了一种互相矛盾的自我定位与自我认知，新的与旧的，历史与未来，理想与现实，应有的与实存的，相互交织在一起，具有一种复杂的面貌，而这又影响到了其诗歌的艺术风格。

五、“中国经验”与“文艺复兴”

从以上例子我们可以看出，“底层文学”与“打工文学”都在不断深化，都在不断提出新的问题。我们再来谈谈“底层文学”、“打工文学”与“中国经验”的问题。笔者认为，要总结中国经验，不能不谈到几个问题。

（一）“中国国情”与“中国道路”

探索“中国道路”必须建立在对国情的充分了解之上。

在《乡村的前途》一书中，贺雪峰谈论的中心话题是如何“重建农村的生活方式”。提出这一问题的国情在于，我国农村9亿多人口将长期保持“温饱有余，小康不足”的生存状态，一方面，绝大部分农民无法被城市化转移，另一方面，在资源的限制下，他们增收的空间也极为有限。在这一前提下，如何使这些农民过上“有体面，有尊严，有意义”的生活，——虽然可能并不十分富裕，却能在人与社会、人与自然、人与人、人与自我之间建立起一种和谐的关系，——这是贺雪峰思考的中心。贺雪峰以“低消费、高福利”来概括这样的生活方式，这不同于林毅夫刺激农村市场与消费的思路，也不同于温铁军让农村仅仅成为中国发展的“蓄水池”与“稳定器”的想法，而是要充分焕发出农民的主体性，使他们在收入有限的境况下获得生活的乐趣与满足感，这是一种更注重农民自身的发展思路，也是一种新的现代化模式。这样一条崭新的思路不仅对当前农村的发展具有重大意义，而且是对“中国道路”的一种探索。在目前的世界秩序与资源限制下，中国发展的空间极为有限，我们没有必要完全按照西方的模式现代化，而应该在现代化的过程中构建中国的“主体性”，发展出一种虽不十分富裕，却和谐、安定，每个人都能充分发展的现代化模式。

（二）如何认识传统，并建立“核心价值观”的问题

甘阳在《通三统》一书中指出应该“通三统”，即应该将传统文化、社会主义传统、改革开放以来的新传统融会贯通，以此来重建中国未来的发展战略，他的文章很值得讨论。现在对传统文化、社会主义传统的研究都不够。传统文化是很丰富的，并不是只有孔子与儒家，其实在晚清时期传统中国崩溃以后，我们自战国以来才第一次有可能避开传统儒家的意识形态，审视更加丰富的传统文化，包括诸子百家及后来的佛教等，但这些传统的价值未能构成我们现代价值观的有效部分，这可能仍需要一个转化的过程。社会主义传统也没有得到充分的总结，因为在1980年代“告别革命”的语境中，我们对这一传统采取了简单排斥的态度，而缺乏正面的关注与深入的研究。根据潘维在《核时代的意识形态》一文中的说法，在核武器制衡的现代世界中，不可能发生全面性的战争，那么民族国家之间的竞争更多地体现在文化、价值、意识形态等方面，所以重建中国的核心价值观便显得分外重要。重建中国的核心价值观，无疑应该在三种传统的融会贯通中，发展出现代中国的新的价值理想，这也是中华文明对于世界的一个重要贡献。

（三）如何认识底层的作用

对于底层，是把他们作为社会发展中的“包袱”甩掉，或者只当作“滴漏效应”的受益者，还是将之作为社会发展的根本动力？这是两种不同的观点，正如我们所看到的，底层才是中国及其发展的根本。

以农民工为例，如果要找一个形象来代表1990年代以来的中国，没有比农民工更合适的了。这不仅在于正是农民工的支撑才造就了今日中国尤其是城市的繁荣，而且在当前的世界体系与国际产业分工中，中国正是以低端产品在为全世界打工，8亿条裤子才能换一架飞机，在世界的眼中，中国也是一个打工者的形象。在这里，我们所面对的是双重不公平，一是国际政治经济秩序的不平等，一是国内城市与农村的二元结构。而这两个问题是交织在一起的，前一个不公平加剧与强化了后一种不公平，而在农民工身上，所承担的不仅有国内阶层分化的压力，也承担着国际分工带给中国的压力。而在另一个意义上，我们可以说中国的农民工不仅支撑着中国，也在支撑着世界。

在以上的基础上，再看看“底层文学”、“打工文学”与“中国经验”的关系，我们可以说，“底层文学”、“打工文学”在最深层次触及了“中国经验”，在这些作品中，我们才可以看到中国发展的动力和根本，它们不仅建立起了底层的主体性，而且建构起了中国的主体性。而它们对中国道路的探索，对核心价值观的探索，让我们意识到，在民族复兴的过程中，以“底层文学”与“打工文学”为中心的“文艺复兴”已经起到并将继续起到先锋性的作用。而这不仅改变着中国的现实秩序与文学秩序，而且也将对世界产生巨大的影响，随着“底层文学”与“打工文学”的发展，这一点会被我们越来越深刻地意识到。

第三章　2004 年上半年：“三农”题材小说

“三农”问题提出以来，在社会上产生了广泛的影响，在文学界也引起了相当的关注，不少作家以农民、农村、农业为题材创作了一些小说，其中不乏优秀的作品，也有不甚成功之作。本章意在考察 2004 年上半年在全国各主要期刊发表的以“三农”问题为题材的小说，并就其与思想界的关联及其达到的艺术成就提出自己的看法。

本章所考察的期刊限于《收获》、《花城》、《当代》、《十月》、《人民文学》、《上海文学》、《钟山》、《大家》、《山花》、《萌芽》等 10 种杂志，在这些杂志当年上半年的小说中，与“三农”问题相关的作品如下：

向本贵《农民刘兰香之死》（短篇）（《当代》第 1 期）
吕冀《雪色秋意》（中篇）（《大家》第 1 期）
刘庆邦《一句话的事儿》（短篇）（《钟山》第 1 期）
李师江《廊桥遗梦之民工版》（短篇）（《上海文学》第 1 期）
邓宏顺《食堂》（中篇）（《收获》第 2 期）
李锐《颜色》（短篇）（《上海文学》第 2 期）
李锐《寂静》（短篇）（《上海文学》第 2 期）
北北《坐上吉普》（中篇）（《人民文学》第 2 期）
宋剑挺《麻钱》（中篇）（《当代》第 2 期）
夏天敏《银簪花》（中篇）（《当代》第 2 期）
蔡测海《非常良民陈次包》（长篇）（《大家》第 2 期）

陈继明《恐龙》(中篇)(《钟山》第2期)
李铁《城市里的一棵庄稼》(中篇)(《十月》第2期)
徐承伦《村经》(中篇)(《十月》第2期)
赵大河《北风呼啸的下午》(中篇)(《花城》第3期)
陈应松《马嘶岭血案》(中篇)(《人民文学》第3期)
迟子建《蒲草灯》(短篇)(《山花》第2期)
修祥明《庄户老滋味》(短篇)(《大家》第3期)
孙惠芬《上塘书》(长篇)(《当代》第3期)
刘庆邦《刷牙》(短篇)(《人民文学》第4期)
王祥夫《找啊找》(中篇)(《人民文学》第6期)
夏天敏《飞来的村庄》(中篇)(《山花》第6期)

这些小说涉及了“三农”问题的各个方面，展示了中国农民在历史与现实中的处境、在城市与乡村间的挣扎，其中有奋斗与追求，也有动摇与幻灭，有生存的苦难与命运的尴尬，也有尊严的坚守与心灵的破碎，下面我们尝试从不同角度对这些小说作出分析。

一、“三农”题材小说展现的现实场景

农村的现状是怎样的？农民的生活是怎样的？“三农”题材小说的意义，首先在于给我们描摹出了一幅幅场景，让我们能对农民与农民工的现状有一个生动、具体的印象。

（一）农村的现状与“潜规则”

小说《村经》描绘了乡村基层选举的故事，这里的选举最后成了三种力量的角逐：在村里担任了28年村长的阚道仁及其同伙；在外面做包工头发了财、答应带领村民致富的马火；阚家与马家的家族势力、历史积怨与彼此的权谋智略。小说描绘了一幅幅魔幻的、带有迷信色彩的画面，以一个斗智故事为核，写出了农村的权力争夺，最后包工头马火取得了胜利。但他以后的日子并不轻松，在小说的结尾，马火想：“咱这干部真不好当啊。”虽然小说过于生硬而在艺术上不甚成功，但为我们揭示了当下农村的一些政治状况。这只是一个小村庄中选举的故事，却折射出了农村民主化进程的曲折，其中有着

种种消极因素需要我们正视，但正是在这种现实的艰难与沉重之中，中国农民开始逐步把握自己的命运。

在经济方面，对农民来说，最重要的生产资料莫过于土地了，但现在的土地却似乎成了"食之无味，弃之可惜"的鸡肋。在赵大河的《北风呼啸的下午》中，从城市还乡的"我"与在农村的父亲有以下一段对话：

"要是不种呢？"

我知道种地已经很不划算了，我小时候的同学健吾——他已经是三个孩子的父亲了——去年租了邻村一亩地，到头来一算账，刨去种子钱、化肥钱、农药钱、割麦钱等等，再刨去一百块钱的租金，只落了一堆麦秸。他说幸亏风调雨顺，要是逢上天旱，再浇浇水，还要赔钱哩。

"你不种谁种，总不能让地荒着。"

父亲到南阳之后，我们家的地没人种。父亲说只要谁替我们交提留，地就让谁种，可是没人种。父亲一想，"可不是，谁种谁赔钱，大家都不傻。"后来，地让我一位堂兄种着，提留我们还交，只是到收获季节象征性地给我们一点花生或红薯什么的。

简短的两句对话和一些说明，点出了土地贬值的现状。如果说父亲的回答不仅是经济意义上的，也带有老一辈农民对土地情感上的留恋与无奈，那么"我"的问话则是大多数青年农民的想法。事实上他们也是这么做的，土地的贬值造成了大面积撂荒和大批农民工的外出：

开春以来，我们这儿的农民快跑光了。连续二十多天来，"东风"大卡车（坐不起客车）没日没夜地满载着"外出打工"的农民奔向祖国四面八方的城市。我们乡有 40000 人，其中劳力 18000 人。现在外出 25000 人，其中劳力 15000 人。今年人员外流和往年比有新的特点：一是盲流。过去一般是有目的流动，今年多数农民是抱着"运气"和"要死也要死在城市，下辈子不

> 做农民”的一种负气的心情外出。二是人数多、劳力多。过去外出打工的主要是女孩和部分富余劳力，现在是男女老少齐外出。三是弃田撂荒的多。过去出门一般都待田转包出去后再出门，今年根本不打招呼就走人。外出的人数还在上升，估计今年全乡弃田弃水面积将达到35000亩，占全乡总面积的65%。[①]

在这篇小说中，北风在不停地呼啸，使得整个村庄笼罩在一种荒凉的氛围之中，而这种荒凉正是中国农村现状的一个象征。

以上是政治、经济方面的情况，那么，在农村中，法律的状况怎样呢？从某种意义上来说，李锐的小说《寂静》讲述了一个“上访”的故事：老退伍军人满金被乡亲推为“上访代表”，在六年的上访过程中，家破人亡，最后他吊死在林间的老核桃树上。“总不能因为乌鸦黑老百姓就都死绝了吧？你乱流河的乌鸦黑，还有县里，县里乌鸦黑还有省里，省里乌鸦黑还有北京，北京乌鸦黑还有联合国，联合国乌鸦黑还有如来佛、还有老天爷，总得找个说理的地方……”“你要是没有上访过，你就不知道什么叫个累，真累，从心里头累……”尽管故事的悲惨与酷烈被压在了纸后，作者以出色的艺术技巧呈现出了一片“寂静”的氛围，但在这寂静之中，却凝结了主人公无奈的辛酸和绝望至极的疲倦。

在正式的规章制度之外，农村往往还有许多不成文但必须遵守的行事原则，可以称之为“潜规则”，这里既有世代沿袭下来的乡村民俗，也有人情世故，更有权力、金钱扭曲之下的变通或交易。不少作家从这一角度，为我们揭示出了农村的部分真相。

小说《农民刘兰香之死》围绕着一个事件展开：县里的扶贫行动不仅没有帮助农民摆脱贫穷，反而将刘兰香逼上了死路。作者通过对这一令人惊讶的事件的描述和“追问”，揭示了县乡政府和农村的一些现状和“潜规则”，由此展现了上面的政策在基层走样的过程，以及这一过程中不同人的心态。刘兰香之所以走上绝路，原因有多个方面：一是没有以丰盛的饭菜招待扶贫的工作人员；二是由此落了个

---

① 李昌平：《一封含泪的上书》，http://www.nongyou.org/library/lichp/lichp12.html。

小气的坏名声，受到村主任的批评与村里人的嘲笑；三是只能从村主任家里买酒，买的酒是假的；四是老实巴交的丈夫一气之下打了她，她想不开。其中原因二是最重要的因素。村主任转述乡长批评的话："说你们是我们乡最小气的人，因为你们的小气，把县里的领导都得罪了，我们乡的损失是无法估量的。并一再地交代村主任，教育全乡的群众要以你们为戒。"这些话使虽穷却没被人看作过小气的他们很意外，而村民的反应则更加重了他们的精神压力，"今年，当阳坡村过年比往年热闹，大家都有了一个议论的话题，就是邹大树家腊月里得到县里那么多救济，却不肯好好招待领导的事情。特别是那些曾经得到几件破旧衣服，却因为招待领导们吃饭欠下债的人家，眼睛都灌血了，不但用恶毒的话语攻击他们，还相邀着不理他们家，甚至见着他们还吐口水。"正是他们最终使刘兰香走上了绝路，而"潜规则"也表现在这里，一是（发放救济款的）权力的腐败与交易，二是乡间伦理中冷酷的一面——相互嫉妒、嘲笑与侮辱。

在《食堂》中，让一个乡政府的伙夫羊牯子感到困惑的问题是：自己的饭菜做得那么好，为什么乡里的干部却不到食堂里来吃呢？小说从羊牯子的角度落笔，沿着这一问题不断探询，到最后，"他想明白了一个真理：现在只有把食堂搞到白吃白拿，才能满足乡干部，否则，万万不可能！"伙夫之于乡镇干部，食堂之于大街上可以公款吃喝的馆子，伙夫与食堂面对的是整个畸形的官场和社会。小说从特定的角度，展示了最基层的乡镇政府的"潜规则"，也即权力的运作是怎样具体而微地导向了腐败。

（二）农民工的艰难与尴尬

农村的生活既是如此艰难，那么走出农村之后，农民会有什么样的遭遇呢？

宋剑挺的小说《麻钱》以关二生与梅叶夫妇为中心，写了三对农民夫妇在窑厂打工的艰苦生活。在这里，不但劳动是辛苦的，安全是无法保障的，甚至连最低限度的维持劳动力"连续再生产"的基本生活条件都不具备。为了多挣些钱，这三对夫妇不仅白天要去运八九个小时的砖坯，晚上还要去整晚"出砖"，其中一位（刘干家）因疲劳过度在窑塌时被砸死了，他的妻子却只有顶替他的位置继续做下去。他们这样地拼死拼活，换来的报酬却并非活人可以用的现钱，而是一种据说在阴间通行的“麻钱”，——这并非寓言，工头说一个“麻钱”当200块钱，但没有人知道这些“麻钱”什么时候能够兑现，到底能不能兑现。在小说的最后，关二生夫妇要回家，百般乞求也没有把“麻钱”兑换成现钱，他们只有带着辛苦劳作一年所挣得的13个“麻钱”回家了。

《找啊找》则从另一个角度探询了当下农民工的命运。在石墨窑上打工的顾小波不见了，他即将临盆的妻子王淑民踏上了寻夫之路，在一次次艰难与笨拙的寻找中，等待她的却是或虚伪或冷漠或粗暴的拒绝和欺骗。故事的结尾交代，顾小波早在一次塌方事故中死去了，令人惊讶的还在于，正是与顾小波一起出去打工的乡亲，在金钱的驱动下掩埋了他的尸体，并向他的妻子隐瞒了他的死讯。在这里我们不仅看到了农民工处境的危险，也看到了朴素的乡间伦理在市场经济冲击下的坍塌。

与这两篇作品可以比较的是刘庆邦的小说《神木》（后改编成电影《盲井》），也是通过两个打工农民的故事（矿井塌方后两人害死另一人以从中牟利），显示了我国农民工的残酷处境。但小说、电影都与刘庆邦以往“连环套”的故事一样，过于注重戏剧性，着重点在于对“人性”的复杂的揭示。相比之下，《麻钱》、《找啊找》没有《神木》与《盲井》的酷烈，却是对普遍的不公正的一种抗议：当农民连起码的生活都无法保证时，当他们在这世间除了侮辱与欺骗什么也无法得到时，当他们无论怎样辛苦都无法改善自己的处境时，他们的精神处于一种什么样的状态？小说客观地写出了当下农民（尤其是青年农民）的处境：在农村的生活是艰辛而无望的，而外出打工却又是饱受欺凌与侮辱。不仅如此，他们的生命与安全也毫无保障。

另一篇小说《廊桥遗梦之民工版》在开头即写道：“工程队原来计划以牺牲五个民工的代价把这座桥搞定，但是断断续续修到一半的时候，已经死了六个人。一时之间好多民工都想打退堂鼓，工程队只能提高20%工资来挽留，并且鼓励加班。”这里对生命的冷漠态度令人瞠目结舌。

李民骐将农民工称为"中国的新无产阶级"①，这既是对现实的准确概括，也是对无产阶级理论的丰富与发展。在新的中国，新的无产阶级能否以及如何在政治上、经济上取得主人翁的位置，既关系到我们国家的性质，也关涉社会现实的公平、正义问题，不能不引起我们的注意。

以上几篇作品写的都是农民在工地的故事，那么，当农民来到城市特别是大都市之后，等待他们的将是什么命运呢？上述作品中，只有李锐的《颜色》触及了这一题材，它描写了一个揽活民工眼中的行为艺术，突出地表现了彼此之间的陌生感与错位。

（三）女性的心灵痛苦

如果说农村中的男性是刚强的，农村中的女性则似乎更加坚韧，她们几乎以能包容一切的态度，默默忍受着命运强加给她们的一切，正因为她们的坚韧与忍耐，那些苦难才显得尤为残酷。

《找啊找》中的女主人公王淑民，丈夫外出打工却一去不回，过年也没有回来，没人能告诉她他的确切消息，她只有拖着临产的身体，一次次在农村与矿井之间奔波，忍受着别人的侮辱与欺骗，寻找丈夫的下落，到最后真相大白时，丈夫却已死去多时了，谁能了解她此时的心情呢？《麻钱》中刘干家的妻子，在丈夫塌方死去之后，以柔弱的身躯继续在窑上卖命苦干，默默忍受着命运的捉弄；而《农民刘兰香之死》中的主人公，更是在权力与歧视中走上了绝路。

当这些农村中的女性来到城市之后，她们的命运与男性稍有不同，如果说男性在城市只能作为劳动力出卖劳动，那么女性可以通过嫁人的方式，在城市里找到自己的位置。但身在城市中，她们的内心却在城/乡、男/女、灵/肉的张力中分裂与挣扎，既无法忘怀血脉相连的乡村，也难以对城市产生认同，而处于一种尴尬的位置。

《城市里的一棵庄稼》的女主人公崔喜是生长于农村的一个女孩，她嫁给了城里一个修车铺的老板，但她在家里既为丈夫所轻视，又为婆母所压制，在最初对城市的新鲜感过去之后，便处于一种沉闷与压

① 李民骐：《中国的新无产阶级》，http://www.eduww.com/bbs/dispbbs.asp?BoardID=15&ID=4639。

抑的心情之中。在共同的工作中，一个农村男子出现在她的视野之中，他们之间产生了真挚的爱情，但当这感情有可能威胁到她的婚姻时，她果敢地切断了与他的联系。小说以细腻的笔法刻画出一个生活在城市的农村女子的形象，自卑与自尊、爱情与家庭，渴望与压抑，紧紧交织在一起，展示了她从农村到城市过程中心灵的变化。《坐上吉普》写的是一个嫁到城市的山里姑娘马兰花在三个男人之间挣扎的故事，她本来爱的是铁头，却嫁给了吉祥，在去寻找丈夫时又被他的老板游三坡强奸了，以作为对铁头、吉祥强奸老板娘的补偿，最后她不堪侮辱，在游三坡驾车送她回家时，拨转方向盘投河自尽了，她似乎只能以这样的方式来维护自己的尊严。这两篇小说虽然没有《包法利夫人》、《嘉莉妹妹》那样深入而典型的揭示，但也展示了我国城乡二元体制下，从农村来到城市的一些女性的心灵悲剧。

来到城市的农村女性还有另外一种命运，那就是沦落风尘。这在我们上面所列的作品中没有揭示，但在一些较早发表的作品中有所反映。比如巴桥的《姐姐》、《阿瑶》，吴玄的《发廊》，等等，这些作品表现了风尘女子的内心世界：无奈、屈辱、生存的艰辛、希望的微渺，以及不切实际的幻想在遭遇现实的冷酷无情之后的幻灭，等等。

这些女性心灵和命运的悲剧，正是我国城乡二元结构以及历史的转型期所导致的必然，她们的命运正是时代与现实面影的一部分。在社会学的研究中，对在农村及外出打工的女性有较多的成果，但对嫁到城里与沦落风尘的农村女性却少有研究，而不少小说通过对她们个人命运及内心世界的揭示，凸显了普遍存在的这一社会问题，是应当引起注意的。

二、文化与历史层面的反思

面对中国农村的问题与现状，不少作家从文化与历史的层面进行了反思，这是向纵深拓展的一种努力，这些探索既提出了一些看待问题的新角度，也有囿于思想惯性的一面。

（一）文明与愚昧的冲突

夏天敏的《飞来的村庄》讲述了一个带有黑色幽默的故事：一个处于高原的村庄，因山体滑坡一夜之间“飞”到了邻省的平原。

这个村庄封闭、保守而落后，村民们长期靠政府救济，宁愿肮脏和贫穷，也不愿意动手劳动致富。村长、小学女教师等少数人想要改变村庄、建设新生活，最终被村民们顽固地拒绝和抛弃。最后村庄飞了一圈，又回到了原地。这里对部分农村和农民的局限性进行了深入的刻画，不过它显然是一个隐喻，是对中国农村的愚昧与落后的批判。从作者的总体构思来说，似乎依然延续了 1980 年代农村题材小说对“国民性”的批判以及“文明与愚昧的冲突”的思路，没有对 1990 年代以后中国农村愈益复杂的问题作出揭示，比如对“发展主义”的反思，对“新启蒙主义”的反观，等等，这就削弱了小说在思想上的力度。

“文明与愚昧的冲突”是季红真在 1985 年提出的命题，概括了 1980 年代前半期小说的主题，在当时影响很大，很快成为社会上广泛的议题，并被赋予了特定的含义。所谓“文明与愚昧的冲突”，包含三个层面的含义：一是城市与农村的冲突；一是西方与中国（海洋文明与大陆文明）的冲突；一是资本主义与“社会主义”的冲突，这里的“社会主义”特指“文革”时期的所谓“封建专制主义”与计划经济等，与之相对应的则是资本主义的“民主”、“自由”与市场经济。在渴望“走向世界”的知识分子看来，前者代表文明，而后者代表愚昧。不过在我们今天看来，这样的思路有些简单化，一则城市与西方的“文明”正是建立在农村、中国“愚昧”的基础之上，二者的关系是结构性、互为因果的，是在一个体系之中的；二则所谓农村、中国的“愚昧”也不过是一种“东方主义”式的想象。

与《飞来的村庄》相比，孙惠芬的《上塘书》触及了更为丰富复杂的现实。小说写的是农村与农民，但其侧重点并不在于对社会问题的揭示，而着重描绘民俗、文化以及农民们精神与物质生活的状态。这里既有历史的因袭，也有现实的对比，作者打破了传统与现代、“文明与愚昧”的简单划分，这个封闭的小村庄中现代性因素的进入，带来的不仅是物质生活的提高，也有文化与传统的失落。小说为当代农村的变化提供了一幅全景式的画面，在对现实作出丰富细致的描写的同时，显现出来的作者的态度也是复杂的：既有对“故乡”的留恋，也有对落后生活的批判；既有对日新月异的未来的憧憬，也有对不可把握的变化的恐惧与伤感。在这里，显示了置身于现代化过程之中的知识分子在情感与理智上的矛盾。

（二）对“社会主义”历史的反思

在对“大跃进”与“文革”时期农村的描述中，刘庆邦的《刷牙》与修祥明《庄户老滋味》中的《蹲点》呈现了不同的想象。《刷牙》写的是“大跃进”时一个公社为了“放卫星”，给牲口刷牙的闹剧，小说的精心构思与细致描述显示了一个时代的荒唐；而《蹲点》则写了主人公“我”1971年在农村蹲点时，与农民相濡以沫的动人情感，以及携手共同挖水井的故事，这里展示的是当时工作人员与农民之间水乳交融的感情。这两种截然不同的描述或许都是真实的，它们表面上相互矛盾，在深处却是紧密结合在一起、相互依存的。对历史的简单化描述与意识形态的影响，使我们往往相信“刷牙”的故事，因此讲述“蹲点”的故事就显得尤为可贵，这也有助于我们理解历史的真正悲剧性之所在。

在上面论及“文明与愚昧的冲突”时，我们谈到了其中包含的资本主义与“社会主义”冲突的层面。在我国拨乱反正的历史时期，出于对计划经济与主流意识形态钳制的反思，对资本主义所象征的“自由”、“民主”、市场经济表现出热情是自然的（正如在法国“五月风暴”、日本“安保运动”中对中国社会主义革命所象征的公平、正义和造反精神表现出非凡的热情一样），这也确实对当时的思想解放有着很大的促进作用。不过1980年代以来，在我国逐渐融入资本主义全球化的进程中，对资本主义的美好想象也逐渐破灭。今天我们已经知道，市场经济不是资本主义的专利，甚至资本主义本身就是反市场的[①]。而在资本主义社会中，自由、民主也有着强烈的阶级差别，在弱肉强食、优胜劣汰的内在逻辑之下，不但自由、民主是打了折扣的，公平、正义更是无从得到。资本主义全球化正以迅猛之势席卷全球，我国作为“第三世界”，在国际上受制于资本主义全球化结构性的政治、经济分工，国内则贫富分化严重，阶级矛盾趋于激烈。在这样的形势下，重新看1950—1970年代的“社会主义”历史，我

---

① 参见许宝强、渠敬东选编《反市场的资本主义》，中央编译出版社2001年版。

们就可以更清楚地理解先辈的努力，他们同时追求着两个相互矛盾的目标：民族国家的现代化发展；公平、正义的革命理想。尽管他们的努力由于种种原因失败了，但其为人类开一条新路的悲剧性探索无疑是值得尊重的，在今天也有很多值得我们汲取的因素。而"封建专制主义"的说法，不仅割裂了历史，将社会主义现代性的追求简单地等同于封建王朝，也无法看到前人的努力对我们今天应有的启发。但这样的看法却成了我们今天的"常识"，使我们很容易想象出"刷牙"的故事，而"蹲点"的故事以第一人称"我"回忆的笔调写出，也不太为人相信。在这里，笔者的意思不是"翻烧饼"似地翻转对历史的看法，而是希望在理解历史内在逻辑的基础上，从中汲取合理性的因素，为我们今天面临的问题提供更丰富的思索空间。

（三）人性与阶级性

陈应松的小说《太平狗》以民工程大种和他的一条名为"太平"的狗在城市里的悲惨遭遇为主线，呈现出一幅发生在城市里的阶级图景，虽然在苦难上过于着力，却将当今社会底层的惨烈体验淋漓地展现了出来。陈应松的小说在写实中融入了浪漫主义或象征主义的一些因素，这构成了他艺术上的重要特色。

吕冀的小说《雪色秋意》前半部分展现了朱二一家辗转在乡村势力下的艰辛生活，后半部分写有了钱的朱二在要债过程中被腐化的故事，写出了"人性"的丰富性与可能性。但小说过于拖沓，整体上并不成功，削弱了这一有意义的命题的探索力度。迟子建的《蒲草灯》，写了一个农民在城里杀死了与舅舅通奸的妻子，在逃亡过程中逐渐认识到"爱"的故事，小说简单的观念表达显得十分勉强，这也显示了抽象的"人性"命题在面对现实生活时的无力。

与之相比，陈应松的《马嘶岭血案》引入了阶级矛盾的话题，却具有强有力的艺术效果。这篇小说细致地刻画了存在于踏勘队和两个挑夫间的紧张关系：城里的科技踏勘队来到马嘶岭勘查金矿，是为了给地方造福。然而踏勘队勘测到的金矿极可能被少数权势者霸占，九财叔等普通农民除了出苦力、当挑夫，根本得不到丝毫的好处，在他们眼中这些人不过是高高在上的雇佣者。科考队员对挑夫的粗暴态度以及他们富有的生活方式，一再刺激挑夫们渴求金钱的心灵，因此酿成了最后的悲剧：他们杀死了科考队员。这篇小说涉及了三重矛盾：一重是阶级矛盾。贫富之间的差异以及生活方式的不同最终酿成了血案。另一重是城乡矛盾。城市里的科考队员与农民们处于不同的位置，所思所想有很大的差异。最后一重是“启蒙主义”的失败。知识分子与普通民众之间互不理解的隔膜。正是这三重矛盾的交错，使小说悲剧性的刻画有着震撼人心的力度。

关于人性与阶级性的话题，在新中国成立后曾经得到过广泛的讨论，1950—1970年代对阶级性过于本质化、简单化的理解使之逐渐僵化，阶级性不但被夸大为人性的唯一内容，甚至被简化为党性，这使文学作品也趋向公式化与概念化。1980年代以来，关于人道主义的讨论使人性逐渐丰富起来，对上述倾向具有一定的反拨作用。但如果习焉不察地将人性抽象化与永恒化，则又走向了另一个极端。承认阶级性是人类社会属性的一个重要部分，不是对人性的窄化，而是对人性的丰富与具体化，这既是“左翼文学”传统经过历史的曲折遗留下来的理论成果，也是现实生活对我们的教训。

三、“三农”题材小说的艺术成就及不足

“三农”题材小说的出现，可以说与学界对“纯文学”观念的反思密切相关，正是由于“纯文学”漠视现实，促使一些作家开始重视现实问题，但小说毕竟是文学作品，如何在关切社会人生的同时不失去艺术的品质，是使许多作家焦虑的问题。下面我们将通过对上述作品的艺术分析，探讨这些作品在艺术上的努力取得了怎样的成就，还有哪些问题与不足。

（一）“三农”题材与艺术探索

夏天敏的两篇作品《银簪花》、《飞来的村庄》都有很明显的艺术上的追求，也运用了一些现代主义的技巧，如果仅就艺术性与叙事的复杂性而言，确实达到了一定的艺术效果，与作家本人发表于2001年《当代》上的《好大一对羊》相比，艺术上似乎更加成熟，但也减少了原先的质朴与冲击力。这使我们不得不思考一个问题：艺术怎样才能更切近现实，而不是凌空虚蹈，仅仅成为叙述的游戏？

《银簪花》写的是一个回家的儿子被父亲与妻子误杀的故事。小

说的语言很有表现力，故事也很让人意外，但故事背后缺乏社会思想内涵。其实类似的故事在文学史上已有人写过。加缪的戏剧《误会》写的是回家的儿子被母亲与妹妹误杀的故事，而贺敬之早期的叙事诗《红灯笼》写的则是回家的儿子被父亲抢劫杀死的故事。在《误会》中，令人震撼的还不在于母亲与妹妹误杀了回家的儿子，而在于妹妹对误杀哥哥并不后悔，其中的冷漠和孤独与《局外人》是一脉相承的，表现了现代人的精神状态。而《红灯笼》则将误杀的原因指向了社会层面：农村的凋敝与农民的贫困。对农村惨状的关注与戏剧性（以及诗性）的表达方式，为作者后来写作《白毛女》提供了一定的基础。与这两篇相比，《银簪花》在叙述上比较讲究，语言也很华丽，内容上加入了不少情欲的故事，但并不能让人思考或感动。——或许这正是我们这个时代大部分叙事艺术的问题。

《村经》在艺术上似乎想达到"魔幻现实主义"的效果，但整体上却给人以混杂之感。在小说中聚集了各种因素：权力斗争、预言、神话、谋略等，但作者似乎没有将其有机地融会在一起，形成自己的独特的艺术风格，而像是对莫言、贾平凹等作家不太成功的模仿与拼凑。《非常良民陈次包》在语言、结构上都有很大胆的尝试，我们很钦佩作者在艺术创新上的勇气，但也不得不指出这次尝试是不成功的，小说的语言过于啰唆，时常陷入自恋式的自言自语，结构上也过分随意，虽然有一些段落描写得很精彩，从整体来说却与作者付出的努力不相称。

将艺术探索与思想表达结合得较好的，可以李锐的两篇作品《颜色》与《寂静》为代表。

《颜色》选取了一个独特的叙述角度：一对身裹紧身衣的青年男女，在火车站前互相在彼此身上刷黑白两色的油漆，这一行为艺术取名为"宇宙的颜色"。三天中他们最虔诚的观众是一个胸前挂着"杂工"牌子的民工，他眼巴巴地守候着他们，唯一的目的是希望他们累了以后花钱雇他表演。在这里，农民工与先锋艺术家同样对城市生活不满，但原因不同，精神上的反叛与物质上的追求奇异地纠结在一起，被并置在一起"看"与"被看"，而又相互错位，具有一种奇妙的艺术效果。《寂静》没有那么精巧的结构，同时也避免了任何人工斧凿的痕迹。在以安详、柔缓的语调小心展开的平静的叙述中，你逐渐听到一个震慑人心的故事。而在小说的最后，激越的悲愤转化为不尽的悲凉，融入了寂静的背景里。这两篇小说短小而余味不尽，可谓上乘之作。

（二）“问题小说”与现实主义

《农民刘兰香之死》继承了从冰心到赵树理的“问题小说”传统，小说揭示的问题很重要，但也存在一般“问题小说”的不足，即其着力点在于“问题”，有着过于明显的戏剧性与故事流向的预设。

小说《麻钱》与之不同，虽然也涉及了社会问题，但不同于“问题小说”的简单化处理，而是呈现了社会生活的丰富性与复杂性，并写出了其中人物的境遇。小说写得细致而不烦琐，冷静而不平静，没有丝毫抚慰式的幻想，将平实真切的语调贯彻始终。从题材上看，《麻钱》可以说是“现实主义冲击波”的延续，但在价值立场上，它终于突破了在“发展是硬道理”和“道德同情”之间的犹疑暧昧，毫不含混地站在了底层一边，因而作品在悲剧性和批判性方面都远胜于“冲击波”。但若以严格的现实主义来要求，则《麻钱》还有些瑕疵，比如民工工钱的数目，他们应得的在小说前后计算得并不一致，这虽是细节，却更是作者应留心之处。

《食堂》从细处落笔，写的是日常的小故事、小小的悲喜，却能展现出真切自然的生活质感。在我们上列的小说中，《食堂》与《麻钱》可以说是优秀的作品，其所以成功，在于能够“贴着人物写”，而不是将作者的主观预设强加于故事或人物，而这正是现实主义作品的真实性所在。胡风曾一再指出，现实主义的创作方法能突破作家世界观的局限，这在恩格斯论巴尔扎克、列宁论托尔斯泰时也曾提及，但如果我们以更高的要求来评判作品，这两篇作品所塑造的人物还不够“典型化”，还不够生动、形象，他们往往被作者讲述的故事或凸显的背景所掩盖。正如鲁迅在评价萧红的《生死场》时所说：“这自然不过是略图，叙事和写景，胜于人物的描写，然而北方人民对于生的坚强、对于死的挣扎，却往往已经力透纸背。"①

《当代》的编者在按语里称《上塘书》："其深痛与深爱，令人想起同一块土地上诞生的乡村经典《呼兰河传》。"的确，这部小说的题材、散文式的笔法以及叙述语气，都对萧红的《呼兰河传》有明显的传承，但距离也是易见的。如果说《呼兰河传》能很好地将抒情、幽默与对苦难的描述结合起来，既大气又有灵气的话，那么这部小说可以说大气有余，而灵气不足，对现实的描绘有余，但抒情、幽默等独到的艺术韵味不足。这或许与叙述的视角有关，《呼兰河传》以回忆中儿童"我"的角度去写，更容易抒发作者主观的情愫，读来也更容易贴心，而《上塘书》的叙述者则是超然于上的全知全能者，不易达到上述艺术效果。此外，《呼兰河传》塑造了几个栩栩如生的人物，而《上塘书》的人物则显得多而零散。虽与经典作品比较尚有差距，但在当下同期创作中，《上塘书》可称得上是一部力作，它为当代农村的变化提供了一幅全景式的画面，这是非常难得的。

另一位东北女作家迟子建也常被拿来与萧红比较，但她的《蒲草灯》较之以前的作品，可谓大失水准，语言、结构、故事都很粗糙，整部小说只围绕一个理念写作，理念的表达也显得苍白无力。同样以风格细腻著称的刘庆邦，《刷牙》在语言上依然清新自然，苦难中不无幽默与反讽；另一篇作品《一句话的事儿》在语言上保持了相对的水准，不过整个故事却津津乐道于一个女人与五个男人的关系，这对曾写出《神木》、《鞋》等作品，对现实苦难与农村女性心灵有深刻、细腻把握的作者来说，不免令人失望。

现实主义的创作在一段时间内颇为人冷落，这与1980年代中期以来现代主义思潮的影响有关，使得求新求变成了作家的内在追求，文学作品也与现实越来越隔膜。《麻钱》和《食堂》等作品的艺术实践，让我们重新看到了现实主义的活力，但如何更切近于我们时代的问题与真相，如何创作出更优秀的作品，则需要我们的作家付出更多的努力。

---

① 《鲁迅全集》第六卷，人民文学出版社1981年版，第408页。

（三）作品的比较与期待

如果将“三农”题材小说与同时期的“都市题材”小说相比①，我们可以看出两者开掘角度的不同，前者关注的是生存的基本问题，而后者则注重情欲与情感的复杂纠葛，这在某种程度上不仅显露了中国当前城乡的差别，也显示了不同阶级生活的巨大差异：在农村与城市的农民们处于生存的挣扎之中，而都市的中产阶级则在优裕的生活中进行性游戏。前几年不断有人呼唤“市民社会”与“中产阶级”，以为他们稳定的价值观可以使之成为保守的政治力量，成为社会稳定的支柱。但中国现阶段的“中产阶级”与资产阶级一样，是在社会转型期突然形成的，他们还没有形成稳定的价值观与道德伦理观念，只是对现有价值观念的破坏，而不具备建设性的因素。表现“中产阶级”的都市题材小说，则既对“中产阶级”的现实、精神状况毫无反思，也不具备以审美现代性对抗世俗现代性的反叛精神，而多是以痞子般的态度表达对“中产阶级”生活现状的认同与向往之情，有的虽在艺术上不无讲究，但显得过于轻薄。相形之下，“三农”题材小说则大多直面现实，同时在艺术上也进行探索，出现了不少优秀的作品。

上述优秀的作品，比如《麻钱》、《马嘶岭血案》、《食堂》、《寂静》、《颜色》与《上塘书》，都达到了一定的艺术成就，但与经典作品相比，还有需要继续努力的必要。

从20世纪以来，中国文学中以农村、农民为题材的小说有很多，如二三十年代的“乡土小说”，新中国成立后的农村题材小说，并出现了鲁迅、萧红、赵树理、柳青、浩然、高晓声等优秀的作家，与这些作家的经典作品相比，上述作品在艺术风格、人物塑造上还没有达到炉火纯青的地步。不过，与新中国成立后农村题材的作家赵树理、柳青、浩然相比，上述优秀小说也呈现出了一些可喜的变化，那就是他们以现实主义的创作突破了主流意识形态的规约，重新恢复了

① 请参阅一些都市题材小说，如《处理黄玉蝉的过程》（《收获》2004年第1期）、《浴缸漏水》（《钟山》2004年第1期）、《双人床》（《当代》2004年第2期）、《情欲艺术家》（《收获》2004年第2期）、《给我手纸》（《人民文学》2004年第4期）等。

"左翼文学"的优秀传统：对现实生活的敏锐洞察和对弱势群体的人道关怀，这同时也是他们对"主旋律文学"、"纯文学"与"现实主义冲击波"的超越。

胡风说，现实主义的创作必然将作家引向社会主义道路，这里的"社会主义"不是指特定的制度与实践，而是公平、正义的革命理想，当我们正视现实，正视"三农"问题时，必然会产生变革的要求，必然会不断发出公平、正义的吁求。9亿农民是中国人的大多数，他们的苦难也正是中国的现实，当他们在土地上挣扎时，当他们在城市与工地上饱受欺骗与侮辱时，正需要艺术家以敏感的心灵与之贴近，并表现出来。如何"置身在为民主的斗争里面"[1]，并在这一过程中不断提高思想、艺术修养，创作出更加优秀的作品，这是时代所提出的要求，也是我们对作家最大的期待。

---

① 胡风一篇文章的标题。

第四章 2006：“底层叙事”的新拓展

2006年，小说中的“底层叙事”蔚为风潮，在理论、批评与创作方面得到更为深入的讨论，但真正优秀的作家与作品并不多见，本章希望通过对一些作家作品的评价，总结“底层叙事”在思想、艺术等方面的经验与教训，以使“底层叙事”得到更为健康、长远的发展。

一、思想层面的探索：曹征路与刘继明

（一）曹征路及其代表作品

2004年，曹征路的《那儿》引起了广泛的关注，2006年发表的《霓虹》可视为其姊妹篇。在《那儿》中，下岗工人杜月梅为生活所迫做了妓女，在回家的路上被狗咬了，从而引起了此后的故事，但杜月梅的故事并不是小说的主体，而只是小说中的线索之一。在这个意义上，《霓虹》可以说是对《那儿》的一个补充，它将《那儿》中没有充分展开的杜月梅的生活，以倪红梅的故事讲述了出来，让我们看到了底层妓女生活的悲惨与无望。在《霓虹》之外，曹征路2006年还发表了《真相》、《陪你玩到底》、《天堂》等作品。《真相》对校园中的权力关系有着深入的揭露，以鲜明的立场批判了教师的权力异化；《陪你玩到底》写了“我”在艰难环境中追求远大志向所遇到的困境，对底层青年人生的抉择有细致的描述；《天堂》写出了“模范”称号对模范本人的限制，对这种具有中国特色的政治运作方式有着反讽式的刻画，也写出了对美好生活追求的不可阻遏。曹征路的

小说擅长在现实生活中发现一般人习焉不察的权力关系，并对被压迫者有着深切的同情，这使他的作品具有一种动人的感染力，在他最优秀的小说《那儿》、《霓虹》中，他还捕捉到了小说人物心中朴素的阶级意识，并以之作为反抗不合理现实秩序的思想利器，这使他具有一种理想主义的悲壮。

（二）刘继明及其代表作品

刘继明早先以写作"文化关怀小说"著称，其小说带有鲜明的先锋性与探索性，然而伴随着《我们如何叙述底层?》等理论思考，他的小说也开始转向现实社会，对底层的深切关怀不仅改变了他的小说风格，也使他的思考更加开阔、深远。在刘继明2006年发表的小说中，引人注目的有《放声歌唱》、《我们夫妇之间》、《短篇二题·茶鸡蛋》等。

《放声歌唱》在写农民进城打工的艰苦境况的同时，也写了"跳丧鼓"这一民间歌舞的衰落，这表现了农民不仅在政治、经济上，而且在文化上也失去了主体性，对这一现状的揭示，使小说具备了一种更深层次的发现。在小说的叙事上，前半部分有些乏力，但小说的结尾却为我们展现出了一个惊人的场面：久讨工钱未果之后，两个主人公爬上了法院大楼，唱起了跳丧鼓："所有的人都从办公室跑出来了，聚集在法院门前的广场上，睁大眼睛翘首仰望楼顶，仰望站在楼顶用沙哑的嗓音放声歌唱的跳丧鼓歌师钱高粱，仿佛观看两个外星人，或者欣赏一场精彩的露天演唱会。"这个场面以一种悲壮的形式凸显多重矛盾和错位，是今天农民工尴尬处境的一个精彩写照。

《我们夫妇之间》与新中国成立初期萧也牧被批判的小说同名，但小说并未触及当下的小资问题，而是描写了一对下岗夫妻的生活困境。小说细致地描摹了在生活压力下正常伦理的崩溃，最后妻子成了一个卖淫的女子，而丈夫则往来接送或为妻子"拉皮条"。故事虽然平常，但从一个侧面反映了10多年来社会和伦理的变化，小说为我们展现了转折的过程，令人触目惊心。古人说，"礼失而求诸野"，当一个社会连夫妇这样最基本的伦理都无法保障，甚至普通人也会被迫走向这样的堕落的时候，是最为沉痛也是最值得反思的。

《茶鸡蛋》将历史与现实连接起来，从一个新的视角来审视当下，颇有新意。何幺婆听说将一枚茶鸡蛋卖给暴发户黄老三，可以卖1000块钱，她动了心，但以前她是土改、合作化等运动的积极分子，曾经批判过黄老三的父亲——地主黄聚财，所以她又有些犹豫。但她生活贫苦，无奈之下她仍找到黄老三的门上，而黄老三不但不买她的茶鸡蛋，反而羞辱了她，何幺婆只好在悔恨中回到了家。小说中两家人命运的戏剧性变化，反映了时代的变迁。在这个时候，回顾何幺婆丈夫临死前的话是有意味的，他说：“幺姑，你记住，以后无论世道哪样变，你都不要忘本……咱们好不容易挺直腰杆子，可决不能轻易再弯下去咧……”如何让挺直的腰杆子不再“弯下去”，应该是我们所面临的重要问题。

刘继明近期小说描绘的多是普通人的生活，他能在思想的观照与历史的勾连中挖掘出深意，小说在叙事的推进上存在一些问题，但结尾总能给人以警醒。如果联系到他以往小说的艺术高度，我们可以说，在如何将底层关怀转化为小说艺术上，他还处在转折的过程中。

二、艺术性的追求：李锐与胡学文

（一）李锐及其代表作品

李锐的《太平风物》是近来少见的艺术性较高的短篇小说集，其中每篇小说以一件农具为标题，开头的引文对农具加以介绍、考证，接下来是作者以这一农具为中心构思的故事。全书16篇小说，将历史与现实相互勾连起来，图片与文字、白话与文言彼此交错，具有一种参差之美，在总体上也形成了“农具”系列的一种展览，让人在农具即将消失的年代，得以重温一件件农具的历史，而作者精巧的构思、清洌的文字，也使小说在艺术上具有较高的质地。

有意思的是，在16篇小说中，有不少是以农具对人的伤害为故事线索的，《袴镰》中的镰刀、《樵斧》中的斧头、《桔槔》中的桔槔、《寂静》中的麻绳都是杀人或自杀的凶器，《残摩》中的摩架将主人公的左腿“活活犁出一道沟来”，《青石碨》中的磨盘则是拴住马翠花的刑具，《耕牛》中的耕牛与他的主人红宝同归于尽了。如此众多的农具为何成为凶器？如果从小说的层面来讲，是作者出于构思故事的戏剧性的需要，但另一方面，这些“凶器”也显示了农村生活中惨烈、悲苦的一面。这里不仅有正常操作中农具对人身的伤害，而且还有现实中很多的侮辱与损害：以镰刀杀人的有来，是由于告不倒村长杜文革，哥哥为此而死，自己又长期饱受欺压，最终才铤而走险的；《寂静》中以麻绳上吊的满金，是由于"攥着那张叫乡政府废了的合同"，打了六年官司打不赢、投告无门才走上绝路的。在这个层面，小说集中地表现了当前农村中的一些尖锐问题。李锐在一次座谈会上曾表示要"拒绝对中国农村作田园牧歌式描述"，《太平风物》对现实问题的触及，无疑与他这一想法密切相关。

《太平风物》对现实的关注是多层次、多角度的，这使小说的世界显得更为丰富多彩。《犁铧》写的是到高尔夫球场种草的宝生，在城乡之间的对比中写出了他的生存状态；《镢》写的是一个被知青妻子抛弃而疯癫的歪歪，将现实与尘封的历史紧密地联系了起来；《牧笛》写了农村说唱艺人父子俩的分歧与隔膜，从艺术失传的角度写出了农村自身文化的衰落；《樵斧》写了一个在庙里打杂的农民工的失踪，将佛教的庄严与侦察的动机奇妙地勾连在一起；《连枷》通过两个师生的劳动与对话，对民办教师的现实处境有着深刻的反省；《耧车》则通过祖孙二人的交谈，刻画出了一个老人对即将永远离去的土地的深厚情感。而以上所有的"现实"故事，都有一个遥远的历史背景，在与千百年来的农具的"对话"中，他们获得了历史感，但这是即将离去的获得。离开历史，也是离开一种安稳、踏实的生活方式，展现在他们面前的将是一种未知的"现代"世界，小说出色地表现了他们转变的心理历程。

现在描写"底层"、描写农村现实问题的作品出现了很多，其中不少作品在艺术上却失之于简单、粗糙。与这一类作品相比，《太平风物》是出色的，它关注现实，但并不拘泥于现实，而是在现实生活与个人艺术敏感点的碰撞中，从自己的角度去观察，以独特的方式加以表现，从而写出更具个性、艺术性的作品，这无疑是值得赞赏的。李锐的独特之处在于：他很少按部就班地交代情节，而善于在故事的来龙去脉中切出一个"横截面"，以之为中心，前后勾连，以组织叙事；他善于抓住某个人物、心理或细节，做纵深的开掘，并形成一种弥漫全篇的"意象"；在故事中他并不直接讲述自己的看法，而让这些故事自身来呈现，在整体上形成了一种平静、冷峻的风格。正是在关注现实时仍保持着对艺术的追求，《太平风物》才更值得我们关注。

《太平风物》的一些篇章也略有些瑕疵，有些作品如《镢》、《犁铧》以农具命名并不完全适合，但或许为了凑成“系列”，作者仍以农具来定名，就不免显得有些牵强；另外如《青石碨》结尾的突兀，或许是作者过于讲究戏剧性了，反而与整体的风格不协调。尽管如此，这本小说集无疑仍是2006年文坛最为重要的收获之一。

（二）胡学文及其代表作品

胡学文的小说《命案高悬》也是“底层叙事”中的优秀之作，它给我们讲述了一个离奇的故事：村妇尹小梅因一件小事被抓到乡政府，竟然莫名其妙地死了；她的家人平静地接受了这一事实和8万块钱的赔款，而村里的“混混”吴响因曾觊觎尹小梅并对她被抓负有一定责任而感到内疚，反倒一个人去追寻她死亡的真相。小说以吴响追寻真相的过程为线索，呈现出了乡村社会复杂的文化、政治生态。在这里，首先让我们震惊的是尹小梅的死，她的死如此突然，不仅让小说中的人物一时难以接受，也让读者感到吃惊。在小说的第一节，我们看到的是护林员吴响试图利用权势勾引尹小梅的故事，此处的重心在于吴响的欲望与尹小梅的不肯就范之间的“博弈”。当吴响无法让尹小梅屈服而恼羞成怒、将她交给副乡长毛文明时，故事的重心便发生了转移。尹小梅再次在小说中出现时已经死了，这突然的变故，使小说此后的焦点便集中在追寻她死亡的原因上了。

叙述重心的转变，凸显了乡村传统文明与现实政治权力的迥然不同。吴响在村里虽然欺男霸女，是一个流氓、“混混”，但他的欺压是有一定限度的，他在满足个人欲望的同时，还会顾及传统的禁忌与村民的心理承受能力。而以毛文明为代表的乡政府则全无禁忌，以一种绝对的权威凌驾于乡村之上，尹小梅的死凸显了他们暴力、毫不讲理的一面。如果说吴响在村民面前是一种欺压性的力量，那么在面对乡政府时，他则成了对村民的一种“保护性力量”，这双重性使他在乡村与政府之间处于一种“中间人”的地位，既使他的形象更加复杂、丰满，也让他后来的转变顺理成章。

吴响追寻尹小梅的死因，没有利益上的考虑，他只是“想问个清楚”，他想得到的也不是法律上的解决，而只是个人良心上的安宁，他只希望了解一个人死亡的真相并能得到合理的解释，这可以说是一种前现代的“自然权利”，却是对现代政治、法律的一种超越。在“合法”之外，他首先要的是“合情合理”，这里的“情”与“理”便是几千年来相沿成习的传统文化与民间习俗。看起来这只是一个朴素的要求，对乡村中的人来说却更有意义，从这个角度看，吴响就像“要个说法”的秋菊一样，代表着一整套来自民间的逻辑。

但这样的民间文化也处于瓦解的过程之中。小说中吴响追寻真相所遇到的阻力，不仅来自以毛文明为代表的强制性力量，也来自黄老大、黄宝这样的“民间”力量。在前一种力量之中，我们看到的是副乡长毛文明、派出所焦所长、卫生院院长独眼周等所结成的强大联盟，他们竭力隐瞒尹小梅的死亡真相，并对试图调查真相的吴响软硬兼施、打击报复，因为真相会威胁到他们的地位和个人前途。而在后一种力量之中，首先是尹小梅的公公黄老大、丈夫黄宝，“如果尹小梅不死，那头奶牛不会归黄老大，黄老大也不会得到一台彩电。这笔硬账足以抹掉黄老大那点难过”，而黄宝则拿赔偿款到城里开了个果品店。对于妻子的死，他说“我也犯嘀咕，可不敢问，我害怕问”，在这里，权力的压制和金钱的诱惑堵住了他们的嘴，让他们对亲人的死不闻不问。让吴响感到难过的，还有三结巴的世态炎凉，王虎女人的前恭后倨，“鸭嘴”的诬陷栽赃，甚至“老相好”徐蛾子的无奈出卖，这些人并非有意要跟吴响过不去，但客观上却成为他追寻真相的阻力，这在某个侧面也反映了乡风民俗的堕落。

于是我们看到了更加令人震惊的事情，在一条横死的人命面前，人们表现出了出奇的冷漠，尹小梅莫名其妙的死亡没有引起重视，甚至她的丈夫也说，“我以为处理完了，事儿就过去了”。在这里，人们并没有将尹小梅的遭遇当作自己可能的未来，站起来为她说句话，为她也为全体村民争取免于被殴打致死的权利，相反他们唯恐避之不及，生怕与自己扯上关系，这些地方形象地表现了小生产者的自私、冷漠等劣根性。

在艺术性上，《命案高悬》有两点值得注意：一是小说在叙事重心上的转换。胡学文善于在小说的开头很快地吸引住读者，然后在叙述的展开过程将重心转移到另外的故事上去。这种手法在他的《在路上行走的鱼》等小说中也运用过，如果我们从小说史的角度来考察，可以说这继承了话本小说中“入话”的一些长处。二是小说塑造了吴响这样一个“圆形人物”。他是丰富、复杂的，很难用简单的标准来评价，但唯其如此，在他身上也正折射出了时代与社会的复杂性，我们可以说吴响是乡村干部的一个“典型”。

三、表现范围与方法的扩展：罗伟章与周昌义

（一）罗伟章及其代表作品

罗伟章是2006年最为引人注目的作家之一，他接连发表了《奸细》、《变脸》、《狗的一九三二》、《路上》、《世界上的三种人》、《姓冉的白云》、《我们能够拯救谁》等一系列作品。如果再加上2005年引起广泛关注的《大嫂谣》、《我们的路》、《我们的成长》，那么我们可以说他的小说已成为当代小说中一道独特的风景。

在这些小说中，可以纳入“底层叙事”范围来讨论的小说有《变脸》、《我们能够拯救谁》、《大嫂谣》、《我们的路》、《我们的成长》等。这些小说写底层与苦难，但并没有陷入城乡、贫富等简单的二元对立之中，而试图以一种更加复杂的视角来把握现实的丰富性。在《变脸》中，陈太学是一个小包工头，面对城市里更大的“头儿”，他献媚、送礼，而面对同样从农村出来打工的兄弟，他却克扣工资、拖账赖账。小说并没有对他做简单的价值判断，而是刻画出了他生活的复杂性和内心的分裂，而这种“分裂”正是小包工头在城乡之间尴尬的写照，也是时代的精神“症候”。《我们的路》则描写了两个打工青年的命运，向我们展示了他们在城乡之间无所归属的状态。城市无法安身，而“故乡”已经回不去了，他们只好不断从城里逃归乡下，又从乡下逃到城里。另外一些作品虽然没有直接写底层，但作家关怀现实、人生的精神则是一致的。《奸细》写中学里相互挖“尖子生”的竞争，《世界上的三种人》写与岳母的关系，可谓“世情小说”；《路上》写一个女红军的命运，在历史与现实的连接中写出了时代的变迁，令人感慨；《姓冉的白云》写两个贫穷的兄

弟娶媳妇的故事，小说以年幼的小兄弟的视角去写，颇有童趣，而结尾则出人意料之外。

罗伟章大部分小说的叙事主人公都是边缘知识分子，他是从农村来的，但又不能融入城市生活的主流，从他的角度去观察，看到的是不同的世界，这样的叙事者既参与故事，又不断反思，形成了一种独特的视角。罗伟章小说的另一个特点体现在结尾，在故事的主要部分结束后，他总会另外安排字数很少的一"小节"来结尾，有时是交代，有时是抒情，在艺术效果上有的留有余味，有的则不那么成功，但这一特色无疑是罗伟章独有的。

（二）周昌义及其代表作品

周昌义的《江湖往事》或许是目前唯一一部以底层为题材的长篇小说，它将底层的苦难与类似黑帮片的"帮派"结合起来写，既有现实的意义，也具有通俗小说的一些性质。"那年月，一个穷人的死，是很寻常的事"，小说这样开头，叙述了穷孩子穹小带领两个同乡白三、黑柱在仁城闯荡的经历。他们以黑道的方式打抱不平，并将"扶危济困"做成了生意，在与黑、白两道的斗争中艰难生存，故事在波澜中向前推进，……最后讨要工钱的民工在仁城最著名的建筑国贸大厦上演跳楼惨剧，十几个民工生死悬于一线，最终市政府垫付工资，出台了第一张政府讨薪令，而组织者穹小则被法院收审。"在公诉人慷慨陈词声中，穹哥心中叹道：旧的江湖恩怨未了，新的江湖恩怨又开始了。"整部小说在故事上波澜起伏、引人入胜，尤其小说的后半部，各条线索相互穿插，写出了一种紧张的氛围；这部小说在语言上特色鲜明，利落、拗口，有一股独特的韧劲与狠劲；小说塑造了穹小、白三、黑柱等一些人物形象，但除个别之外，大多数人物没有鲜明的个性与饱满的性格，这应该是小说的不足之处。在总体上，《江湖往事》反映出了政府讨薪之前农民工的悲惨处境，而它将现实的刻画与通俗小说要素相结合的方式，应该说为"底层叙事"开辟了新的创作空间。

（三）其他作家及其代表的作品

此外，李铁的《合同制老总》、《我的激情年代》描写了不同时期的工厂生活；王新军的《坏爸爸》触及了城市乞讨儿童的内幕；

陈应松的《吼秋》描写了神农架自然的恐怖和底层的苦难，《母亲》则写出了贫穷生活对伦理关系考验的极限。这些作品都有这样那样的不足，但对底层生活的深切关注是相同的。

“底层文学”现在很受一些人的非议，非议的角度也各种各样，比如有的说它是“题材决定”论、“主题先行”论，有的说它是抢占道德制高点，还有的从艺术的角度来否定，等等，不一而足。一方面，应该说其中一些问题在“底层文学”中也是存在的，但对于一个真诚的写作者与批评者来说，意识到了问题，并且不是全盘否定，而是提供了一个重新思考的出发点。另一方面，现在很多人包括赞同者，都以为底层只是“现实主义”的（因而也是落后的、低级的），在我们所看到的大多作品中也确实如此，但并非说“底层文学”就只能是“现实主义”的，无论在思想还是艺术方面，“底层叙事”都应该具有革命性、开创性，应该更新锐、更有想象力，它不是原有意识形态的回归，而是面对现实的一种艺术上的新创造。

今天，笼罩我们意识形态的是个人主义、商业主义，在文学界就是“纯文学”，总体来说是一种精英集团的自我意识和阶级意识，他们成功地把这一套说成是所有阶层的共同利益，这是很值得警惕与反省的；而真正的“底层文学”的出现，正是打破这种意识形态的一种努力。现在很多人关注的是“底层如何文学”的问题，但“文学如何底层”的问题也同样值得关注，这里包含两个层面：一个是文学是否可以以底层为描写对象，二是文学是否可以以底层为服务对象。现在第一个层面的问题已经得到了部分的解决，但第二个层面的问题仍然存在，文学并没有真正通向底层，为底层所阅读、欣赏、认同。“底层文学”应该发挥自身的作用，使底层民众对自身的处境和世界的本来面目有清醒的认识，从而改变自身，也改变“文学”的面貌。笔者以为这样一种发展方向是我们可以展望的。

第五章　2007："底层文学"的理论与实践

2007年，"底层文学"在理论与实践方面都取得了突出的进展。尽管大多数评论家仍持批评的态度，但即使对于这些评论家来说，"底层文学"也已经成为一种不可忽视的存在，在他们的批评文章中，有的采取了一种抽象肯定、具体否定，或者在否定之前简单肯定的做法，这表明中国现实及"底层文学"的发展已经使部分评论家发生了改变，尽管这一改变是有限的；而赞同"底层文学"的评论家，则提出了"新的人民性"、"底层文学的先锋性"、"新的美学原则"等新的命题，不断将关于"底层文学"的讨论引向深入。但就总体来说，"底层文学"的讨论还没有摆脱赞同或反对的态度之争，在理论上并没有更多新的建树。本章根据"底层文学"的创作实践，在理论上提出一些命题，希望能为这一讨论开拓出新的空间。

一、"民族形式"与左翼传统

前文已述，"民族形式"是一个重要命题，这不仅是形式的问题，而且是内容的形式、内在的形式，是与内容紧紧联系起来的。

贾平凹的长篇新作《高兴》写了刘高兴等在都市捡垃圾的农村人的命运，同时涉及了城市底层中的各种人群，有乞丐，有民工，有妓女，等等，较为全面地展示了底层生活中的各个方面。《高兴》这个名字很有意思，现在写底层的小说很难"高兴"起来，贾平凹却反其道而行之，他发掘的是他们生活的"整体"，而不只是悲惨的一面，底层也自有内在的生活逻辑，有他们的喜怒哀乐。此外，在小说中，他也强调了主人公的理想或梦想，而不只是写他们物质现实的生活，这是与一般“底层小说”不同的地方。而小说更加值得注意的是它在内容与形式方面“中国化”的努力。

小说中令人印象深刻的是刘高兴这个人物，他虽然是个进城的农民，但身上却有着类似“文人”式的忧伤与理想，这可以视为作者在小说中的投影。但这种继承自孙犁的文人式的性情，没有表现为作品的风格性要素（像贾平凹早期的中短篇），或者对知识分子自身生存状态的呈现（如《废都》），而构成了小说主人公不同流俗的对精神世界的追求，以及对物质、现实世界的超越，这是刘高兴的特色，也是《高兴》这部小说的一个特色。

王祥夫近期小说中叙述的灵动与自然，以及对日常生活细节的细腻描绘，继承了以《红楼梦》为代表的中国古典“世情小说”的传统，在艺术上形成了鲜明的特色。他的《西风破》、《砍玉米》、《玻璃保姆》等小说，对中国社会的世态人情有着细致入微的描写，在日常生活中发掘出了诗意。《西风破》写一个因过失杀人坐牢的父亲与儿子是否相认的心理矛盾，《砍玉米》写一件小事在伦理上引起的各种心理反应，作者在细节的铺叙中，写出了最下层人民生活的氛围及其道德态度。正是在这些最现实的生活中，作者找到了与中国古典小说衔接的角度与方法。

在“底层叙事”的思潮中，曹征路既是代表性的作家，也是最为独特的作家，在诸多描写底层的作品中，他的小说总是与众不同，显示出了鲜明的个性。现在的“底层文学”，大多只是在渲染底层生活的悲惨无助，在此基础上抒发人道主义的同情，很多人只是将底层作为一个题材，却没有自己独到的观察。但真正有追求的写作者总能既在潮流之中又超出潮流之外，曹征路便是其中的一个典型，他的特点在于继承了左翼传统，而又能够将之与当前现实的复杂性结合起来。

不少作家都写过乡村选举，但曹征路的《豆选事件》却有着独特的观察与思考。小说着重描写选举过程中村民对恶势力的反抗，写出了这一事件中不同人的心态。

胡学文的小说呈现给我们的世界是丰富、复杂而矛盾的，自然我们可以用"转型期的中国农村"来概括，但仅仅这样是不够的，他不仅写出了"转型期的中国农村"，而且写出了其中的人——置身于特定生产关系与社会关系中的人——及其内心微妙的感受。

在《淋湿的翅膀》中，我们看到的是围绕艾叶展开的乡村故事，她与马新、杜智两个"男友"的关系，她与妈妈赵美红的关系，她与女友小如的故事，以及村长莫四、独眼婆的故事，等等，这些人物组成了艾叶的生活世界。但他们也都有自己的故事，每一个人都是独立的，各自的故事也是独立的，但又通过艾叶扭结在一起。小说正是在这样网状的社会关系中描述了艾叶的"存在"，刻画出了这个农村少女的内心世界，也通过艾叶折射出了不同关系变化的内在逻辑，从整体上勾勒出了当下中国农村的复杂性与丰富性。小说中的故事与人物都是新鲜的，是对当下农村经验的敏锐捕捉。其中有对农村中旧式人物的刻画，比如赵美红让人想到赵树理笔下的"小飞蛾"，莫四这样的村长也是常见的，但这些人物既然置身于新时代，也会有新的变化，赵美红最后积极参加维权，莫四苦恼于造纸厂与村民的矛盾，便是他们的新颖之处；对新的人物与新的人际关系的把握，更是这篇小说的长处，艾叶与小如的关系，独眼婆与儿子的关系，都是市场经济在农村中引起的新变化，而在马新的维权中，既有阶级意识的觉醒，也有投机取巧的因素，最后则演化成了个人利益的交换，充分表现出了复杂性。正是这些复杂与新颖之处，显示出了作者独到的"发现"，这使得小说与那些想当然的"底层文学"区别开来，使"底层文学"获得了新的深度。

二、"底层文学"中的"人性美"与"人情美"

"爱"、"生命"、"灵魂"、"存在"等概念，是一些论者至今仍津津乐道的命题，但在社会分层和贫富分化加剧的今天，这些笼统的命题已失去了把握当下现实的能力，抽象地谈论这些问题，尽管言辞华丽而动听，却无法让我们认识到真正的社会问题与精神问题，甚至遮蔽了对这些问题的分析与思考。在谈论这些问题的时候，我们必须进一步追问：究竟是谁的爱？什么样的生命？怎样的"灵魂"？这样，才能使抽象的"爱"在具体现实中得以形塑，我们才可以看到

“爱”的光谱——在现实中从可能到不可能的微妙波动与变化，而这对于我们理解“爱”与现实都具有重要作用。

吴国恩的《宠物》是一篇写“爱”的小说。小说并没有描写抽象的“爱”，而是为我们具体勾勒出了不同人之间的“爱”，这几种爱相互交织与冲突，构成了故事的线索与动力，也为最后的悲剧性结局埋下了伏笔。有房有车、生活无忧的中产阶级女性白玉是一个有爱心的人，她的爱体现在对保姆春妮与对小狗“弟弟”的照顾上，体现在对情人春生的慷慨上，以及她对农村献爱心的行为上。但她的“爱”是有局限的，这主要表现以下方面：首先，她与被爱的人是有隔膜的，并不能真正沟通，他们并不是平等的，而是建立在一种权力关系或经济关系之上，这在她与春生的关系上表现得最为明显。其次，她的爱是建立在对别人的爱的剥夺之上的。作为道德虚伪、注重物质欲望的一个阶层，她对性资源的过分占有与攫取，是造成正常恋爱无法进行的重要原因。小说中的春生与春妮还在农村时是两小无猜的，但进城后命运却被重新编码，围绕着高高在上的精英阶层，他们一个成了性奴，一个成了奴隶，纯真的爱情坠落到了现实的泥淖之中。在这个意义上，白玉是在破坏了别人的爱之后才建造起了自己的“爱”，但这所谓的爱又只不过是她的一种消费。相对来说，她对农村的献爱心活动似乎是颇为难得的，毕竟这是她的主动选择，是一种“爱”的表现，能够有爱与关怀的意愿，确实表现出了白玉真诚的一面，但唯其如此，也正凸显出了她的“爱”的隔膜与自我中心主义。

与白玉不同，春妮是一个从农村来的小姑娘，是专门照顾小狗“弟弟”的“狗保姆”，她不仅在经济上，而且在身份、文化上都处于被压制的位置上。她的爱是对主人的顺从，是对小狗的细心照料，是对最初春情萌动的怀想。但生活逻辑的发展，使她无法再保持最初的梦想，她的初恋情人，她最喜爱的白裙子，这些生活中最美好的事物，都在城市中以另一种方式出现在她面前。她在现代文明的逻辑链条上处于被剥夺、被压迫的最低端，甚至她在农村老家的父母与弟弟、妹妹，都只能以被同情、被怜悯的姿态出现在城市文明的面前，而这不仅伤害了她的尊严，也直接动摇了她生存的基本信念，最后她割腕自杀，与这种绝对的被剥夺感有着直接关系。小说中对白玉的

"爱"的描写是真实的，也是具有说服力的。她本人是具有爱心的，但这种"爱"只能是在她的具体生活中生长出来的，只能是她所处的社会阶层的一种普遍的观念，一旦将这种观念扩大化，甚至以之为理解现实的唯一角度，就会具有难以避免的局限性。小说将她的"爱"及其局限性鲜明地表现了出来，让我们看到超阶级的、抽象的"爱"的不可能。

赵光鸣的《穴居在城市》令人感动，这篇小说描写进城打工人员的艰辛生活，但并未渲染他们在城市压力下的心理扭曲与不平衡，而是在艰难困苦中发掘出了他们的"人情美"与"人性美"，展示了底层人美好的心灵和相互扶助的精神，让人们在现实生活的艰苦中感受到了一抹亮色、一丝温暖。这篇小说的故事性不强，它通过民办教师王绳祖和他的新搭档小马一天的活动，展现了他们生活的各个侧面，从住宿条件的恶劣到找工作的艰难，从工友之间的竞争到草根小店的温暖，从工作的劳累到对客户的诚信，在这些断片式的描述中，我们看到了他们的生活和他们接人待物的态度。王绳祖和小马之间是父子式的相互关爱；他们跟孟糊糊、孟条件叔侄以及青海的撒四十与河南的郑小毛这些工友之间，既相互竞争又惺惺相惜；对待草根店的草根嫂、香香与寒露，既有异性相吸的温暖和朦胧的爱情，也有底层人相互扶持的温情；对待找他们运货的城里人，他们干活倾尽全力，在发现运错了货物时没有敷衍了事，而是主动告诉了这些人。小说虽然涉及了他们生活的方方面面，但也并非只是平铺直叙，王绳祖和小马面对"假货"时的不同反应和解决的方式，使小说达到了高潮，而最后满仓的归来则使前面的一再铺垫得到了照应，也使小说的结局出人意料而余韵悠长，在这些地方，我们可以看到作者匠心独运之处。

这些到城市来打工的农民，住的是条件最差的防空洞，吃的是最简单的饭菜，做的是最辛苦的活，然而正是生存条件的艰苦，才使他们之间产生了最美好的感情。《穴居在城市》在对他们之间人际关系的细致描述中，让我们感受到了他们的生活和灵魂的美。"满仓很爱他的女人，出了事，仍然爱"，这是超越于夫妻感情之上的一种更博大的爱。在小说中，我们处处可以体会到这种人性美与人情美，相对于城市里冷漠、敌对、疏远的人际关系，这是一种更为温馨和谐也更为先进的文化。《穴居在城市》的长处在于写出了人性美与人情美，但它写的不是抽象的“人性”，而是现实社会中具体的人的生活，它所写的也不是普泛化的“人性”，而是进城民工这一阶层的情感与处世方式。它在写“人性”时带有阶级性，但也没有将阶级性抽象为符号，而是融会在具体生活的描述中，写出了底层人在共同的生存境遇中所产生的美好情感。小说写出了他们生活的艰辛，但也透出了些许的温暖，这给主人公和读者带来了希望。

鬼金的小说《两个叫我儿子的人》是以一条狗的视角来看世界的，这个世界是残酷的，但又充满温情。李小丽是从农村到城市来的“小姐”，独腿男人大马是一个靠出租房屋为生的城市贫民，这是两个被现代化的城市生活抛弃的人，在他们各自的生活逻辑中都是失败者。李小丽的爹死在煤窑后，“这个家就靠她了”，她要养活年迈的母亲和傻弟弟，不得不走上了这条路；大马上夜班时一条腿被机器“吃”掉了，老婆和别人好了，儿子进了少管所。

他们之间互有怨怼，但也存在着真正的关怀，一个说，“你出去凉凉风吧，我来，你根本就不会干这活，还自称是农村来的呢”，另一个说，“晚上一起吃饭吧，我从农村带回来一些山货”。这看似平常的语言，却超越了租赁房屋的买卖关系，体现了底层人互帮互助的人情美与人性美。这是两个穷人之间的情感，是一个进城农民与城市贫民之间的情感，是“被侮辱与被损害的”人之间的情感，这种情感是朴素的，但又是真挚的，是平凡而又动人的。

这样的感情不仅体现在人与人之间，也体现在这两个人与“我”（狗）之间。与这个世界相对立的，是另一种人与另一种狗，在这条狗的眼中，世界是分裂的，它不仅将人划分了不同等级，也将狗划分了不同等级，阶级的界限延伸到了狗的世界中。在底层世界，它能感受到相互安慰的人情之美，那么面对精英世界，似乎只能感到死亡的恐惧了。

当李小丽被警察逮走后，他们的感情发展到高潮，大马经过一番挣扎，卖掉了房子，救出了李小丽。他们也准备带“我”离开城市，走向乡村，而就在这时，“我”被一辆疾驰的汽车轧死了。在这里，我们看到作者将乡村理想化的一种倾向，但同时也以"我"的死亡，让读者看到未来的路并非那么美好。因为在以城市精英为中心的现代世界中，农民、农民工与城市贫民都处于一种同样被剥夺、被伤害的状态，只不过程度不同而已。而要改变这一状态，也只有改变这种"现代世界"的结构本身。小说虽然没有写到改变，但同处于底层的工人与农民的悲惨生活以及他们在感情、力量上的结合，已经显示了改变的基础与可能性。

三、"现代主义"或创作方法的拓展

"底层文学"可以现代主义式的艺术方式加以表现，而不一定是粗糙、简单或公式化的，也不一定是"现实主义"的；同时，"先锋小说"不应只局限于形式以及对内心世界的探索，而应该在现实生活中发现灵感，只有这样，才能使我们的思想与艺术视野更加开阔。

范小青的《父亲还在渔隐街》读后令人耳目一新，它不仅蕴含丰富，而且写出了一个时代的困惑。它引入了现代小说的叙述技巧，但并非为叙述而叙述，而是以这一方式强化了对现实的描述，达到了一般现实主义小说难以达到的深度，同时在语言上保持了细致朴素的质地，获得了艺术上的成功。

小说以寻找"父亲"开始，"寻找父亲"是小说的一条主线，在这里首先映入我们眼帘的是城乡之间的缝隙。"父亲"是从农村到城市来打工的，最初在渔隐街做剃头匠，但娟子和她的母亲逐渐失去了他的消息，只有从他寄来的钱才能感受到他的存在，这里所阻隔他们的不只是空间的距离，也有农村与城市的不同生活方式。可以说，"父亲"在城市里消失之前，已经在她们的生活中消失了，对于留守在农村的她们来说，"父亲"已经在遥不可及的另一个世界（城市）了，而"父亲"在城市里的消失，不过是对她们更进一步的疏离，是不确定之上的另一重不确定。

当娟子考上大学、到城市里来寻找父亲时，她所凭借的只有"渔隐街"这个符号，但是现实中的渔隐街已经消失了，它变成了"现代大道"。在这里阻隔他们的也不只是时间，还有城市从传统到现代的变化，不仅父亲消失了，"渔隐街"以及与之相联系的一整套

生活方式也消失了。正如范小青所说，“渔，渔耕，代表过去、代表传统、农业社会”，这个与农业社会和传统密切相连的城市已经发生了天翻地覆的变化，于是娟子站在陌生的“现代大道”上，寻找着消失在农村与城市之间、传统与现代之间的父亲。

“父亲”，在小说中既是一个实体，也是一个符号。就前者来说，他是一个进城的农民工，在城市中消失有几种可能性，一是在城市里发达后重新成了家，抛弃了农村的家；二是在城市里混得不好，怕给家里增加负担，不再与家人联系；三是在城市里发生了某种“奇遇”，不方便或者不愿意再与家里联系了。这几种可能性在小说中都有暗示，但没有确切的答案，但这几种消失的方式不仅表现出了农民工进城的命运，也凸显了“进城”这一事件对传统伦理的影响。对他们来说，“进城”不只是一个经济事件，更是一个精神事件，是一个改变他们生活与命运的大事。而对于他们的家人来说，他们不是廉价劳动力，而是“父亲”与“丈夫”，是不可替代的生活中的亲人，他们的消失无疑是对家人一种极大的伤害。小说写出了这种伤害的深度与强度，在这个层面上，我们可以将这个小说视为描写底层人精神困窘的作品。

正是将“底层”的困窘和“现代人”的迷惘结合在一起，使小说具有了层次感与丰富的意蕴。我们很难用一句话来概括其主题，只能从小说扑朔迷离的氛围与委婉的语调去触摸、去感受，这或许正是好小说所给予我们的。小说的标题《父亲还在渔隐街》，将一个消失的人与一个消失的地名联系在一起，但并没有强调“消失”，而强调“还在”，这让我们看到了娟子以及作者内心的坚持，她并不相信父亲真的消失了，所以才会一再寻找，这显示了她超越现实与精神困境的一种努力，也使整篇小说在阴郁中透露出些许明亮的色彩。

在叙述上，小说采用了一种迷宫式的方式。我们伴随着主人公娟子一起寻找“父亲”，很多次我们以为靠近了他，但作者又宕开笔墨，将我们引入新的陌生之境，一次次寻找，却仿佛离“父亲”越来越远，这使小说具有一种荒诞的、不确定的现代感。这是范小青近来在短篇小说中常用的叙述方式，在《我的朋友胡三乔》、《我们的战斗生活像诗篇》中都有较为出色的运用，但这一次，她将之运用在寻找消失的农民工"父亲"这一题材上，则获得了更为丰富、复杂的意蕴，从而突破了她在《城乡简史》这篇同样描述农民工命运的小说艺术上的干涩与直白，获得了艺术上的成功，这可以说是她将"底层文学"与"先锋小说"相结合的成功范例。

魏微的《李生记》写了一个进城打工十几年的老农民工李生要自杀的故事。按通常的逻辑，他似乎是没有自杀的理由的，他虽然没发大财，但还过得去，也没有遇到突发性的灾难事件。作为一个老农民工，他的妻子、孩子都在身边，生活安安稳稳，平平常常，比上不足，比下有余，纵然有些小波折，也都是些生活琐事，这样一个人怎么会自杀呢？正如小说中所写的，走到这一步，是连他自己都没有想到的。

但这一切是怎样发生的呢？在小说中，还是有蛛丝马迹可寻的。李生萌发跳楼的想法，不是经济上的原因，而是心灵上的问题，不是处心积虑选择的结果，而是长久积郁之后的一时冲动。作为一个长期在广州打工的人，李生与他的湘西老家早已产生了隔膜，同时对他所处的城市也没有认同感，在城乡之间处于一种无根的漂泊状态，无论在哪里都似乎是一个"局外人"；时间与世界变化太快，让他无法找到自己的安身立命之处，同学的自杀，同事的自杀，父亲坟上的青草，让他感到了世事无常与生命的渺小，而面对这些，他不仅是无助的，而且是无处可以倾诉的；在现实中，他虽然过着安稳、平淡的生活，但这种生活却也是没有希望与明天的，他看不到任何改变的可能，他唯一能看到的未来，只不过是同一种生活的延续与重复，天长日久，平淡就成了平庸，生活中便只充满了琐屑与无聊的碎片。这正如契诃夫笔下灰色的"小人物"一样，只能在日常生活的小圈子里绕来绕去，看不到另外的可能性，只能感受到如青烟一般缭绕，而又无处不在的悲哀。正是这些，最后促成了李生在冲动中萌发了自杀的念头。

在当前关于底层生活的小说中，大多作家关注的是社会、经济、政治等方面的问题，却鲜见有人对底层人的心灵世界进行深入的挖掘与呈现，而关注人的心灵，正是作家独擅胜场、应该大显身手的地方，在这方面，我们的一些作家做得还不够，他们仍只限于粗线条地勾勒，或者写作“问题小说”，还没有能够真正进入底层人的内心。魏微这篇小说的独到之处，就是以她擅长的笔法、语调，将一个平凡人物的精神困惑表达了出来。尽管小说中的主人公也不无知识分子化的痕迹，但这样的努力是应该肯定的。

小说整体上虽然是现实主义风格的，但也融入了一些现代主义的因素，它对李生生活与精神状态的描绘，让人不禁想起“存在主义”与“新写实主义”的作品，但又与它们不尽相同。在《李生记》中，我们可以看到李生经常会处于介于意识与无意识之间的精神状态，而这颇类似于加缪在《局外人》中莫尔索开枪前一瞬间的“恍惚”，他对待老家人的冷漠也与莫尔索对待母亲的态度相似，但不同的是，莫尔索是一个大学生，李生是一个农民工，有的地方写法略嫌生硬；而在《李生记》中，我们也同样可以看到类似《一地鸡毛》、《不谈爱情》等“新写实小说”对生活中琐屑、细碎一面的描写，这些对主人公同样是没有意义的。但与“新写实小说”中的主人公忍受或享受这种平庸生活不同，李生选择了一种反抗的态度，尽管他反抗的方式是自杀，尽管他也不知道自己想要的究竟是什么样的生活，但毕竟走出了反抗的第一步。

以上我们从不同角度，提出了“底层文学”中的一些问题，这些问题涉及理论与实践等不同层面，是需要讨论但还没有得到充分展开的，希望引起更加广泛而深入的讨论。

第六章　曹征路与“底层文学”

曹征路是“底层文学”的代表作家之一，其作品主要有中篇小说《那儿》、《霓虹》、《豆选事件》及长篇小说《问苍茫》。

一、《那儿》：“新左翼文学”的力量及其可能性

曹征路的《那儿》不但是2004年第5期《当代》最重要的一部作品，也堪称这一时期最具有代表性的现实主义力作，它不仅揭示了重大现实问题，而且在艺术上颇有力量，给人以强烈震撼。

小说描写的是一个有正义感的工会主席，力图阻止企业改制中国有资产流失而失败，最后自杀身亡的故事。国有资产流失问题曾因“郎咸平风波”在社会上引起了广泛的讨论。这篇小说表达了同样的反省意识，但可贵之处在于它并没有将之简单化，而是细微地呈现了这一过程中不同人物的精神状态，以及他们之间的矛盾与历史纠葛。小说中的工会主席“我小舅”是一个孤独的工人领袖形象，在他周围环绕着诸多矛盾：他反对“化公为私”的改制，与厂领导及入主的企业有矛盾，不断上访；他是工会主席，是“省级劳模副县级领导”，与普通工人有隔阂，不能“代表”他们去反抗；他的家人以种种不同的方式劝阻他去反抗，这是他与小市民的庸俗自保思想的冲突。在反抗与“不能反抗”的痛苦挣扎中，他最终身心交瘁，只能选择自杀。

小说还塑造了下岗女工杜月梅，小市民“我妈妈”、“我舅妈”等人物，而义狗罗蒂的形象尤为鲜明，它忠于主人而被驱逐自杀的命运，与“我小舅”的遭遇具有同构性。小说以“我”的视角描绘出

了一个以功利世俗为意识主导的现实世界，其中不乏知识分子的反省与无奈，这一视角的选择具有“复调小说”的某些特征，通过作者、叙述人、主要人物的相互间离，使作者的复杂态度得以呈现，而褒贬则暗寓其中。比如，写到罗蒂和小舅的笔调是温情和理想化的，写到“我”和“我父母”等人物时略为嘲谑，写到“顺时人物”西门庆和媒体领导们时则是尖刻辛辣的嘲讽。鲜明人物形象的塑造，“复调”笔法的运用，都使小说摆脱了一般“问题小说”的简单化，而在艺术上具有较大的价值。

值得指出的是，“我小舅”反抗的精神资源来自于传统社会主义，这里不仅有新中国成立之前工运领袖（“我小舅”的“姥爷”）榜样的力量，也有“英特纳雄耐尔一定要实现”的理想，而小说的标题也来自于“英特纳雄耐尔”最后两字的口误。此中可以看出，社会主义历史及其赋予的阶级意识作为一种保护性力量在今天的重要性，而小说对社会主义思想的重新阐发、对下层人民悲惨生活现状的揭示，可以看作“左翼文学”传统在今天的延续。

纪录片《铁西区》描绘了东北一个重工业区衰落的景象，在资本主义全球化的过程中，被耗尽了能量的劳动力和自然资源一起被抛弃了，无产阶级的主体性地位也走到了黄昏。面对这样一个日益市场化与同质化的世界，《那儿》以一个人悲剧性的抗争，展示了被抛弃者在这一过程中的绝望，并向我们提出：社会主义公平、正义的理想及其实践，是否能为我们开辟另外一种可能性？

二、《霓虹》：无望中的挣扎与力量

曹征路的《霓虹》，可以视为小说《那儿》的姊妹篇。在《那儿》中，下岗工人杜月梅为生活所迫做了妓女，在回家的路上被狗咬了，从而引起了此后的故事，但在《那儿》中，杜月梅的故事并不是小说的主体，而只是小说中的线索之一。在这个意义上，《霓虹》可以说是对《那儿》的一个补充，它将《那儿》中没有充分展开的杜月梅的生活，以倪红梅的故事重新讲述了出来，让我们看到了底层妓女生活的悲惨与无望，以及在无望的挣扎中所孕育的力量。

在形式上，《霓虹》由勘察报告、侦查日志、谈话笔录以及小说主人公倪红梅的日记构成，前三部分构成了小说的外在故事框架，倪红梅的日记则为我们充分展现了她的现实世界与内心感受，这构成了小说的主体部分。小说在内容上有两个层面，一是倪红梅走上做妓女道路的历程，二是她在现实生活中所面临的困难处境。

倪红梅在学校里是一个好学生，她的父亲为抢救工厂财产而牺牲，她顶替父亲的班去了绢纺厂，在这里她度过了较为幸福的一段时光。她丈夫常虎“被行车砸死，百分之百是厂里责任，他们也都认账，可厂里有困难，我就信了他们的话。共渡难关，共渡难关，最后他们是渡过去了，却把我扔在了深渊里”。而随着厂子的解体，她也下了岗，而她要同时养活“奶奶”和女儿，在生活上陷入了困境。这时两个男人的出现改变了她的生活处境，使她最终走上了做妓女的道路，一个是指望不上的小男人，另一个则是她尊敬的以前的“厂领导”，正是后者彻底摧毁了她的精神防线与自尊心。

由以上我们可以看出，倪红梅走上卖淫的道路，尽管不无个人原因，但与整个社会、与绢纱厂改革的不公正密切相关。正是为改革的“阵痛”付出代价的这些人最终被社会抛弃，才形成了这样悲惨的局面，所以在倪红梅身上所显现出来的，不仅是她一个人的悲剧，而且是一个阶级、一个时代的悲剧。小说中，当倪红梅走过以前工厂废墟的时候，忍不住放声大哭，“那种哭，不是难受，不是绝望，而是一种悲凉，一种冰寒彻骨万劫不复的悲凉。也不光是为自己哭，还有我们的父兄，我们的工厂，还有我们那两千多姐妹”。正是在这里，小说通过对倪红梅人生历程的追溯，对我们改革的方式提出了尖锐的疑问。主导改革的权力者会说：“我知道他们是什么意思。是我把厂子搞破产了，卖了，贪污了，拍屁股走人了。我不怕，卖厂是市里的决定，我有什么办法？改革嘛，总是有成本的。”我们所看到的是，改革的成本总是由工人们负担，这把他们逼到了悲惨的处境中，而另一些人则升官发财、从中渔利，二者形成了鲜明的反差。

在做了妓女之后，倪红梅的生活同样是艰难的，在社会关系中处于一个极为不利的位置。

首先，是她与女儿、“奶奶”的关系。倪红梅出卖自己的身体，也感到对不起女儿与“奶奶”，但为了女儿的医药费、学费，“奶奶”的生活费，她又不得不靠做妓女为生。在这里，小说细致地勾画了女儿、“奶奶”对倪红梅态度转变的过程。一开始，“奶奶”是咒骂、寻死，而到最后，则对倪红梅有了一定的理解与关怀，这是在共同的艰难生活中培育出来的感情，是在无奈中认同现实所产生的同情，这样的情感虽然产生于卑污的生活，却是圣洁的，是最为动人的。

其次，是倪红梅与嫖客的关系。她与老梁头的关系便是一个很好的佐证。老梁头要跟她好，要“包”了她，但她清醒地意识到，他们之间只是妓女与嫖客的关系，不可能出现“喜欢”、“爱”的关系。这虽然残酷，却是事实，尽管这一点一旦被证实，倪红梅也不由得感到难过，“毕竟，他是这个世界上最后一个说喜欢我的人，而且三番五次地说”，但他们的关系决定了他们只能限制在金钱与肉体的交换上，不会有另外的可能。

再次，是倪红梅与其他妓女的关系。如与阿红、阿月、肥肥等，这些人之间既相互体谅，又相互争斗，形成了一种复杂、微妙的关系。小说的一个长处在于，它虽然以倪红梅为小说的主人公，却以相当的笔墨勾勒出了阿红、阿月等人的生活处境，从而在总体上呈现了底层妓女这一阶层的生活状态，这是一种卑贱、无望的生活，她们仿佛置身于泥泞之中，无法挣脱。小说以几个故事写出了她们生活中泥泞的质感与内在逻辑，同时写出了她们对爱与幸福的卑微追求，尽管靠出卖肉体为生，但她们“心里始终围着一道坝”，这是她们生活的最后底线。值得注意的是，倪红梅与其他妓女有着明显的不同，她是城里人，年纪大，是下岗女工，而且人“很好”，这就决定了她在她们中是一个类似“大姐”的形象，正是她调解她们的纠纷，倾听她们的心事，她是这样一个小社会中的精神支柱。

以上两方面的现实，为我们展现了底层人惨痛的处境。但小说并未到此为止，在写尽了她们生活的黑暗与无望之后，又向我们展现了她们的力量，这种力量虽然卑微，却正是改变不合理现实的希望。小说中，阿红和阿月去一个“大机关”为一个“什么人物”祝寿，“谁知那人物对上床不感兴趣，只想作践人，先是让她们脱光了陪酒，然后让她们举着蜡烛围着酒席转，再后来就是动手掐，拿香烟烫……”

在饱受了欺凌与摧残之后，这些妓女终于忍无可忍，她们开始起来维护自身的安全与权利。而在这一过程中，曾经做过工人的倪红梅起到了重要的作用，“事情就是这样。总得有人先站出来，何况我们是这样一群人。从前，见别人被欺负，我们沉默，结果自己也受到同样的欺负。从前，明知道不合理我们也忍了，我们不好意思说，结果人家好意思把你推进火坑”。

“婊子难道也要维权?”这是“大机关”的人对她们的讽刺，他们威胁、恫吓，想把她们唬住，但这些人是吓唬不住的，“我们谈到了死，没想到这个话题是这样热烈。原来我们这些人，个个都不怕死，每个人都想到过死”。当这些人失去了一切时，当她们被逼到绝路时，当她们对未来不存在丝毫幻想时，她们才明白，只有斗争，只有自己起来维护自己的权利，才能为自己争得公平与正义，争得本来就属于自己的“尊严”，“最重要的是，我们做了一回人，有尊严的那种人”。

有些出人意料的是，她们的维权竟然取得了成功。在这个过程中，我们看到了“组织起来”的力量，看到了工人阶级意识的重要性。小说中，刘师傅和他的下岗工人“互助会”在精神和行动上的支持，是维权成功的重要因素，而最重要的则是她们自身的抗争，是倪红梅残存的阶级意识所焕发出来的力量：“从前，在他们中间我不觉着什么，离开了也没觉着什么，好像我们只是日子艰难了才觉着孤单。可是这一刻，我突然明白了自己。……这就像突然走进一部老电影，我们迎着高压水龙，迎着让人窒息的无可诉说的悲痛，还有像鞭子一样抽下来的暴风雨，劳苦人拉起了手，唱起了歌……”

正如马克思经典作家所指出的，也正如中国革命史所一再证明的，受压迫的人一旦组织起来进行抗争，将会改变自己的命运，也将会改变不公平、不合理的现实社会，而这也是他们改变世界与自身的唯一途径。正是在这个地方，小说让我们看到了希望。在《霓虹》中，我们看到了苦难、欺凌与侮辱，也感受到了充溢作者笔端的正义感和悲悯感，更重要的是我们看到了未来的出路，这尽管不无理想主义的色彩，却正是所有“劳苦人”的希望之所在。

三、《豆选事件》：艰难中的新生

《豆选事件》着重描写选举过程中村民对恶势力的反抗，写出了这一事件中不同人的心态。方继仁是个农民，敢怒不敢言，在他身上有着农民几千年来“精神奴役的创伤”。面对村长方国栋一家的无理欺压，他一直退缩着、沉默着、隐忍着，甚至鼓励与默许妻子和方国栋的哥哥、乡长方国梁私通，以换取对自己较为有利的生存环境，当堂弟方继武鼓动他起来竞选村长时，他不仅自己退缩，也劝他们不要拿鸡蛋碰石头。但作为一个有尊严的人，他对村干部的欺压是很不满的，但他的不满只停留在内心，而没有表现在行动上。因为在他看来，面对强大的利益集团与盘根错节的关系，反抗是毫无意义的，不仅不可能改变现实的社会状况，反而会为他们个人带来不必要的麻烦。这是一种典型的想法，大多数农民在面对欺压时都会选择“忍一时风平浪静，退一步海阔天空”。在方继仁身上体现出来的正是“旧式农民”懦弱、自私、胆小怕事的心理，这是鲁迅与高晓声笔下“国民性”的代表。但这种心理并不是农民特有的，也不是天生如此，其形成既有历史的因素，也有现实的教训，是在无数次的侮辱与欺凌中逐渐形成的。要打破这样的心理状态，不仅需要政治上翻身，也需要思想上的“翻心”。

方继武就是这样一个“翻心”的带头人，从文学史的意义上来说，可以说他是一个“新人”，他勇于反抗，勇于追求民主、公平与正义，在精神上是解放的，不像方继仁那样因袭着历史的负担。他组织护地队，反对村长随意卖地，也积极准备参加竞选，勇敢地说出自己的“施政纲领”，在他的周围团结着一些“小字辈”的年轻人，他们肯思考，敢于维护自身的权利。面对村长的欺压，他们选择了反抗，选择了组织起来，这是“弱者的武器”，是改变现实的唯一途径。这是一种新的农民，如果说方继仁的存在显示了农村现实的复杂与几千年历史的重负，那么方继武的出现则代表了农村的新希望，在他们身上，我们看到了历史前进的方向。他们不仅改变着农村的现实，也在同时改变着自身的性格，他们不再是懦弱、自私、退缩的“农民”，而是在现实中逐渐发展出一种崭新的性格，在历史中创造着农民的新“本质”。正如《三里湾》中的王金生、《创业史》中的梁生宝、《艳阳天》中的萧长春一样，他们是一种全新的农民，代表着时代的步伐。

但与《创业史》等小说不同，曹征路充分认识到了历史与现实的复杂性，所以《豆选事件》并没有对农村进行诗意化与简单化的描述，也没有将方继武这个“新人”加以拔高，而是既写出了现实的复杂性（这不同于《创业史》等1950—1970年代的经典作品），也写出了历史发展的必然方向（这不同于当下的“底层小说”），曹征路不仅认识到了改变现实的艰难，也认识到了改变现实的必要与途径，这是《豆选事件》的成功之处。在小说的结尾处，方继武失败了，但他虽败犹荣，为中国农村未来的发展提供了一种光明的前景。

方继仁的妻子菊子，介于方继仁与方继武之间，是一个从逆来顺受转而反抗的典型。这是一个“被侮辱与被损害”的农村女性，为了家庭环境的改善，曾经被迫“献身”于方国梁，但她的内心隐藏着人性的尊严与美好的记忆，她从屈辱的现实中逐渐觉醒，对丈夫方继仁的退缩从顺从到不满，对方继武的反抗从同情到参与，这个普通的农村女性爆发出了生命的活力。在小说的最后，她将自己吊死在方国梁的门前，促使选举发生了戏剧性的改变，她唯一拥有的只是自己的身体，但不同的是第一次“献身”是屈辱与退缩中的无奈之举，而最后的“献身”则是觉醒之后的选择，她以自己的血肉之躯击打着人们的良知，敲打着公平、正义的历史大门。这一悲剧性的举动，写下了农村民主化进程中惨烈的一页，在她身上，铭刻着历史进步所付出的代价。

小说的结局出人意料之外又在情理之中。选举的结果是方继仁这个“乡人大代表”当选，这是一个平衡的结果，出了问题的方国栋不可能再继任，“闹事”的方继武当然也不可能为乡里相中，菊子的死唤起了村民的同情，于是方继仁这个各方面都能接受的人物便走到了前台，在这里体现出了当下农村政治生活的复杂性。还不只如此，方继仁的爷爷方大勤，这个腰里带着粮库的钥匙而饿死在家门口的村支书，联系着村庄对集体化的记忆，显示了历史上的合作精神对当下的影响；“豆选”是乡书记年大安的一个试点，这位考察过韩国、美国选举而对延安时期的“豆选”情有独钟的人物，体现了理论与历史经验面对现实时的困境；而最值得深思的是小说最后方继仁的心理活动，“他记起来，大武子是讲过的，他说不定什么时候豆选，他还要家来，还来捣乱，叫你坐不稳，叫你一天到晚提心吊胆，生怕出错，汗毛凛凛。又一想，老子又没做错什么事啊？老子不贪不腐的，老子怕你个鸟啊。”

这一段话看似简单，却暗示了历史反复的可能性。曹征路没有将方继仁的当选简单地看作一场胜利，而是看出了其中可能存在的危机，这是一种现实主义的态度，但同时他仍对历史的进步保持乐观，尽管悲剧有可能重演，但毕竟前进的步伐是不可遏制的。正是在以上多重复杂性中写出了新生的力量，曹征路的小说让我们看到了现实的艰难，也看到了未来的希望。

四、《问苍茫》：“新左翼文学”的可能性

“底层文学”与“新左翼文学”是近来人们常提到的文学思潮，我们可以认为“新左翼文学”是从“底层文学”中分化出来的一种新的文艺样式，在关注现实、关注底层上，二者是相似的。而在思想资源与文学传统上，二者则有着明显的不同，如果说“底层文学”的思想资源是人道主义，更接近于现代文学史上以巴金、老舍、曹禺为代表的“民主主义”思潮，那么“新左翼文学”的思想资源则是马克思主义（包括经典马克思主义、西方马克思主义及其中国化的思想成果），而在文学传统上则继承了“左翼文学”的脉络，并在新的时期有所发展。曹征路的长篇新作《问苍茫》可以视为“新左翼文学”的代表性作品。

《问苍茫》是曹征路的一部“野心”之作，小说涉及了多个阶层、多种人物、多重事件，在错综复杂的事件与人际关系中，表达了他对社会现实的复杂感受，以及他对当前中国出路的思考。曹征路多写中短篇小说，题材涉及社会的各个层面，如描写农村的《红云》、《豆选事件》，描写知识分子的《大学诗》，描写国企改制以及工人抗争的《那儿》，描写官场的《贪污指南》，描写城市妓女的《霓虹》，等等，这些题材在这部长篇小说中都有其影子，在某种意义上，这部

小说可以说是一种“综合”，集中表现了他对当代社会的总体思考。

作为“底层文学”或“新左翼文学”的代表作家，曹征路的特色在于以鲜明的立场与问题意识切入时代的“核心问题”。《问苍茫》是这一思潮中的第一部长篇小说，其意义不仅在于揭示出社会问题与底层劳工的生存困境，同时也让我们反思何谓“文学性”，文学是否应该或如何与时代发生关联，如何理解“真实性”与“倾向性”，这些问题的提出以及曹征路以实践作出的回答，包括其成就与不足，都值得我们思考。

小说以深圳的一个村子和一个台资企业为重点，以数次劳资纠纷与罢工为线索展开叙述。从这两个点的关系及其各自内部的运作中，我们可以看到“深圳”的某一侧面。写农村的部分以文念祖为中心展开，这不是内地的农村，而是“城市化”之后的农村，在土地被商品化之后，这里的农村和农民既拥有巨额财富，也面临着诸多问题，在曹征路之外，似乎还很少有作家关注这方面农村的变化。从小说的多重关系中，我们可以看到文念祖这个村干部已成为了集团公司的“董事长”，身家上亿，呼风唤雨，尽管不乏聪明才智，也善于编织和利用各种关系，但是除了名、利、欲，却别无其他寄托，只是一个“暴发户”和“土财主”。

赵学尧是一个到深圳闯世界的大学教授，在学生何子钢的帮助下，成了文念祖的“军师”和“管家”，介入文念祖的家事，并在报纸上违心地发表文章，准备把文念祖树为“典型”。最后他反被学生算计，辛苦写出来的著作署了文念祖的名。在他身上，我们可以看到知识分子面对权力或金钱的堕落和猥琐，以及作者对1980年代以来流行的“常识”或知识资源的批判。

写企业的部分，对不同阶层的人物都有所呈现。陈太是这个台资“宝岛电子有限公司”的老板，她作为女性小鸟依人（或者挑逗）的一面，作为资本家残酷的一面，以及作为“外来者”恐慌、疑惧的一面，在小说中都有着细致的描写。马阳明和常来临是这个公司的两个“副总”。马阳明是个出身底层而又背叛了底层的青年，他的恶毒、凶狠在小说中有着充分的表现，虽然不无夸张与漫画化，但显示了社会的残酷对个人的负面效果。相比之下，常来临这个人物形象更加丰满一些，他原在一家国企做党委书记，下岗后到外企做“思想工作”，将社会主义文化带给他的工作作风应用到为私企利益的最大化服务上。作为一个“打工者”，他最大限度地利用了打工者的感情，却反过来压制打工者的利益，在他的身上，集中了劳资双方的矛盾，以及社会主义文化与“资本主义精神”的矛盾，让人看到一个处在真诚与伪善之间并不断向后者倾斜的人，一个不甘堕落而又最终堕落的人，他的悲剧最终以喜剧的方式表现出来。

五姐妹和唐源是公司的最底层，是外来的打工者。从贵州山区来的五姐妹，是贯穿小说的一条线索，小说着重关注她们的分化和不同的命运，但除了柳叶叶、毛妹两个人物之外，其他人物都没有鲜明地塑造出来，她们之间的关系及分化也没有得到充分的体现，因而更多具有符号的功能。在这五姐妹之中，桃花、香香、小青“堕落”了，毛妹被生活的重担和社会的不公压垮，最后自杀了，柳叶叶则是一个逐渐觉醒的新工人。唐源参与罢工之后被开除，其后以“法律援助”帮助伤残的打工者，作为一个有阶级意识与献身精神的打工者，他创建的“春天服务社”虽然残破不堪，但代表了社会进步的方向。

在艺术上，小说缺乏一条主要线索，各个部分、各个人物之间有些分散，没有形成一个更加有机的整体；对人物的塑造，多注重其在事件中的表现，但对其“内面”关注不够。所以，除了几个人物形象鲜明并具有丰富性之外，大多的人或者面目模糊，或者只具有符号的意义，即使如小说着力刻画的“新人”柳叶叶、唐源也有此感。

如果从“左翼文学”的传统来看，《问苍茫》无疑借鉴了《子夜》式的社会分析框架，曹征路的抱负或许在于向人们展示出一幅丰富的社会全景，同时在错综复杂的矛盾中找到一种社会进步的动力，这在某种程度上达到了。但从小说中所体现的来看，他尚未找到一条《青春之歌》式的明确道路，也没有提供一种新的整体性的远景或“乌托邦”，而只能在现实的困境中谋求点滴改善。之所以如此，或许不仅由于社会现实的纷纭复杂，亦由于“后社会主义时代”左翼思想的困境与想象力的匮乏。在这个意义上，我们可以将《问苍茫》视作一个集中体现了时代、文学、思想“症候”的作品。当一个时代无法回答或不愿面对“问苍茫大地，谁主沉浮”这一问题时，我们所能做的或许只有继续“问”，继续在“苍茫”中寻找出路，而这部小说亦可以视为曹征路的“问”与“寻找”。

而《问苍茫》的最大意义，也在于它为我们提供了一个反思时代、文学、思想困境的平台。在当前的文学语境中，我们可以看到对现实的普遍回避，以及臃肿的细节、细致然而无所用心的叙述，作家们对日常生活之外的世界似乎丧失了兴趣，如果说“去政治化的政治”是一种规训或新的意识形态，那么文学上的技术主义与形式主义则是其中的一种表现。

曹征路的可贵之处，不仅在于他关注着更宽广的世界，也在于他与中国最底层的民众在一起思考底层的出路与中国的出路，他以尖锐的方式将时代的“核心问题”呈现在人们面前，让人们不得不面对，不得不思考，在这样血性的文字面前，在时代的血与泪凝聚成的“美学”面前，任何精致的、优美的“艺术”都黯然失色，它带给人们的不是享受或“好看”，而是一种“震惊”，它以粗糙的手揭开温情脉脉的面纱，让人们看到一个沉默世界的伤痕与力量，让不为人知的喑哑的声音破口而出。他讲述的故事，既关于现在，也关于过去与未来，既是一个阶级的命运，也与中国和世界相关，和我们每一个人相关。他的质疑，既是对时代的发问，也是对文学与思想的发问，他的困惑乃至不足，也是一个思想者的困惑与不足。从《问苍茫》中，我们可以看到中国的面影，也可以看到曹征路的面影。曹征路的探索未必尽善尽美，但至少他有直面现实的勇气，有从未来汲取诗意的冲动，有想象乃至创造一个新世界的努力。而只有更多的作家从匍匐的状态中解脱出来，才有可能创造出一种新的“文学”——与最底层的民众及宽广的世界紧密相连的文学。

第七章　转变中的中国与中国知识界：《那儿》讨论

曹征路的小说《那儿》在《当代》2004年第5期发表以来，曾被《小说选刊》、《北京文学·中篇小说月报》选载，并收入《2004最佳小说选》，在网络上也被大量转贴，同时，在批评与理论界也引起了一些激烈的讨论与争辩，有着广泛的影响。笔者以为，《那儿》的出现以及围绕着它展开的讨论，与当下中国现实、中国思想界与文学界关心的问题密切相关，并且是其转折的一个标志。以下将结合《那儿》讨论的情况，对这一问题做进一步的探讨。

一、讨论的基本情况

以下按时间顺序，对《那儿》的讨论情况做一些简要的介绍。

（一）左岸的专题

《那儿》发表后，《文艺理论与批评》很快发表了季亚娅的评论文章《"左翼文学"传统的复苏和它的力量》，左岸文化网站将之与张志忠和李云雷的文章放在一起，附以《那儿》及其创作谈，做了一次"专题"。这一专题影响广泛，在论坛引发了"《那儿》真是好小说吗"的讨论，此后并有萧武、张慧瑜等多篇评论《那儿》的文章[①]。

季亚娅与李云雷的文章提出了"左翼文学"传统的问题，并认为《那儿》是这一传统在新时代的继承，张志忠的文章则强调了文

① http://www.eduww.com。

学对现实苦难的承担；“是好小说吗”的讨论从艺术性的角度对《那儿》进行了质疑与争论，这与张慧瑜从“文学自主性讨论”进行的理论梳理可相互参照；萧武则从左翼思想的角度，讨论了新时期以来文学史中“反伤痕的伤痕小说和反历史的历史小说”。

（二）乌有之乡的座谈

2004年底，乌有之乡网站邀请韩毓海、贺桂梅、邵燕君和李云雷等，召开了《那儿》的座谈会。这是一次自发的讨论，会上发言的除文学研究者之外，还有经济学家左大培，他从经济学的角度对《那儿》进行了解读，认为它深刻、细致地描绘了国企改制中的MBO（管理层收购）进程及其弊端。此外，还有不少人说对文学并无太大兴趣，但《那儿》却深深地打动了他们，因为它与他们的生存处境息息相关，这也让人们重新思考文学与现实的关系。讨论时也有人指出，为一部中篇小说自发举行座谈会，这是1980年代以后的第一次。

（三）第一组专题文章

《文艺理论与批评》在2005年第2期集中推出了韩毓海、旷新年等人的一组文章。韩毓海的《狂飙为我从天落——为〈那儿〉而作》认为这一小说反映了中国无产阶级的命运，它突破了像《一地鸡毛》、《贫嘴张大民的幸福生活》这类小说的小市民意识或市侩意识的主题，而表现了一种无产阶级意识。他说：“如果中国还存在一个以鲁迅为代表的左翼文学传统的话，那么《那儿》的价值就在于它力图在当代的语境下进一步回答：鲁迅所谓的中国无产阶级在当代中国的命运是什么。”旷新年认为《那儿》是工人阶级的“伤痕文学”，但他对小说的写作艺术评价不高。他认为，就艺术而言，无论在哪一个方面《那儿》都算不上是一部高水准的作品，但是正是这一篇并不出色的作品，却引起了人们的兴趣和关注，这才是值得我们思索的问题。他说这是因为它描写了在新自由主义理论的主宰之下工人阶级的悲剧命运，所以他认为尽管这部作品不很优秀，却是一部重要的作品。此外，该刊还发表了李云雷就《那儿》对曹征路先生所做的“访谈”。

（四）北大的座谈会与课堂上的一次辩论

2005年7月，在北京大学中文系会议室召开了第二次座谈会，这也是一次自发的讨论，《那儿》的作者曹征路先生也专程从深圳赶来参加。参加者还有曹文轩、旷新年、韩德强、左大培和李云雷。此次座谈主要从工人阶级的历史与当下命运的角度进行了研讨，会间还有退休工人、北大马克思主义研究会成员等发言。

2005 年 11 月，陈晓明教授在北大课堂上解读《那儿》，李云雷和许维贤从不同角度对《那儿》进行阐释，引起了争论。李云雷联系“新左派”与自由主义、反思“纯文学”等思想界的讨论，以及《切·格瓦拉》、“三农”题材小说等有左翼思想倾向的作品，认为《那儿》可能是新的“左翼文学”的一个起点，因为它切合了新的思想与新的思路，重新审视了文学与现实、文学与政治的关系，以现实主义的笔法写出了时代的问题。许维贤则认为小说描写了主人公从“失声”到“失身”（自杀）的过程，这为“左翼文学”传统唱起了终结的挽歌，他从“艺术标准第一”的角度对小说进行了否定，“从《那儿》遥望纯文学，真的要望穿秋水，变成一个痴人说梦的笑话了”。陈晓明认为，《那儿》非常真实而痛切地写出了工人阶级作为过去的一个强大历史主体在现在面临的崩溃状况。但在“后革命”时代，“革命正在被推向了另一条道路，正向着科学与民主、产业与资本的方向进发。这一方向对左派运动而言无疑是一次深深的挫败”。在许维贤、陈晓明发言时，有人要求发言，表达了不同意见。

（五）第二组专题文章

《当代作家评论》2005 年第 6 期发表了王晓明、冷嘉等人的一组文章，表达了对《那儿》的不同看法。王晓明在《泡沫底下的越界之路》一文中指出，文学并不需要拘守什么“永恒”不变的“本位”，文学的生命力恰恰在于，它总能及时敏感到自己对人生的新的意义。新的尖锐的挑战已经明确地摆在了作家面前，而《那儿》则是一部意识到这个挑战并且努力去回应它的小说。冷嘉认为，在小说中工人阶级的“革命”记忆和“劳动”记忆所蕴含的丰富的历史信息还没有充分地展开。《那儿》虽然描摹了当前下岗工人的艰难处境和微弱的抗争，但在解释这一切是何以造成的时候却显得很无力，而小舅所代表的抗争显然也远没上升为一个阶级的自觉的历史意识。

张硕果则认为，《那儿》不是一篇关于工人的小说，而是一篇描写当代中国“左派”知识分子命运的小说。吴志峰则通过对小说中不同话语形象的分析，指出在小说中，工人阶级的命运不只是在工厂被骗走这一过程中被揭示，而更多的是在诸多“话语形象”——市民话语、权力话语、媒体话语——的交涉中被触目惊心地凸显出来的。张军和张屏瑾则从新的角度对“文学性”进行了讨论，张军认为“打动”是普遍意义上的“文学性”在当代境遇中得到赋形、呈现的契机之一，但它与我们真正深入的联系和它作为一种文字艺术并无多少关联，他在这个意义上认为《那儿》作为“文学”是平庸的；张屏瑾认为，从接受的角度来说，对小说所描写的国企 MBO 这件痛苦的事实作出的反应，与小说在艺术层面上展开的反应是彼此暌隔的，而这在于作者没有把“想象材料”尽可能丰富地组织进文学叙述中。

（六）“曹征路现象”研讨会

2005 年 11 月，广东作协与中国作协创研部召开了一次“曹征路现象”研讨会，会议的焦点仍是对《那儿》的认识与评价问题。这次讨论会上也出现了较大的争议。白烨、南翔、牛玉秋等批评家认为，从文学审美的角度而非从社会、文化批评的角度看，才能看出它更本质的意义。他们强调“苦涩的幽默”等作品的风格要素，不认同“新左派”的解读方式，“批判的基点绝不是站在五六十年代的基点上，批判现实决不意味着要回到过去。只有加大改革开放的步伐，才有可能把改革中出现的问题解决”，“‘新左派’不可能成为新的思想资源。因为我们是从老左派走过来的”（在这里，他们对“新左派”有误解之处）。蒋巍与他们的观点相似，他更强调作品中对弱势群体的关怀与良知，不过他认为“所谓的中产阶级也还是弱势”。

与之相反，雷达、邵燕君、张柠与李云雷则强调从政治、社会角度解释的必要性。雷达认为，政治视角是文学中非常重要的问题，文学家抛弃政治是很愚蠢的，称《那儿》是“具有左翼的精神气质和血统标志的作品”说到了点子上，它与《生死抉择》和《国家干部》等同类作品不太一样，后者多少要达成和主流话语对话的愿望。李云雷与邵燕君则分别强调了作品中体现出来的“左翼文学”传统与现实主义精神。张柠指出，文学的本质就是有一点左派色彩，要有同情心与批判性。

陈晓明、李敬泽、谢有顺、王干等的意见则介于以上批评家之间。陈晓明指出，一定要从全球的后马克思主义思潮的高度去理解《那儿》，理解曹征路的写作。如果摒弃了这样的一个维度的话，对曹征路作品的理解就失去了一个更广大的全球化的背景，《那儿》和曹征路的一系列作品确实写出了历史终结之后的最后的人民的状况。李敬泽认为，《那儿》对于我们如何建立起一种文学的政治性视野是非常重要的，但他更强调“公平”、“信义”、“廉耻”等“像星空一样照耀的恒常的东西”与作家的“主观战斗精神”。谢有顺也同样肯定小说引进了政治的维度，他认为，当代文学写作的问题意识正在消失，曹征路的写作则试图把他的问题返回到现实。王干把现实主义分为三种：“大我现实主义”、“中我现实主义”、“小我现实主义”，他把曹征路的创作归纳为“中我现实主义”，认为其价值在于为现实主义写作找到了一种新的支撑点。

（七）第三组专题文章

《海南师范学院学报》2006年第1期推出了郑鹏、许维贤和李云雷的三篇文章，继续讨论《那儿》，这可以视为北大课堂上论争的延续。郑鹏对《那儿》的严肃性、阶级性与模糊性做了阐释，以开阔的视野在理论层面上提出了问题；许维贤则联系“左翼文学”的历史，认为“新左派”对《那儿》的热情是徒劳的；李云雷从对当下“底层文学”两种倾向的分析出发，探讨了“新左翼文学”的可能性。

除以上《那儿》的专门评论文章以外，还有不少评论文章涉及了《那儿》，比如邵燕君的综述文章《2004：从期刊看小说》，认为《那儿》是该年度最重要的作品之一，在孟繁华的《中国文学的“第三世界”》、刘继明的《我们如何叙述底层》等文章中，也分别以《那儿》作为他们理论表述的例证，等等。

二、“纯文学”反思与“底层文学”

一部中篇小说引起了这么多关注，这是1980年代才会有的盛况，出现在今天则多少让人感到意外，可见《那儿》确实触及了时代的神经，使许多问题凸显出来。这些问题包括：在文学层面上，我们应该如何认识作品的“艺术性”，现实主义作品是否仍有生命力；在思想文化层面，自由主义与“新左派”的论争带出了许多问题，我们应该如何面对；在现实层面，改革尤其是国企改革应该怎么改，我们是否应对传统的“发展观”加以反思；等等。这些问题构成了《那儿》讨论的背景，这一讨论也使得对这些问题的思考得以深化。

《上海文学》2001 年第 3 期发表了李陀访谈录《漫说“纯文学”》。李陀对“纯文学”这个概念的形成进行了具体而细致的历史梳理，并且反思了作为一种文学理想的“纯文学”对 1990 年代文学创作、批评的影响，随后蔡翔、韩少功、南帆等批评家、作家都对此发表了看法。在“纯文学的焦虑”的背后，是对文学与政治、社会等关系的重新思考，如果说，1980 年代文学研究由外部研究走向内部研究，那么对“纯文学”的反思给文学批评带来的不仅仅是对内部研究的反思，更是对文学与现实的复杂关系的再认识。洪子诚指出，“文学自主性”在 1990 年代之所以成为一个“必要”的问题，在于“纯文学”在 1990 年代被市场、社会双重边缘化的现实和历史处境。可以说，反思“纯文学”正是一些作家与批评家为了摆脱这一处境、重新对现实与社会发言甚至发挥影响力的一种努力。

在这一视角的关照下，“纯文学”所强调的形式、技巧、创新不再成为批评家关注的唯一对象，而文学与现实、文学与政治、文学与思想等“外部”关系便得到了更多的考察。同时，在创作手法上，模仿西方的“先锋文学”、“现代主义”与“后现代主义”的作品在质量与数量上都有所下降，现实主义的作品再度得到了重视。一方面，文学作品开始关注社会、关注社会下层民众，另一方面，小说的“故事性”与“好看”也成了一些作家追求的目标。

但对“纯文学”的反思并没有提高另外一些现实主义作品的文学地位。这些以主流意识形态（或者以与主流意识形态打“擦边球”的方式）描写反腐、官场、农村与工厂改革等题材，被称为“主旋律”的作品，用纪实的手法描写热点话题，虽然会得到官方与市场的认可，但一般并未得到批评家与研究者的关注与好评。在这个意义上，可以说反思“纯文学”是“纯文学”内部的事情。

对这一“反思”，批评家的态度并不一致，上述关于“《那儿》真是好小说吗”的讨论，以及不少评论者对《那儿》“文学性”的质疑或者赞扬，都说明了这一问题。很多人并不是在具体的历史进程中考察“文学性”得以赋形的因素，而是以一种固定、狭隘的关于“文学性”的观念，对文学作品加以简单的评判。可贵的是，在有些批评者那里，开始以新的角度来探讨被小说“打动”的原因，虽然这一探讨还不是很深入，也可以从更多角度去探讨“文学性”问题，但至少我们可以这样说：当我们质疑《那儿》的“文学性”时，《那儿》也在质疑着所谓“文学性”的标准。

2005年文坛上对“底层文学”的热情，可以说是反思“纯文学”在逻辑上的延伸，强调关注社会、关注下层民众的倾向，使一些批评家与作家在理论与创作上开始了新的探索。薛毅、南帆、孟繁华、刘继明等批评家从不同角度阐释“底层文学”的可能性，也出现了一些可以称为“底层文学”的作品，如刘庆邦的《车倌儿》、罗章良的《大嫂谣》、陈应松的《马嘶岭血案》等，这些作品写出了当前中国底层人物的命运与心态，以批判的态度揭示了现实中存在的“潜规则”与阴暗面，足以发人深省，在“艺术性”上也具有较大的价值。

但随着对“底层文学”的倡导，在一些作品中也出现了另外一种倾向，有的作家在作品中开始渲染阴暗与绝望的情绪，并以简单的二元对立的方式来处理题材。比如过分强调城乡对立、劳资对立的绝对性，忽略了生活本身的复杂性与丰富性，使很多作品在相当大的程度上成了一种对苦难的渲染与叠加，失去了应有的感染力与影响力。

出现这样的情况，既跟作家对现实的理解与认识相关，也与“底层文学”在理论上的困境有关。“底层文学”强调的是作品所描写的题材——底层生活与底层人物，但并没有提出新的理论框架与解释方式。虽然在马克思主义的脉络中可以找到相关资源，但在理论探讨与写作实践中，马克思主义赋予“底层”的阶级性与斗争性被模糊了，而成为被怜悯、同情的对象。同时，在这里也看不到改变现状的可能与希望，这使很多作品陷入悲惨与宿命的境况。

《那儿》可以说是在“底层文学”中涌现出来的优秀作品，但与其他“底层文学”不同的是，《那儿》体现出了鲜明的“左翼文学”精神。如果说其他作品的基调是悲惨，《那儿》的基调则是悲壮。它同样没有提出新的意识形态与乌托邦，但它通过历史与现实的连接（工运领袖“姥爷”的肖像被挂在一座监狱博物馆、“我小舅”年轻时打腰锤的传奇经历及一幅描绘他劳动场面的画被收藏等等），再次提出了工人阶级的革命性与劳动的价值，以及公平、正义的社会理想。这虽然还没有上升为工人阶级的自觉意识，却能给我们以启发，让我们可以从一个新的视角审视历史与现实。

三、“新左派”与自由主义论争的影响

《那儿》与围绕《那儿》的讨论也深受“新左派”与自由主义论争的影响。在思想、文化层面，发生于1997年的这一论争对中国影响深远，虽然以“新左派”与自由主义的框架来概括思想界的争论过于简单，并且新世纪以来思想界也发生了新的分化组合，但以这一框架来理解知识界对中国、世界认识的两种不同价值倾向，大体上是可以把握的。

在这里，似乎有必要简单地阐明“新左派”与自由主义的区别：

（1）在经济上，“新左派”反对将资本主义和市场主义神化，否定所谓“自生自发的市场秩序”；相对于“自由主义”强调市场的“效率”而言，他们更强调“公正”；反对单纯追求经济增长的所谓发展主义，注重社会各方面的协调发展。

（2）在政治上，“新左派”在反对极权与专制的同时，也与“自由主义”过分注重某些人、某些阶层的“自由”不同，而更关注下层社会与底层民众，更注重“平等”。

（3）在对中国革命历史的看法上，“新左派”承认革命曾经造成了严重的后果，在此基础上去探求“革命”之所以发生的原因与历史条件，认为尽管革命有种种失误，但革命是有其正当性与合理性的，而反对“告别革命”的说法，反对以激进主义为名对革命的“反动”，也反对以“英美模式”和“法国模式”划分改良与革命，并简单地认为前者比后者好。

（4）在对当前世界秩序的看法上，“新左派”不同于“自由主

义”认为中国必须“走向世界”的看法，而认为并不存在普适性的“世界规则”，所谓的“世界规则”是由列强所确立并由它们所主导的，而中国要发展，必须在历史经验的基础上不断创新，走出一条自己的道路。

我们尤其需要区别“新左派”与“老左派”的不同，这很容易引起误解，它们的不同首先在于“新左派”更注重自由（这一点应该与“自由主义”相似），他们也因此被称为“自由左翼”；其次，他们是非组织化、非政党化的，只是一种思想倾向，与政治权力无涉；再次，他们的思想来源不仅仅限于经典马克思主义，而且吸收了包括西方马克思主义以及西方后结构主义以来的许多思想资源，这包括福柯、德里达、萨义德等。

这一论争在多个学科领域中展开，在文学方面，这一论争也有较大的影响。这首先表现为对“左翼文学”与社会主义遗产的重视。钱理群认为，“这二十年来我们思想界最重大的一个失误，就是我们对中国的社会主义思潮没有经过认真的清理和研究”，他认为“社会主义遗产是我们今天面对现实可以继承、借鉴和考虑的一个遗产和资源”。① 但是同时他也认为应该防止两种倾向，一种是因为社会主义曾经带来弊病就本能地拒绝它，一种是把苏联式的社会主义模式和中国式的社会主义模式整个地搬过来。类似钱理群这样的态度，在旷新年、孟繁华等不少研究者那里也可以看到。此外，《中国现代文学研究丛刊》2002 年第 1 期曾推出“左翼文学笔谈”，《文艺理论与批评》2005 年第 6 期曾推出“文艺与人民性”的专题，2005 年 11 月北京大学召开了“左翼文学国际研讨会”，这些文章与会议从不同角度重新审视“左翼文学”、“人民文学”与文艺的“人民性”，提出了不少值得深入讨论的问题，也让人重新思考“文学是为什么人的”这一似乎过时却又新鲜的命题。

在《那儿》讨论中，我们也可以看到“新左派”与自由主义论争的影响。在韩毓海、旷新年、邵燕君、郑鹏等人看来，小说中体现

---

① 钱理群：《20 年来思想界的重大失误，就是没有认真清理研究中国社会主义思潮》，http://www.eduww.com/bbs/dispbbs.asp?BoardID=15&ID=2599。

出来的“左翼文学”的批判精神与现实主义原则，对当下与将来文学的发展有着重要的启示意义；但在白烨、南翔、牛玉秋、许维贤等人看来，这样的角度并不可取，他们更多地将“左翼文学”传统视为文学发展中的负面因素，并联系“左翼文学”传统中的弊端，作为否定当前左翼思想的理由；而陈晓明、李敬泽、谢有顺等人，意识到小说中的左翼精神以及文学与政治关系的重要性，但又从不同的理论框架出发，对这一倾向持一种保留的态度。对“左翼文学”的不同理解，又与对“文学性”、“纯文学”的不同理解纠缠在一起，使得《那儿》的讨论更加复杂起来。

可以说，《那儿》与曹征路之所以能得到广泛关注，与以上背景密切相关。这一点甚至在曹征路那里也并不是自觉的，对于将小说与现实、思想界的争论密切地联系起来，曹征路曾表示过不安。但离开思想界、文学界的争论，我们将难以解释《那儿》为何会引起这样的热情。这在如下事实中可以得到解释：在《那儿》之前，曹征路发表过描写高校生活的《大学诗》，之后又发表过描写夫妻情感的《测谎记》与描写农村的具有传奇色彩的《赶尸匠的子孙》，这些作品虽然在“文学性”上并不逊色于《那儿》，但都没有引起如《那儿》般的反响。曹征路对此也不无困惑，而这样的困惑不只来自于曹征路，也来自于转折时期的中国与中国知识界。

四、新改革观与中国的前景

1997 年 9 月召开的中共“十五大”决定对中国的国有企业进行彻底的改造，从此，国家开始通过破产、倒闭、出售、兼并和股份制改造等手段对众多中小型国有企业进行改制。2004 年围绕国企改革，引发了“郎顾之争”，这一争论随着 2005 年 9 月 2 日顾雏军的被捕已暂告一个段落。但“郎咸平风波”所反映的国企改制中的问题——国有资产流失和职工权益受损现象却远远没有得到解决。小说《那儿》即以国企改制为题材，描写了在这一过程中职工利益受损与抗争的故事，有着重要的现实意义。

国企改革的背景是，过去为了维持一些在战略上并不重要的中小型国有企业，国家在财政上背上了沉重的包袱，现在国家希望通过所有制和管理制度的改革，把它们推向市场，在财政上摆脱沉重负担。改制以私有化和股份制改革为方向，目标是建立产权明晰的“现代企业制度”，但在具体实施上，却在很多地方造成了瓜分、贱卖国有资产等种种状况。汪晖的《国企改制与中国工人阶级的命运》一文[①]就是通过对企业改制个案的分析，详细地阐明了国有资产流失的整个过程和各个环节。

《那儿》不仅有着现实意义，而且这一故事和以往的“改革”故事——1980年代的《乔厂长上任记》、《新星》，1990年代的《分享艰难》、《大厂》等——不同，它并不是站在改革者的角度来论证改革的合理性，而是站在被改革所抛弃的人们的角度，讲述了他们的辛酸与苦难，在这个意义上说，《那儿》在意识形态方面也对“改革即正确”的思路进行了反思。

“改革”作为中国新时期以来的基本国策之一，在时间的推衍中逐渐被建构成一种新的主流意识形态，成为一种不需要前提与证明的“政治正确”。而2004年国企改革中的“郎顾之争”、2005年“医疗改革”失败的宣告，则让人们认识到“改革”的弊端与局限性，于是社会各界开始反思改革，开始思考新的“改革观”，在国家政策层面也提出了“科学发展观”和建构“和谐社会”的构想。有人指出，反思改革并非反对改革，而是要在认识到改革巨大贡献的基础上，反思改革中所出现的问题，从而能使改革继续推进。也有人认为，“改革共识”已基本破裂，中国已经成为一个“断裂”的社会，而要继续推进改革，必须重建新的共识与认同。而在需要反思的内容方面，环境恶化、权钱交易、利益集团的操纵，社会公平、正义的缺失等很多问题都被提了出来。

孙立平在一篇文章中，以房地产泡沫和官煤勾结为例，讲到2005年某些利益集团在利益博弈中已逐渐对国家政策产生越来越大的影响，并有寡头化的趋势，他指出，导致改革中利益关系失衡的，是以利益集团形成为基础的扭曲改革机制的出现。而要继续推进改革，必须形成新的改革观，对已经进行的改革进行反思，并形成推进

① 载《天涯》2006年第1期。

改革的新机制。[①] 而郎咸平 2006 年 4 月在清华大学的演讲，也以“改革开放到底出了什么问题?”为名，反思“改革由少数既得利益者独享改革成果，而改革成本由全社会负担”的现状，认为这已经背离了邓小平“让少数人先富起来”的前提——不让更多的人更贫穷。

关于《那儿》的讨论，虽然很少直接涉及对改革的反思，但也潜在地影响着人们的思考方式。南翔指出：“只有加大改革开放的步伐，才有可能把改革中出现的问题解决。”笔者则认为，如何改革才是问题的真正关键，在政策层面，1980 年代提出“发展是硬道理”，1990 年代提出“可持续发展”，新世纪则提出了“科学发展观”，而这样的调整是建立在对以往改革与发展的反思的基础上的。王晓明也正是在这个角度对《那儿》进行了肯定，“新的尖锐的挑战已经明确地放在了作家面前，而《那儿》则是一部意识到这个挑战、并且努力去回应它的小说”[②]。

而伴随着反思的进一步深入，一些大问题也重新提到了人们面前：我们如何认识世界及其秩序，如何认识传统中国、“革命”中国与改革开放以来的中国，如何选择中国未来的发展道路，等等。对这些问题的不同思考与回答，构成了当前思想界论争的主要内容，这也将是对未来中国与世界有重大影响的命题。

“郎顾之争”引发的主流经济学家与“非主流经济学家”的争论，也是上述争论的一部分。对于国有企业，有人指出，不能仅看其经济效益，还应注意到它在国家安全与社会保障上的巨大作用；也有人说，国有企业垮台的原因，不在于它不能适应市场经济参与竞争，而在于其他因素——政治需要、宏观失控、管理层行为短期化等。

这一争论目前仍方兴未艾，就在笔者写这篇文章时，看到了中新社“中国解禁大型国企管理层持股，但严控持股的数量”的消息[③]，

---

① 孙立平：《利益博弈的一年》，http://www.eduww.com/bbs/dispbbs.asp?boardID=15&ID=19465&page=1。

② 王晓明：《泡沫底下的越界之路》，载《当代作家评论》2005 年第 6 期。

③ http://www.eduww.com/bbs/dispbbs.asp?BoardID=15&ID=19478。

这可以说是国家政策的一个重大变化。对于国有企业是否应该以及如何改制，在改制过程中如何公平合理地处理国家、企业、管理者、工人等各方利益，这一争论应该说具有意义，但“非主流经济学家”的意见并未在国家政策上得到体现，或者说在“博弈”中尚处于下风。

正是在这个意义上，旷新年将《那儿》称为工人阶级的“伤痕文学”是有道理的，像改革初期的“伤痕文学”一样，或许它也预示着一个新时期的开始。改革开放从十一届三中全会开始已经进行了27年，与新中国成立后“十七年”和“文革”时期在时间上相同。在今天，中国已走到了一个新的转折关头，是走向一个少数寡头与利益集团控制的中国，还是走向一个更加自由、民主、平等、富强的中国，这需要每一个中国人的思考与努力，也许围绕着《那儿》展开的这场讨论能给我们以启示。

第八章 “底层文学”的误区与“新左翼文学”的可能性

一、“底层文学”的两种倾向

关于“底层文学”，2005年前后批评理论界有不少讨论，在文学创作中也有不少实践。在这些讨论中，有两种倾向值得注意：

一种倾向是将“底层文学”只视为作家在“影响的焦虑”下力图突破的一种题材上的创新，只在艺术探索的意义上肯定其“苦难叙事”的意义，而忽略了这一写作与当下现实语境的关系，从这样的视角看去，便对“苦难叙事”及其在创新中表现出来的“美学脱身术”持肯定的态度。

在《“后人民性”与美学的脱身术——对当前小说艺术倾向的分析》中，陈晓明指出：“‘人民的苦难’是一个现代性的革命历史主题，它无法成为一个现实主题，这使‘人民性’的当代性只能变成叶公好龙，它必然向美学方面转化。作家并不想真正，也不可能真正从历史与阶级意识的角度来揭示人民的命运，这一切与其说是自觉地转向人民性立场，不如说是因为艺术上的转向使这批作家与这样的社会思潮相遇，与这样的现实境况相遇，他们获得了这种文学表现的现实资源，他们可以在应对现实的同时，完成艺术上的深化。也就是说，人民性不再是自觉建构的意识形态，而是文学性创新压力下寻求自我突破的一种现实捷径。”①

① 陈晓明：《“后人民性”与美学的脱身术——对当前小说艺术倾向的分析》，载《文学评论》2005年第2期。

陈晓明认为“苦难叙事”是晚生代作家面对先锋派、美女作家群时在艺术上的一种选择，这一观点颇有创见，而他对杨映川的《不能掉头》、鬼子的《大年夜》等作品“美学脱身术”的细致分析，也显示了其艺术上的敏感，但仅仅在形式上或仅仅在“文学场”的范围内解释“苦难叙事”与“底层文学”，认为人民的苦难无法成为一个“现实主题”，却也显示了他过于关注文本或理论的推演，而忽略了“文学与生活”这一视角，也缺少对现实生活中底层的关注与了解。苦难、底层虽然要经过作家的写作才能呈现于我们面前，但并非“文本之外一无所有”，它们也是具体而真切地存在的，构成我们生活经验的一部分。

另一种值得注意的倾向在2005年前后的创作中表现得比较明显，那就是不断将“苦难”叠加、堆积，推向极致。

“底层文学”并非只是写作底层这个题材，也是要写成一部文学作品，这一方面要有对底层人的尊重、同情与了解，另一方面也要在艺术上有所讲究或创新。追赶题材的时髦而写作底层、不顾及艺术上的追求无疑是错误的；同时，以艺术上的创新而将“底层文学”虚化，在写作时玩所谓的“美学脱身术”，也是不对的，这两种倾向的来源，都在于并非真正关心底层以及底层的人。

“底层文学”中涌现出来的优秀作品，都能较好地解决以上问题。比如《马嘶岭血案》①、《麻钱》等“三农”题材小说，就充分展示了中国农民在历史与现实中的处境、在城市与乡村间的挣扎，同时在艺术上也具有独特性。

与一般“底层文学”的作品相比，《那儿》具有其独特性，它将对社会公平、正义的诉求与传统社会主义联系起来。

大多数“底层文学”的小说关注的是农民、农民工，而《那儿》选择了工人作为题材，这自然与作者的个人经验有关，但工人与马克思主义的紧密联系，历史记忆与现实处境的对比，使得小说更具现实感，在阐释上也具有了更为广阔的空间。小说追溯了矿山机械厂的变化，细致地描述了它在时代变化中怎样从一个意气风发的大厂，逐渐

---

① 载《人民文学》2004年第3期。

转变成了一个被归于边缘的“包袱”，在这一过程中描述了工人的命运，他们的命运是与工厂联系在一起的，也是与时代紧密相关的。它与1980年代的《乔厂长上任记》、《新星》不同，也与1990年代的《大厂》、《车间主任》等小说不同，如果说后面这些小说描述了改革的必要性，那么《那儿》则以新的角度去关注改革，提出了要怎样改革的问题。它关注的不是胸怀壮志的改革者，而是那些付出代价的“被改革者”，它使这些人的生存窘境呈现出来，也对新时期以来的主流意识形态提出了反思。

《那儿》反映了知识分子在现实中的复杂性与精神转变，小说是以“我”的视角去写的，在“我”的嘲笑、犹豫与转变中，体现了现代知识分子的内在矛盾与选择。严家炎在分析鲁迅的《祝福》等小说的视角时，曾把这些作者、叙述者与人物的相互间离称为鲁迅式的“复调小说”，作者采取这样一种“复调”，表达了当下知识分子面对现实的复杂态度。作者曹征路关于这篇小说的创作谈的标题是“是逃避，也是抗争”，有意思的是作者在小说中体现出来的是更认同于“我小舅”（抗争），而创作谈中体现出来的则是认同于叙述者（从逃避到抗争的转变）。在回答笔者“是否也经历了类似于小说中‘我’的一种精神转变”的问题时，曹征路说：“起初这样写就是为了产生离间效应，使叙述更客观。写着写着，我的态度发生了变化，我被愤怒左右了，主观情绪开始加入，我控制不了自己。作为作者，我现在的生活状况，在这个时代应该说相当不错，生活中的我是很容易满足的。可我是在写小说，我不能不按照人物的逻辑叙述下去，这大概就是你说的精神转变吧，我确实转变了。小舅是我审美理想的体现，包括那条狗也让我激动不已，我向往那种有情有义、有尊严的、高傲的生活。可是在现实中我们往往不得不苟且，这就是我们的生活。”在这里不仅是叙述在文本中改变方向的问题，而且深刻地反映了知识分子在面对现实时一种态度的转变。如果我们将《那儿》所讲的“舅舅的故事”与王安忆1990年代初的《叔叔的故事》加以比较，就可以看得更清楚，王安忆的小说写了对老一代“自由主义”知识分子的失望，以及新一代知识分子的迷惘。而在《那儿》中，工人领袖“我小舅”则“启蒙”了新一代的知识分子，使“我”选择了另一条道路。

除了《叔叔的故事》，1990年代的一些作品，比如余华的《活着》、刘震云的《一地鸡毛》、池莉的《冷也好热也好活着就好》、刘恒的《贫嘴张大民的幸福生活》等，都在描写一种苟活的哲学，即不管社会如何变动，生存总是最重要的，无论如何总要活下去，这样一种“小市民意识”在以上作品中得到了鲜明的表达。如果我们将之看作特定时代精神上的一种反应，那么《那儿》则描写了无论如何也活不下去之后的“市民”被迫起来反抗的故事，而他们所找到的资源，也只能是社会主义对“正义与和平”的诉求。

从《叔叔的故事》等小说到《那儿》，可以看作10多年来知识分子精神选择上的一个转变，在这一转变中，如果说《叔叔的故事》让我们看到了1990年代初知识分子精神上的溃败，那么《那儿》则让我们看到了新的可能性。《那儿》的出现并非偶然的，它与我国社会现实的变化息息相关，也与思想界、文艺界的讨论与反思相关。在我国拨乱反正的历史时期，出于对计划经济与主流意识形态钳制的反思，对资本主义所象征的自由、民主、市场经济表现出热情是自然的（正如法国“五月风暴”、日本“安保运动”对中国社会主义革命所象征的公平、正义和造反精神表现出非凡的热情一样），这确实对当时的思想解放有着很大的促进作用。不过1980年代以来，在资本主义全球化的进程中，对资本主义的美好想象也破灭了，在今天我们已经知道，市场经济不是资本主义的专利，甚至资本主义本身就是反市场的[①]。而在资本主义社会中，自由、民主也有着强烈的阶级差别，在弱肉强食、优胜劣汰的内在逻辑之下，不但自由、民主是打了折扣的，公平、正义更是无从得到。资本主义全球化正以迅猛之势席卷全球，我国作为“第三世界”在国际上受制于资本主义全球化结构性的政治、经济分工，国内则贫富分化严重、阶级矛盾趋于激烈。在这样的形势下，重新看“社会主义思潮”的历史，我们就可以更清楚地理解先辈的努力，他们同时追求着两个相互矛盾的目标：民族国家的现代化发展；公平、正义的革命理想。尽管他们的努力由于种种原

① 参见许宝强《反市场的资本主义》序言，中央编译出版社2001年版。

因失败了，但其为人类开一条新路的悲剧性探索无疑是值得尊重的，在今天也有很多值得我们汲取的因素，可以对我们今天面临的问题提供更丰富的思索空间。

二、“底层文学”、“纯文学”与现实主义

（一）“底层文学”与“纯文学”

“底层文学”思潮可以说是对“纯文学”弊端的一种纠正，它使人们关注以往视而不见的群体，让人们看到了现实中存在的种种社会问题，以“引起疗救的注意”；同时也让人们重新认识到文学与现实社会的联系，不再将文学当作孤芳自赏的“玩意儿”，这对文学的发展起到了积极的作用。

不过，当我们将“底层文学”视为对“纯文学”弊端的一种纠正的时候，并不是要将二者简单地对立起来，而是将之作为对“纯文学”的一种发展或“扬弃”。对这一点，我们可以从以下两个方面来理解：

首先，“底层文学”与“纯文学”在某些方面的追求是不同的，但如果从更大的范围来看，它们则体现出了相当的一致性。它们不同于“主旋律文学”制造的意识形态幻象，而是力图突破意识形态的限制，写出真实的世界和真实的心理；同时它们也不同于“大众文化”的商业性、模式化与对大众心理的简单迎合，而力图以严肃的艺术态度进行创作，写出优秀的“作品”。如果我们将“底层文学”与“纯文学”简单地对立起来，我们就无法看到它们在反抗新意识形态文化与商业文化上的共同性。正是在对现实与这两种文化的反抗中，“底层文学”与“纯文学”发展出了不同的精神、艺术追求的路向，如果说“底层文学”更注重对现实不公的反映，更注重对民主与平等的追求，那么“纯文学”就其本意来说，则更注重形式探索与精神自由的追求，这二者本应是相辅相成、相互促进的。

其次，“底层文学”不应忽视“纯文学”所进行的形式探索与艺术创新，探索与创新是一切优秀作品的内在应有之意，而不限于“纯文学”。如果说“纯文学”的不足之处在于将探索仅囿于形式与“内心”，其流弊甚至表现为无病呻吟，那么“底层文学”便应立足

于当下的中国现实，在表达自己的观察与发现的同时，在叙事艺术上进行探索。

（二）“底层文学”与“现实主义”

现实主义的创作方法是当前“底层文学”的绝大部分作品所采用的，也为不少批评家所提倡。但现实主义也面临一系列问题：何谓现实与真实？如何才能认识现实？主体是否有认识的能力？这些问题的提出，不是要将现实主义抛弃，而是为之提出了新的问题与新的可能性。现代主义与后现代主义正是因应上述问题而产生的，在某种意义上说也是一种“现实主义”，这也就是为什么卢卡奇终于认识到卡夫卡也是“现实主义”，为什么加洛蒂将毕加索也看作现实主义。如果现实主义不能面对这些问题，而依然停留在旧现实主义的观念上，认为一个“完整的主体”可以“透明”地“反映”现实，则不但不能面对现实中的问题，也不能真正面对人类的精神困境。正是在这些方面，“纯文学”的一些探索提供了一些经验与积累，如果“底层文学”不能借鉴这一方面的遗产，则只能在低水平上简单地重复。

同时我们也应该认识到，一些批评家提倡现实主义尤其是批判现实主义，是有其现实针对性的。多年来的文学创作大体可视为两个方向：一是“主旋律文学”。这些作品以各种艺术手段来论证现实的合理性，提供意识形态的合法性。二是“纯文学”的探索。这些作品则局限于对个人内心世界的挖掘，以及形式实验与想象空间的开拓。这两方面的文学创作都无视正在发生巨大变化的中国现实，所以既为读者所疏远，也无法为变化中的中国提供写照。在这样的情况下，提倡现实主义无疑是正视现实的一种努力，这是值得肯定的。但正如以上所言，现实主义本身也并非毫无问题，与现实主义相联系的一整套世界观、认识论已发生了变化，如果我们不能在新的思想视野中考虑问题，则无法面对复杂的现实，也无法写出真正优秀的作品。所以我们既提倡面对现实，同时又将现实主义做更为宽泛的理解，我们应融入现代主义、后现代主义对世界的把握与思考，在新的创造中发展出新的叙事艺术。如果将现实主义的理解仅局限于19世纪的批判现实主义，那么我们最多也只能写出模仿当时大师的二流作品，这一点应该引起注意。

与之相关的另一个问题是，当我们在现实主义中融入现代主义、后现代主义的因素时，并非为点缀而融入，也并非为融入而融入，而是在面对现实时不得不然的选择，融入的过程应该是深化思考的过程，也是面对现实的过程。这一“融入”应该加深我们对现实的理解与认识，而不是相反。陈晓明敏锐地指出，在一些描写苦难、描写底层的作品中存在“美学脱身术”的问题，即它们不是深刻地反映了现实中的问题，而是以其“审美”遮蔽、掩盖、颠覆了现实与对现实的叙述，以想象性的解决弱化了问题的尖锐，——这样的创作方式是不足取的。面对现实，这样的写作应该更敏锐，更深刻，更有力。旷新年指出“底层文学要用鞭子狠抽”，这是值得我们认真思考的。

三、“底层文学”与“左翼文学”的传统

在某种意义上说，“底层文学”是“左翼文学”传统失败的产物，但同时也是其复苏的迹象。“左翼文学”也可以称为“革命文学”、“社会主义文学”或“人民文学”，其特点是追求社会平等、反抗阶级压迫、强调人民性与现实批判。从较为宽泛的意义来理解，这一文学潮流从1920年代的“革命文学”论争开始，经过了1930年代的“左翼文学”、1940年代的“解放区文学”以及此后的“‘十七年’文学”、“‘文革’文学”。从1980年代开始，随着传统马克思主义和毛泽东思想的不断边缘化，这一文学潮流便基本上被抛弃了。

“底层文学”的兴起，与1990年代中国社会发生的巨大变化有着密切的关系，同时也与这一变化催生的“新左派”与自由主义、“纯文学”论争等思想界、文学界的辩论有关。这一写作倾向的兴起，因其与最初的“左翼文学”的追求颇多相似之处，也让我们得以重新审视“左翼文学”的传统，总结其经验教训，以为“底层文学”能健康、长远地发展提供借鉴。如果我们不能充分正视“左翼文学”的传统，那么“底层文学”也将行之不远。

在“文革”结束之前，“左翼文学”的一体化笼罩了所有的文学创作，在这样的情况下，不可能对其进行较为客观的总结。而在1980年代，“听到或见到的都是对‘左翼文学’的声讨和否定，尤其

是延安时代的解放区文学和新中国成立后的五六十年代文学，被不少理论家判定为是一种文学的倒退，被整个儿扒拉到其时已经声名狼藉的极‘左’政治垃圾堆里去了。包括对一些作家的评价也完全颠倒了过来。这当然与八十年代的思想解放运动和人的‘觉醒’以及对文学的主体性询唤有关。”①

20 多年以来，我们一直在吸取“左翼文学”的教训，但对其经验研究得不够，其实“左翼文学”也有不少值得汲取的经验，比如民族形式的追求，“大众化”的追求，直面现实的精神，等等，这在我们关注底层时仍是值得借鉴的。真正的问题乃在于我们能否不以意识形态的偏见来看待“左翼文学”，在关注底层时借鉴其经验，力避其教训，否则很有可能走进一个新的轮回，而这是对现在的作家和理论家提出的一个重要挑战。

在笔者看来，“底层文学”所面临的最大问题乃是理论建设的不足。我们可以将底层理解为一种题材的限定，或者一种“关怀底层”的人道主义倾向，但除此之外，却缺乏更为坚实有力的支撑，甚至“底层”的概念也是暧昧不明的。在这方面，蔡翔、南帆、刘继明等一些学者已经做了一些研究，但这仍是不够的。如果我们从左翼思想的脉络中来看，“底层”概念的提出，可以说是左翼思想面临困境的一种表现，但也预示了新的可能性。正是因为“无产阶级”、“人民”等概念已经无法唤起更多人的认同，无法凝聚起社会变革的力量，我们必须在新的理论与现实资源中加以整合。《帝国》中提到了“muti-letid”的概念，以之代替“人民”，作为未来革命的主体，也是这样的一种努力。“底层”是一种结构性的概念，在任何社会、任何理论资源中，都可以找到“底层”，它一方面可以整合各种资源，另一方面比较含混、模糊，不像“阶级”的概念那样鲜明、界限清晰，但这似乎正表明了当前社会暧昧不明的状态。

在理论方面，“左翼文学”拥有颇为丰富的建树，鲁迅、瞿秋白、毛泽东、郭沫若、茅盾、胡风、周扬、冯雪峰、丁玲等，都提出

① 刘继明、旷新年：《“新左翼文学”与当下思想境况》，http://www.eduww.com/thinker/forum.php?mod = viewthread&tid = 21951。

了新的命题并做出了自己的回答，不仅他们的论述为“底层文学”提供了可以直接借鉴的经验，而且马克思文艺理论中国化的过程，也为“底层文学”如何容纳、吸收新时期以来的各种思潮提供了方法论的基础。“底层文学”如果不能吸收新时期以来的思想资源，那么便只能停留在陈旧的状态，而如何将这些思想资源与中国的现实与文学现实结合起来，“左翼文学”的经验值得汲取。

“左翼文学”的最大教训，则在于与主流意识形态结合起来，成为一种宣传、控制的工具，并在逐渐“一体化”的过程中，不仅排斥了其他形态的文学形式，而且在“左翼文学”内部不断纯粹化的过程中走向了最终的解体。在这一过程中，“左翼文学”逐渐失去了最初的追求，不再批判不公正的社会，也不再反抗阶级压迫，逐渐走向了自身的反面。而如今，对“底层文学”来说，如何对新意识形态保持足够的警惕与距离，如何在持续的发展中保持自身的批判性与倾向性，乃是最值得关注的。“主旋律文学”与商业性的大众文化在当前处于统治性的地位，它们将市场经济的价值观念体系在全社会普及开来，不仅塑造了大多数人的价值观念，而且改变了他们对价值观念的接受机制。在中华民族的历史上，权力与金钱还从来没有占有过如此重要的地位，如今它们对社会的控制无所不在，并深深潜沉在人的意识与无意识深处。如何打破这铁桶一般的控制，虽然不是“底层文学”所能做到的，但“底层文学”应该发挥更大的作用。

四、“新左翼文学”的可能性

在经历了“文革”与“‘文革’文学”之后，“左翼文学”是否可作为今天的思想文化资源？如果可能，我们将如何理解历史？如果不可能，我们将如何应对当前所面对的问题？这是一种两难的困境。在对1990年代“重写红色经典”的分析中，戴锦华也表达了对这一困境的体认，她认为这一现象“不期然间展露了当下中国，或许也是全球性的批判知识分子之思想与社会实践的瓶颈状态：是否可以忽略20世纪革命历史所遗留的巨大债务而启用20世纪革命的思想资源？是否由于必须首先清理历史的债务，便可以无视现实的苦难与社会问题？拒绝以历史中的灾难作为现实苦难的阐释或托词，是否便意味着对历史中的灾难和未解的疑题的搁置？直面社会苦难，是否便意味着二项对立式的语词与思维的合法性？如何应对二项对立式思维与本质主义及其20世纪极权主义间的逻辑关联？而拒绝二项对立和本质主义的思维和表达，是否便意味着失语和无为？拒绝胜利者的立场，拒绝恣肆张扬的新自由主义逻辑，则如何开启别样的社会实践的空间和未来的可能性？”①

在与当下文学的对比中，“左翼文学”的传统也得到了不少学者的青睐，“我对左翼文学充满了憧憬和怀念。怀念左翼文学，不只是要呼唤它的革命精神，而更多的是刚才说过的左翼文学的丰富性。当下文学更多的是‘物’的迷恋和炫耀，是白领趣味的彰显和生活等级的渲染。我们在当下文学中已经很难再读到浪漫和感动。而左翼文学的最大特点可能就是它的浪漫精神和理想主义，是它的批判精神和战斗性”②。

与此同时，这一思想倾向在创作上也得到了反映。在对1990年代新乡土小说的分析中，刘复生指出：“这些小说毕竟呈现了无法被彻底软化的事实。而且，如果细读作品，我们还可以发现，作家在表述一种意识形态的同时也对它加以质疑，二者是同一个过程，这是一种奇妙的写作的辩证法。这使某些‘新现实主义’小说写作具有了某种革命性或反抗性，但由此也决定了这种反抗性的限度。”③

如果说这些“主旋律”小说的“反抗性”是有一定限度的，那么，伴随着1990年代中后期思想界自由主义与“新左派”的论争，也诞生了一些新的作品，比如小剧场戏剧《一个无政府主义者的意外死亡》、《切·格瓦拉》等，这些立场与风格都很鲜明的戏剧既参与了这一论争，也使这一论争得到了扩大。何吉贤在《想象的突围》一文中分析中国“小剧场”戏剧从“戏剧的造反”（戏剧实验）到

---

① 戴锦华：《重写红色经典》，见《大众传媒与现代文学》，新世界出版社2003年版，第558～559页。

② 孟繁华：《左翼文学在当下的命运》，载《中国现代文学研究丛刊》2002年第1期。

③ 刘复生：《历史的转折与“新乡土小说”的意识形态》，载《文艺理论与批评》2004年第4期。

“造反的戏剧”（思想的宣传）的转变过程，揭示出1990年代“小剧场”实践与作为背景的世纪末思想界的分化和争论的关系，并进而说明蕴含在思想界的分化和争论与整个中国社会分化和变化之间的“戏剧性”关系。① 而近年来“底层文学”的讨论与实践，则让我们看到了底层社会的艰难图景。

此外，还有这样描写“民工”的诗歌：

二万
二十万……
打工仔的手指
二百万、二千万……
十指连心的灵魂
血痂石块般磨利的匕首
刺在深圳淫逸无度的夜空②

打工者不仅被写入了诗歌，也开始作为创作的主体出现在人们面前。近年来“打工青年艺术团”在社会上引起了广泛的影响，他们的音乐之所以能引起社会各方面的关注，主要在于以下三个原因：一是他们的音乐表达的是打工者的生活，是下层劳动人民的现实处境；二是他们自身就是打工者，是自己表达自己，而不是由别人“代言”；三是他们的演出方式是“义演”，不以营利为目的，此外他们还进行了诸多帮助打工者的社会实践，这对以金钱与资本的关系为基础的市场经济社会构成了一种反思。打工者借助流行音乐的形式表达自己的心声，不仅对大众传媒的霸权以及“霸权理论”做出了挑战，也对西方马克思主义式的精英与学院化的反抗方式提出了质疑。正是在这个意义上，他们接续了我们上述中国“左翼文艺”的传统：以

① 此文为何吉贤的硕士学位论文，部分发表于《文艺理论与批评》2003年第6期。

② 浪淘沙：《深圳的手指》，这首诗描写的是“深圳工业区这个中国改革开放的神话，那里每年至少2万打工仔的手指、手臂被严重缺乏劳动保护措施的私企工厂的机器斩断”。参见黄纪苏《世路上行走的诗行——浪淘沙其诗其人》，http://www.eduww.com/bbs/dispbbs.asp?BoardID=15&ID=14285。

大众化的形式表现下层人民的真实处境，并发出自己的声音。

如果我们将以上文艺看作“左翼文学”传统的延续，那么其与现实的关系不仅拓宽了我们对“文学性”的理解，而且其艺术上的创新与实验也值得我们注意。钱理群指出：“在我看来，左翼作家（左翼知识分子）的一个最本质的特征就是鲁迅所说的永远‘不满足于现状’，由此而形成了其永远的批判性（反叛性，异质性，非主流性）。而这样的批判、反叛必然是全面而彻底的：不仅表现为一种激进的思想倾向，政治立场，而且也反映在对既成的艺术秩序的反叛与不循常规的创造。因此，前述‘左翼文学不注重艺术形式’的说法完全是一种成见与误解：左翼文学的一个本质特征即是它的艺术上的‘实验性’。”① 如果说它们还存在一些不足的话，那么出路也只有不断地继续创造，只有在变革现实的同时不断变革艺术自身，才能创造出新型的美，也正如鲁迅先生所说：“这是东方的微光，是林中的响箭，是冬末的萌芽，是进军的第一步，是对于前驱者的爱的大纛，也是对于摧残者的憎的丰碑。一切所谓圆熟简练，静穆幽远之作，都无须来作比方……”②

中国“左翼文学”传统是人类伟大思想成果的一部分，在面对当下的思想与现实时，既需要总结其历史上的经验与教训，同时需要以开放的姿态吸纳异质的思想资源，不断丰富和完善自我，对底层的关怀与“大众化”不应该影响它的知识深度；对阶级性与实践性的强调不应该忽略审美性，其创作方法也应该不仅限于现实主义，而应不断汲取新的资源，在民族形式的追求中也应该对异域文化采取“拿来主义”。如何在新的历史条件下解决以上的种种矛盾，是继承“左翼文学”传统所必须面对的问题。

---

① 钱理群：《〈端木蕻良小说评论集〉序》，http://www.eduww.com/bbs/dispbbs.asp?BoardID=25&ID=10933。

② 鲁迅：《白莽作〈孩儿塔〉序》，《鲁迅全集》第六卷，人民文学出版社1981年版，第494页。

第九章　胡学文：一棵树的生长方式

“一棵树的生长方式”，是胡学文一篇小说的名字，笔者觉得可以用来描述他的写作历程与写作方式，在这里包含以下几层意思：①树是扎根于大地的，只有深深地扎根于大地，不断吸取养分，才能茁壮成长。②树是向上生长的，它不满足于只是小树苗，而希望在阳光雨露中生长，努力成长为一棵参天大树。③每一棵树都有自己的生长方式，它只能按照自己的方式成长，不能模仿别的树。作家也是一样，只有寻找到个人的独特之处，才能与别人区别开来，才能写出自己的风格。可以说，在以上几个方面，胡学文都表现出了一棵“树”的品质，多年来在坝上草原的写作，使他找到了自己表达的独特内容与方式，但他又不满足于地方特色，而竭力向上生长。胡学文在不断的艺术追求中形成了自己的特色，而这与其他作家迥然不同，因而值得我们探讨。

一、底层生活的发现者

底层生活还需要发现吗？对于一些作家来说，这是一个疑问。然而这么问的人却把问题简单化了，在他们眼里，底层只是苦难与悲惨，只是简单的黑白对立，受苦的人都只有一个表情，似乎他们生来就是悲哀的，不可能有别的情绪，这当然是不对的，所以我们才看到了那么多雷同的作品。这在写作上来说是放弃了难度，在思想上也将“人性”理解得过于简单了。事实上，底层的生活也是丰富复杂的，每一个底层人也都有自己的喜怒哀乐，只有深入到他们的生活中，我们才有可能理解他们置身其中的境遇，才有可能理解他们的内在逻辑，而这，就需要发现。“发现”需要思想的关照，“有多少思想便有多少生活”，只有从新的思想视野出发，才能发现生活中新的因素、新的部分，没有新思想或者新想法的人，只能发现别人已经发现过的那些。而对于创作来说，每个作家都有自己的艺术敏感点，都有自己熟悉或善于表现的题材，只有从生活中“发现”题材，以自己的艺术敏感加以激活，才有可能创作出一篇优秀的作品，而这样的作品同时也是独特的。

胡学文的作品便是这样，在他的小说世界中，底层并非是简单的，而是呈现出了纷纭复杂的状况。这里有自身的内在的逻辑，或者为别人所无法体会的微妙之处，它自成一个“小世界”，对这些逻辑与细节的捕捉，体现出了胡学文独到的观察与思考。

在《命案高悬》中，这个世界是以护林员吴响为中心构成的。小说以吴响追寻尹小梅死因的过程为线索，呈现出了乡村社会复杂的文化、政治生态。在《在路上行走的鱼》中，有三条线索互相交织，构成了一个生活之网。一条是小说的主人公杨把子向镇政府要账，这是小说的主线，贯穿始终，也决定着其他两条线索的进展。作者从卖牛开始写，杨把子先是向吴主任要账，后是向邱镇长要账，而这又牵扯到了向开小卖部的瘸子黄石赊账送礼，请村长黄四出面请客帮助要账，跟踪邱镇长摔下来后被送到医院，等等一系列的事件，表现了村民与官府打交道的“潜规则”，将一件小事写得波澜起伏、高潮迭起，可以见出作者对农村生活的熟悉，以及对事件艺术处理的能力。然而，若仅有这一条线索，一次次写要账，小说也未免显得单调，所以小说另外加了两条线索，一条是杨把子与村里的寡妇何青草的关系，如果他有了钱，马上就能实现夙愿与何青草结婚，这就更促进了他要账的动力；另一条是他与女儿的关系，他卖的牛是从女儿家里牵来的，以作为对她没有嫁给何青草的儿子而私奔的惩罚。但他马上就后悔了，他想要了钱补偿女儿，这样他要账既有要结婚的紧迫，也有对女儿的愧疚，三条线索交织在一起，既充分表现了杨把子的困境，也将杨把子生活的内在动力与逻辑写了出来。

《荞荞的日子》写的是荞荞与三个男人的故事，一个是她的丈夫杨来喜，一个是废品收购站的马豁子，一个是镇上的薛书记。这是一个很容易写得庸俗的小说，但作者没有把故事处理得简单化，也没有把他们的相互关系庸俗化，而是把每个人物都“立”了出来，将他们关系中的微妙之处表现了出来。荞荞对杨来喜是逆来顺受，对马豁子一开始有些敌意，后来却产生了好感，但这好感又限制在一定的范围内，有一定的距离，无法与她对丈夫的百依百顺相比，但这好感却又是真实的，为了他，她甚至做出了最大的牺牲；而对于薛书记，她则一直是刻意保持距离的，但面对他的纠缠，又有着矛盾的态度，她不敢太得罪他，但又不想让他得逞，而到最后却在走投无路时献出了自己。正是在这种复杂微妙的关系中，小说集中塑造出了荞荞这样一个形象，也把一个乡村女性的真实处境清晰地呈现了出来。

在某种意义上，我们可以说《断指》是一个类似于《羊脂球》的故事，它虽然没有《羊脂球》沉稳有力，但叙事却比《羊脂球》更为复杂。它同样描写了世态炎凉，这是故事的主线：“我”和仝樱结婚了，仝樱在城市里打过工，很有钱，村里人一开始很看不起仝樱，认为她是做那种生意的。但因为她有钱，村里的人便纷纷来借钱，“我”向仝樱借了一些，但开了头就无法停止，村里的人、亲戚甚至父母，都以各种理由向“我”和仝樱借，直到最后把 5 万块钱都借完了，等“我”和仝樱有了事，去找他们讨账，不但讨不回，反倒备受风言冷语。小说写到这里，便是一个《羊脂球》的故事，但它比《羊脂球》更进一步。本来仝樱不是做那种生意的人，却被逼得去做那种生意了，而且死后不仅不能埋入祖坟，甚至连村子的地也不让进，只好埋在荒郊野地。在这之外，小说还加入了一条“我”怎样变成了孪生弟弟的故事，为整个小说笼罩上了一层荒诞的色彩，但小说的主体是前面的故事。从中我们看出作者对世道人心的深刻体悟与把握，而这正是来自生活的智慧。

关于文学与生活的关系，胡学文有自己的独特看法。他说：“生活永远是有距离的，这正是我们关注它的理由。我认为，小说家的任务就是丈量这种距离。”（《丈量距离》）

对于胡学文这样对生活有相当了解的人，强调“距离”是必要的，只有与生活有一定的距离，才可能有足够的空间进行艺术上的创造。正如胡风指出的：“说作家应该从生活学习，当然是千真万确的，离开了生活从哪里去找创作底内容呢？然而，这样的说法适用在两种场合：一是为了抨击那些把艺术活动和社会的内容割裂开，因而也就把作家底成长和实践生活分开的幻想，一是为了提醒那些虽然有高度修养然而和社会生活离开，因而作品底内容也渐渐空虚了的作家底注意。但如果当一个青年作者迷困在现实生活底海洋里，不晓得怎样处理他的题材，不晓得选取哪一些具体的形象来写出他的人物的时候，我们依然用‘向生活学习罢’这种答非所问的话来压死他们的困难，那恐怕是非徒无益而且有害的吧。”①

在这里，我们可以将文学与生活的关系区分为几个层次：首先，重视生活是必要的；其次，重视底层生活尤其难能可贵；再次，我们应该有足够的艺术方法将从生活中得来的材料加以组织，形成具有独特个性的优秀作品。如果没有最后一点，而单纯强调生活的重要性，即使再深入生活，也是没有效果的。也正是在这个意义上，我们才将胡学文称作底层生活的发现者。

二、执拗的主人公

胡学文小说中的女主人公很引人注目，她们即使身处苦难，也倔强不屈，执着于自己的某种追求或想法，有着极强的坚韧性，如《极地胭脂》中的唐英，《麦子的盖头》中的麦子，《飞翔的女人》中的荷子，《荞荞的日子》中的荞荞，《目光似血》中的范素珍，等等。

《飞翔的女人》的主人公荷子，与女儿小红在赶集时走散，小红从此不见了，她就仿佛丢了魂一样，当丈夫石二杆在镇外的树林里找到荷子时，她的精神已经到了崩溃的边缘。为了寻回小红，她与丈夫石二杆从南方省份找起，一个省一个省地找，“现在轮着这个省了”，在大城市、小县城、荒凉乡村、偏僻街镇，到处去寻找。一路上扒煤车、逃票、被收容、遣回途中逃跑，他们贴小广告、读街头寻人启事、翻看垃圾箱中的小报，任何有关小红的消息都会让她充满希望，

① 《关于创作经验》，《胡风评论集》（上），人民文学出版社 1984 年版，第 70 ～ 71 页。

只要和小红有一丁点的关联，她都不会放过。在寻找女儿的过程中，荷子从来没有失去过信心，无论遭受怎样的冻饿、劳累、呵斥、诟骂、侮辱，对女儿的痴情思念从没有一丝动摇。后来，荷子变卖了所有家产，丈夫也和她离了婚，她自己卖血，忍饥挨饿，到处流浪乞讨。后来她自己也被拐卖了，她想尽办法逃了出来，开始由寻找女儿转为告发人贩子“大爪”，她用尽一切手段想要把“大爪”送进监狱……

《麦子的盖头》中的麦子，丈夫马豆根赌博，把她输给了老于。她在不知情的情况下被老于接走，尽管她对丈夫失望至极，尽管老于对她很好，她也对他有了好感，但她却坚守着自己的信念，一定要亲口问一问马豆根，才能答应跟老于过。而当马豆根让她跟他一起逃走时，她“想了想，终是没跟马豆根走，她要等老于回来”，她即使要走，也要明白地告诉老于，一直坚持着自己做人的底线。在这里顺便提一下，因丈夫赌博被赌输的女人在胡学文的小说中反复出现，在《荞荞的日子》、《秋风绝唱》等小说中也都有所表现，这如果不是一种“地域特色”，便是作者对这一人物形象有着独特的关切。

正如陈福民先生所分析的，胡学文小说中的女主人公“没有教育背景，没有通常意义上的知识，她们更没有任何可以改变命运的外在资源。在灰暗、煎熬、几乎没有指望的日子里，她们被贫困、被男权、被权势一次又一次地侮辱、掠夺和强暴，她们像狂风暴雨中独自挣扎的花朵，无言枯萎、零落成泥、任人践踏，最终以自己的坚忍、牺牲和不屈的精神滋养着濒临破产的人性。但她们不再是马缨花、黄香久之类的人物，她们有自己的品格世界和源远流长的传统，显示着比那可怕的日子还要长久与强大的生命力”①。

胡学文小说中女主人公的执拗与坚强，已有不少人论述到了，但他小说中男主人公的同样品格似乎较少引起评论者的注意。其实在胡学文的小说中，执拗或者执着于某件事、有着极强的刚性和韧劲的男主人公并不比女主人公少，比如《命案高悬》中的吴响，《在路上行

① 陈福民：《艰难时世 深重情怀——胡学文小说创作论略》，http://www.chinawriter.com.cn/xrppj/chenfumin/cfm011.asp 。

走的鱼》中的杨把子，《乡村战争》中的石匠，《一个谜面有几个谜底》中的马兑，《一棵树的生长方式》中的姚洞洞，以及《土炕和野草》中执着于娶老婆的父亲，等等。

《一棵树的生长方式》描写了姚洞洞近乎一生的抗争。他从童年时就受到民兵连长孙贵的欺压和侮辱，孙贵和他的母亲有私情，孙贵的儿子孙关水娶了他的心上人慧慧，他们还一直看不起他，此后，姚洞洞半生所有的努力都是为了压倒孙家。他忍辱负重，先是捡垃圾，后是跟慧慧的供销社竞争，还破坏儿子的恋爱，让他与马乡长的亲戚联姻，直到最后让儿子竞选当上了村长，终于扳倒了孙家，实现了夙愿。

《土炕和野草》则写了一个父亲不断“娶媳妇”的故事。“我”娘跑了之后，父亲不甘心，省吃俭用，积攒下来钱娶女人。尽管“我”和姐姐丁香不断反对，尽管娶来的“媳妇”不断逃跑，但他一直不死心，一个跑了就再攒钱娶一个，一直娶到第四个。这个女人有病，没有逃走，他便到处找药方为她治病，还精心地照料她，直到她病死……有意思的是，在《婚姻穴位》中，胡学文几乎重写了《土炕和野草》，同样是父亲娶媳妇的故事，同样是儿童视角，叙述的方式也有些类似，但因为艺术处理（结构、主题、故事的重心等）的不同，这两篇小说也就呈现出不同的色调与意蕴。

执拗的主人公，是作者执拗意志的一种投射，表明了作者的人生态度，同时也说明了作者对社会和“人性”的深入理解，而这正是与那些简单认同现实或采取犬儒主义态度作品的不同之处。在这里，执拗有两种含义，一是坚持自己的想法，二是改变他人与世界，这是弱者的反抗，是鲁迅先生所说的“韧性的战斗”，是“纠缠如毒蛇，执着似怨鬼”，不达目的誓不罢休，这样的人在某些人看来是不可思议的，但我们所缺乏的正是这样的认真与执着。在这里，作者正是通过执拗的人与周围世界的对立、坚守与抗争，一方面映照出社会各个层面所存在的问题，另一方面则考验出一个人的耐心有多久，他（或她）的心理承受能力有多强，他（或她）的爱与恨能持续多长时间，这不仅是对生命力的考验，也是对人的情感与内在世界的探索。

同样值得深思的是，在当下的文学作品中并不缺乏“一根筋”

式的人物，但在一些作品的处理中，主人公的“一根筋”只是在故事无法推进时在美学上的一种逃避，或者体现了作者思想意识上的偏执。而在胡学文这里，“一根筋”式的执拗不仅没有削弱，反而加强了作品美学上的意义与对现实社会透视的深度，这是值得庆幸的。其原因就在于，作者虽然在这些人物中投射了自己的意志，但这些人物却是完整的、有独立内在思维逻辑的“圆形人物”，他们有着个人的性格与行为方式。比如，荷子一心要找回小红，姚洞洞一心要压倒孙家，在这一点上他们是相似的，但具体到他们的性格，却又是完全两样的。作者充分尊重了人物的个性以及生活本身的逻辑，所以，即使同是执拗的人物，也绝不会雷同，而这些人物则把作者想要表达的内容推向了深入，这在某种意义上可以说是现实主义的胜利。

三、叙述艺术的探索

在小说的艺术上，胡学文也有自己的特色。他的小说是很典型的现实主义风格，但在描写现实时，他的小说往往能达到一种近乎荒诞的色彩，这既与转型期中国农村现实中所具有的不合理性有关，也是作者在艺术上提炼所达到的效果，正因为逼近现实，小说也将现实中的荒诞性充分地表现了出来。当我们看到《命案高悬》中的吴响一次次徒劳无功地追寻真相时，当我们看到《在路上行走的鱼》中的杨把子一次次无奈地去要账时，或者当我们看到《飞翔的女人》中的荷子一次次绝望地去寻找女儿的时候，我们不会感到现实的荒谬吗？而这种强烈的荒谬感并不亚于卡夫卡在《城堡》中的荒谬感，小说中人物的抗争也不亚于加缪在《西西弗斯神话》中反抗荒谬的精神，并且它们深深植根于中国现实，在表达上也更易于为中国人接受。

匈牙利理论家卢卡契一开始并不喜欢卡夫卡的作品，只是在坐了监狱之后才认为卡夫卡的作品是“现实主义”的，因为它表现了现代人的普遍感受。当卢卡契将卡夫卡视为现实主义作家的时候，他对“现实主义”本身的理解已经发生了变化，而我们在胡学文的小说中看到现代主义的色彩，也并不是说他不是现实主义了，而是说他在表面的现实之后发现了更深一层的真实，这是一个“现代”作家所应该有的追求。此外，还需要提及的是，叙述“一次次追寻真相”、“一次次要账”、“一次次寻找女儿”，对于作者也是一个极大的考验，如何让一次次的叙述不显得重复，反而能从中获得强劲的力量，这是极为困难的。但胡学文却能围绕着故事的主旋律，不断变换“演奏”的方式，将故事一步步向前推进，使单调的故事不断变得丰富，直到达到高潮，这是一种难得的能力。

胡学文的小说有时也会借鉴一些元叙事的方式。比如在《婚姻穴位》的第三节，一开头就是：“刘好是我父亲，我就是那个被贺文兰遗弃的野种。以上的故事是我编织的。”而在《一个谜面有几个谜底》临近结尾处，则说：“哦，对了，我就是那个为了出气让老六偷家里鸡的胖子。二十年前，老六替我拿主意，二十年后，依然如此。”这些借鉴虽然还有些表面化，在整个小说中起到的作用也不大，但表明作者是有充分的意识的。

有不少评论者注意到，在胡学文的小说中存在一个“追寻”的主题。这在不少作品中都有所体现，比如上面提到的《命案高悬》、《在路上行走的鱼》、《飞翔的女人》；而在《土炕与野草》中体现为：爹一定要为“我”和丁香找一个娘；在《麦子的盖头》中则是：不管老于再怎么对麦子好，麦子也要找回马豆根过日子。

“追寻”的主题是存在的，但如果我们深入加以研究，就会发现在胡学文的小说中，在“追寻”中会不断发生转移，使故事在叙事的重心上发生转换。他善于在小说的开头很快地吸引读者，然后在叙述的展开过程中将重心转移到另外的故事上去。在《命案高悬》的第一节中，我们看到的是吴响试图利用权势勾引尹小梅的故事，此处的重心在于吴响的欲望与尹小梅的不肯就范之间的“博弈”。当吴响无法让尹小梅屈服而恼羞成怒，将她交给副乡长毛文明时，故事的重心便发生了转移，尹小梅再次在小说中出现时已经死了，这突然的变故，使小说此后的焦点便集中在追寻她死亡的原因上了。在《在路上行走的鱼》中采用的也是类似的处理方法。在小说的前两节，我们看到的只是杨把子与何青草、梅子之间的关系，直到第三节卖牛的情节开始，“要账”这一故事的主线才渐渐凸显出来。而在《飞翔的女人》中，在小说的中间部分，故事的重心也发生了转移，在此之前，荷子在一次次绝望地寻找小红，小说的悬念是“荷子能否找到小红”，而在此后，她则将全副精力用在惩罚人贩子“大爪”身上了，小说的悬念也在不知不觉中发生了变化，她能否将“大爪”送到监狱中去则成了最令读者关心的事情。娴熟的“转移”使小说突破了对情节的依赖（但并不离开情节），而将重点转成了对世道人心的深入刻画。小说结尾部分往往会加以戏剧化的处理，使得整个故事情节发生翻转，乍看出人意料，却又在情理之中，耐人寻味。这可以说是胡学文小说最具特色之处。

最后我们要谈到胡学文小说的语言。与当下很多作家相比，胡学文小说的语言朴素、干净、准确，很少有油滑与夸张之处，而能做到恰如其分，这是一位作家难得的语言品质。请看下面的例子：

> 二姨夫又笑起来，他一笑，那锈色的牙齿就全露了出来。（《秋风绝唱》）

> 散乱的目光如雨天里的蜜蜂，怎么也找不见落脚的地方。（《乡村战争》）

> 老皮匠想要拒绝，他的手却将钱攥紧了。（《荞荞的日子》）

这里，“锈色的牙齿”、“散乱的目光如雨天里的蜜蜂”便是十分准确的语言，很形象，也很自然，而最后一句则将老皮匠的动作、心理及其相互矛盾精确地表现了出来。胡学文小说中的一些比喻也十分贴切，比如：

> 他和黄九年龄相仿，因为过早地谢顶，冬夏戴着一顶鸭舌帽，脑袋不大，可脸胖，远看绝似一只带把儿的茄子。（《乡村战争》）

> 先前，她站躺坐卧没什么姿势，像一瓢水，流成啥算啥，你分不清她的姿势是躺还是卧，现在她坐就是坐，躺就是躺，一眼

就能看出来。(《土炕和野草》)

刘好的笑容像枯干的蒜皮，纷纷扬扬落下来。(《土炕和野草》)

瘸羊倌的脸阴得像黑山羊头。(《秋风绝唱》)

将人的姿势比喻成“一瓢水”，将人的笑容比喻成“枯干的蒜皮”，看似简单，却有些出人意料之外，但用在这里却又生动而自然。胡学文的比喻主要从日常生活中取材，却能达到良好的效果，这一方面说明作者对生活的熟悉，另一方面能见出常人所未见，也可以看出他的提炼功夫。此外，胡学文小说的语言中有时会流露出幽默感，如：

我对爹频繁地找女人和丁香一样有意见，爹把钱都花在这上头了，我找他要钱买把手枪或动画贴片，爹总拿那句话打发我，石头，省省吧，爹攒够了钱，给你娶个娘。碰哪次我说不要，爹的脾气就躁了，不要咋行？你不要，爹还要呢。(《土炕和野草》)

有一天，李大嘴神秘兮兮地对我说，他姐姐一定被那个家伙包养了。我知道那个家伙是谁，打趣道，那好呀，这么推的话，姚亚男该叫你舅舅了，我看，该和她挑明白。李大嘴没听出来，迟迟疑疑地说，算了吧，那丫头刁得很，不会叫我，就是叫，我也不愿意当。(《婚姻穴位》)

他的幽默是在故事进展中自然而然出现的，并与严肃的话题形成一种反差，因而别有一番意味。

以上我们从不同的角度对胡学文的小说做了一些简略的分析，对于胡学文这样一位执着而又有自己方向的作家，我们有理由期望他能写出更好的作品。如果我们仍将胡学文比作一棵树的话，他的新作《比翼》和《柴草垛》可以说是这棵树上的两片叶子，前者同样是写底层人物的生活，却能深入人物的内心，写出其细微的心理波折，这是难能可贵的；后者则通过看守柴草垛的故事，勾勒出外来人与村里、村子内部甚至一个家庭内部的矛盾与相互关系，而结尾的开放性则使小说有了更开阔的想象空间。这是两片新的叶子，这棵树还在成长，我们希望他能长成参天大树。

第十章　王祥夫：底层生活与小说的艺术

一、中国故事、文学传统与底层生活

王祥夫的小说，从文学传统上来讲，远的可以说继承了《红楼梦》的传统，在20世纪“新文学”中，则可以说继承了废名、萧红、沈从文、孙犁、汪曾祺等“抒情诗”的传统，但他又有自己的发展与变化。20世纪中国最好的小说，大多是学得了《红楼梦》的某一侧面，并加以融会创新的。如张爱玲的小说，便继承了《红楼梦》文字的细腻贴切，而在色调上转为黯淡阴郁，巴金的《家》借鉴了其家族结构与青年故事，而融入了时代新思潮的影响，至于林语堂的《京华烟云》、张恨水的《啼笑因缘》，可以说是《红楼梦》的20世纪版。而王祥夫的小说则继承了《红楼梦》叙述上的灵动与自然，对日常生活细节的细致描绘，以及对“世道人心”的洞察。从这些基本面出发，王祥夫又融入了他对时代的观察与思考，将之化为自己艺术上的特色，这同时也是对中国小说传统的创造性转化。所以，王祥夫的小说更像“中国”的小说，而不像西方小说观念中的“小说”，即他不注重故事、人物或思想（虽然他的小说中也有这些），而更重视生活中的细碎琐屑之处，更着意于小说整体意境的营造，更注意发掘人内心深处或人与人之间关系的微妙细致之处，仿佛打开了生活中隐秘的一层层皱褶，让人能发现其中的奥秘，于是看似清晰的暧昧起来，看似简单的复杂起来，而正是在这种“暧昧”与“复杂”之中，我们看到了与表面现象不一样的“生活”，一种王祥夫眼中的“生活”，而这同时也构成了他独有的艺术世界。

与现代文学史上的“抒情诗”小说相比，王祥夫与废名等人的相似之处在于散文式的笔法，独特而深厚的语言功底，结构上看似随意的匠心独运，他们常常能在无事的故事中写出韵味，看似无所用心，却能曲径通幽，引领读者到达一种美妙的艺术境地。但与废名、沈从文、汪曾祺等人专注于想象中的童年或“理想的人性”不同，王祥夫的小说并不着意于回忆或想象，而是从广袤的现实生活中汲取诗意，他所关注的都是一般的社会题材或“小人物”，如《五张犁》中的失地农民，《狂奔》中从农村进城的儿童，《半截》中的残疾人，等等，这就使王祥夫的小说打开了一种社会的视野，而并不是仅仅沉浸于创作者的主观世界，可以说，在这方面王祥夫更接近于萧红与孙犁。我们可以拿汪曾祺与王祥夫做一个对比，两个人都有很深的“文人气”，汪曾祺先生身上似乎更浓一些。汪先生的每篇小说都耐人寻味，但如果集中阅读他的一本小说集，读到一半时便会感到吃力，因为他的小说虽然每篇都好，但大多取材于个人“主观的世界”，笔法、语调也颇相似，读多了难免会有“审美疲劳”。而王祥夫的小说则不同，他的小说取材于现实社会，笔法、语调也能“随物赋形”，根据不同题材有所变化，因而，即使集中阅读，也很少会产生阅读的疲劳感。此处并非要比较二人的“优劣”，而只是阐明他们各自取材、叙述的特色。

如果将王祥夫与当前的“底层文学”做一些比较，或许更能看出其小说的艺术特色。“底层文学”作为一种社会性的思潮已产生了极大的影响，从较为宽泛的意义上，王祥夫的一些小说也可纳入这一范围来讨论。但与大多数“底层文学”不同的是，王祥夫小说艺术上的价值更高，也更有“文人气质”，可以说在“底层文学”中，王祥夫属于一个异数，或者说是“底层文学”中的非主流派，这与孙犁在“左翼文学”中的位置颇有些相似之处。但另一方面，在关注底层民众的疾苦、从“小人物”的视角看世界等方面，王祥夫又与“底层文学”有着同样的思想与情怀，这又让他与那些追求“纯文学”、“纯审美”的作家区分开来，而具有了自己的艺术敏感点与艺术特色。

在王祥夫的小说中，我们可以看到中国人的生活，以及中国美学的独特韵味。王祥夫好像并不是在“写小说”，而只是在丰富复杂的中国经验中剪下了一角，稍加点染，便成为一幅意趣盎然的画，一首意味隽永的诗。在他的小说中，我们可以看到中国人的经验与情感，他的小说也为我们描绘出了当代中国的众生相，可以说，在我们这个剧烈变化的时代，王祥夫的小说为我们提供了一幅幅典型的浮世绘。

如果我们做一下比较就可以发现，即使题材相近的小说，王祥夫小说的处理方式也与西方作家不同。

比如王祥夫《愤怒的苹果》，显然借鉴了斯坦贝克《愤怒的葡萄》的命名方式，但我们可以看到，《愤怒的葡萄》描述的是美国1930年代大萧条时期农村破产的悲惨景象，作者的侧重点在于揭示资本主义的掠夺与农民的悲惨命运。《愤怒的苹果》讲述的同样是一个破产的故事，但是这个故事却更具有“中国特色”。小说中的农大毕业生亮气，因为承包果园与当地乡民和当权者展开无奈的抗争。小说通过对三次“白条大战”的生动描绘，将中国人错综复杂的人情世故和重重叠生的矛盾纠葛层层推进，在市场运行规律下荒谬绝伦的“哄抢”，在乡土的逻辑中却显得“合情合理”，让我们看到了转型期中国的丰富性与复杂性。

再比如，王祥夫的《风车快跑》写风车的母亲去世了，他惊慌失措地去公墓买墓地，却意外地被当作神经病关进了医院，家人找他找不到，他也无法出来，从而陷入了一种荒唐的境地。马尔克斯2008年的短篇小说《我只是来打个电话》，写的也是一个人被关进精神病院的故事，但马尔克斯在小说中强调的是正常的人生命运如何被偶然因素彻底改变，更富哲理性，小说中的主人公是一位女性，故事也主要在她、丈夫与精神病院之间展开。而在王祥夫的小说中，则更多地有中国人重视的伦理关系因素，风车的母亲、妻子和兄弟在小说中都是重要的因素，在推动着故事的进展，小说讲述的故事虽然荒诞，但也透着暖色调，并不像马尔克斯小说的色调那样诡秘与阴冷。

值得注意的是，王祥夫虽然在关注与思考人类道德生活的基本问题，但他关注的方式并非像托尔斯泰、陀思妥耶夫斯基等人那样，以痛苦的思辨进行无穷的追问。他的关注方式是中国式的，是从《红楼梦》中来的，他将这些重要问题纳入当代中国的世俗生活中，通过对世相百态的描述，通过个人内心的纠缠以及人与人关系的纠葛，显示出对这些问题的思考。在这种举重若轻的叙述姿态中，我们可以看到传统中国美学的真髓，也可以看到王祥夫忧虑的目光。

如果说王祥夫的中篇小说更注重社会问题，那么他的短篇小说则更富神韵，更有味道，更有中国美学的特色。王祥夫的短篇小说关注底层，关注小人物，关注现实生活，但是在写法上却极富特点，他的小说很少有中心情节，而是以富于变化的笔墨不断逼近核心，在结尾处“灵光一闪”，将故事推向高潮，同时留下悬念与丰富的想象空间，让读者去回味与思考。

比如《蜂蜜》，故事的核心是安莉的孩子丢了，她将别人的孩子偷来，当自己的孩子养。这样一个充满戏剧性的故事，小说中却只是从安莉的朋友张北、小晨的角度侧面去写，很大的篇幅在写他们两人的关系与斗嘴，也没有点明孩子是怎么来的，充满了悬念与暗示性。这篇小说在写法上很像契诃夫的《凡卡》，读者已经明白了故事，明白了即将到来的灾难，当事人却仍在懵懂中。但与契诃夫不同的是，王祥夫在此篇小说中更多留白，更多侧面勾勒，也更有中国特色。再如《锥形铁》，从侧面写一个早年的事故及其造成的伦理困境；《A型血》从一对情侣的角度关注一个失去双臂的人如何日常生活；《刺青》从最初的戏谑到结尾处的凝重，让我们想象一个母亲的内心世界；《鳕鱼》在漫不经心的叙述中，让我们看到了一个女儿的心理创伤；《塔吊》在戏剧性的转折中，让我们看到了一种畸形道德关系的诞生；《真是心乱如麻》的结尾有点出乎意料，有点惊悚色彩，但也让人深思；等等。这些短篇小说炉火纯青，在艺术上都达到了很高的境界，显示了王祥夫的造诣。

王祥夫小说向我们展示了中国故事的一种讲法，他取材于当代中国丰富多彩的现实生活，回应我们这个时代的重要问题，又以中国式的美学加以书写与描绘，显示了传统中国美学的生命力及其在当代的创新，值得我们关注与思考。在当代，“讲述中国故事”已成为一种新的文艺思潮，可以说王祥夫的小说为我们提供了一种讲述中国故事的美学，他的努力方向及其创作实绩必将引起更多人的关注。而在将来，如果有人想要了解当代中国人的生活经验及其精神状况，王祥夫的小说无疑也是最佳的文本之一，通过他的作品，未来的人们可以看到当代中国人的生活情感与内心世界，及其在艺术上所达到的高度。

二、小说的艺术与人性美

王祥夫的短篇小说《婚宴》与《狂奔》都扎实、细密，是短篇小说中的上乘之作。

《婚宴》一篇对农村厨师手艺的描写细致而有意蕴，能写出乡村社会的幽微之处，很见功力；中间细针密线，不断安排伏笔与对照，所以琐细的描写也能吸引读者；结尾处的“冥婚”承上文文脉而突转，出人意表之外，亦可谓成功。但似乎仍有令人感觉不满之处，原因在于小说前文的氛围是艰苦而温和的，结尾处一转而变为凄厉、阴森，虽或可发人深省，但其间的转折似不太协调。

《狂奔》写一个在城市公共厕所内安家的农民工儿子，颇为内向、自尊，在学校谎称自己家在军队大院，一个偶然机会被同学窥破真相，羞愤中疯狂奔跑，跳河而亡。这篇小说的叙述笔调从容自然，对于人物心理的描绘颇见功力，对主人公不得不撒谎、圆谎以及最后羞愤、自尽的内心曲折，都有极为传神的写照。结尾处的高潮并不突兀，而将读者带入更为深广的思绪。就社会意义而言，小说对农民工子女内心的关注，似发人所未发，而其理解与同情之深，也非他人可及。

这两篇小说的相似之处，在于前面大部分皆用散文笔法，从容、散淡而细腻，呈现出了生活的“原生态”，看似漫无章法，其中却暗有伏笔，而近结尾处则有戏剧性的转折，使全篇在某一事件的高潮中结束。这一方式将生活的丰富性与故事的可读性结合起来，可谓一个巧妙的办法。

《明桂》是一个探讨世道人心的故事。这篇小说让人想起司汤达的《红与黑》与张爱玲的《金锁记》。小说中的男主人公于国栋是一个于连式的人物，想靠着女人向上爬，而女主人公明桂则是一个曹七巧式的人物，想把男人攥在自己手心里。在这个意义上，我们可以说这是一个曹七巧怎么制服于连的故事。然而这又完全是一个中国的故事、当代的故事。随着小说的进展，我们可以看到乡镇中的权力如何影响着主人公的内心世界，而在一层层的转折中，那么多丰富的元素不断涌现，将人性最深处的底线与脆弱处如此清晰地呈现出来，而在最激烈的爆发之后，又重归于生活的“宽恕”与平静。在这篇小说中，不仅两个主人公写得活灵活现，一些次要人物如齐新丽、季老师、于国风、于国梁等人虽然着墨不多，但也写出了个性与光彩，他们共同构成了一张网络，使小说的主线更加曲折、复杂。这篇小说恰似从生活中裁剪下来的一块，虽然小，却又那么丰富，让人闻得着生活的气息。

《顾长根的最后生活》写的是顾长根批评警察、反而被警察诬陷他嫖妓的故事，他竭力想证明自己的清白却无济于事，陷入了一种尴尬而荒谬的境地。《老黄的幸福生活》写了一个类似的故事。老黄退休后过着平淡而幸福的生活，在一次洗澡后被警察诬陷嫖妓，他为了不把事情闹大，给他们缴了3000元钱，没想到过了几天，警察又来找他追加罚款，他无奈之下又缴了，但他心中却愤愤不平，跑到那家澡堂想真的来一次，人家却告诉他那里没有“小姐”。这两篇小说在平常的生活中写出了荒谬的一面，让人们感受到现实的冷酷与非理性。小说不乏现代主义的气息，但寓深意于平实之中，引人深思。

王祥夫近年来的短篇小说愈来愈炉火纯青，他善于以白描的手法勾勒大千世界，在描摹世态中捕捉人心的变化，他能够在平凡中发现生活之美，在平静中写出内心的风暴，在平淡中写出深刻的意蕴，在看似随意的布局谋篇中显示出构思的精巧与艺术的造诣，《归来》也是这样一篇难得的佳作。

短篇小说《归来》刊发于《天下》2012年第2期，《小说选刊》2012年第7期转载，获得2012年“中国小说排行榜”短篇小说第一名。《归来》的故事很简单，外出打工的三小三年之后带着老婆孩子回到家乡，但是他的一条胳膊没了，他回来时母亲吴婆婆已去世，他参加了母亲的葬礼，办完了丧事，又带着老婆孩子踏上了回城之路。小说围绕这一线索，以散点的方式描述了三小归来又离去的过程，以及他哥嫂的生活与内心波动、乡村里的丧葬风俗与人情伦理。

“怎么说呢，今年的杏花开过后，忽然又下了一场雪，雪下得很大，但化得也很快，才半天，地上的雪就全没了，村里村外，是到处一片泥泞，又起了雾，远远近近一片模糊，走近了，要喊，才会知道对方是个谁。”小说的第一段话，从杏花和雪说起，写的是自然风物，笔调也很平淡。但是由雪联系到路滑，由路滑联系到吴婆婆的摔跤及其去世，由此又联系到三小的“归来”，看似平常，但其中蕴含着丰富的意味与内在的联系，由这一条线出发，小说抽展开来，曲折回环，逐渐展开。小说整体虽然以散文的方式写成，但类似这样自然而然的联系却贯穿全篇，文中细针密线，却仿佛一幅织锦，让我们看到了生活的内在之美与密度。

三小归来是小说中的核心事件，但三小是怎么归来的？以什么样的状态归来？归来之后怎么样？在小说中，我们可以看到作者的叙述颇有层次感，既让人时时有意外，同时也在以不同的变奏加以强化，让我们看到了作者叙述上的分寸感与娴熟的艺术技巧。

以三小失去胳膊为例，在小说中第一次出现在第一段落的结尾：“三小的大哥脸色一下子就变了，‘啊呀三小？’停停，声音颤得更加厉害：‘你这条胳膊呢？啊，这条胳膊呢？啊，三小？’”这里从大哥的视角表现了对三小失去胳膊的震惊与难过，读者是第一次得知这一信息，作者控制着叙述的节奏，没有在这个地方停留，而是跳宕开去叙述其他事情。再次谈到这一事情，则是全家吃晚饭的时候，“三小是用一只手拿起瓶子倒酒，然后放下酒瓶再用这只手端起酒杯敬酒，一只手来一只手去，让人看着很难过”，在这里，作者通过对三小动作的描述，让我们看到了他生活的不便及众人看到这一场景的心情，但是，“人们都小心翼翼着三小胳膊的事，一条胳膊，怎么会忽然就不见了？发生了什么事？三小受了多大的苦？怎么回事？谁都想知道，但谁都不敢问”。接下来，小说中三小媳妇叙述了事情的经过，大嫂哭了起来，哑子二小“急切地叫起来”，从不同人的角度描述了对这一事情的反应。接下来，小说继续叙述丧葬的过程，而此事也出现在村人的交谈中，“村长王宝地说，‘要不是办这事，谁能知道三小胳膊的事？’‘三小可怜，都不知他现在拉过屎怎么系裤子。’大小说”。两个人关切的角度不同，大哥对其日常生活的关心则显示了更深切的情义，此后三小失去胳膊便成为一种既定的事实，参与了此后小说的叙述。但从上述简单的梳理中我们可以看到，作者并没有从正面叙述这一情节，而是以不同人的反应显示了这一事情的重要性，三小的沉默及其妻子的平静讲述，与大小夫妇、二小等人的强烈反应形成了鲜明对比，也让我们看到乡村逻辑对城市里司空见惯的打工者受伤的态度，这可以说是对野蛮现代化另一种向度上的批判。

在这篇小说中，我们还可以看到王祥夫作品中戏剧性与日常性的平衡。小说有不少戏剧性的因素，比如，吴婆婆突然去世，三小失去胳膊，三小归来奔丧，兄弟妯娌之间对于遗产的态度，等等，这些因素在其他作家那里完全可以处理成激烈的冲突与对抗。但王祥夫并没有这样处理，他将这些戏剧性的因素融入日常生活的描述中，让我们看到了生活的一种“常态”。笔者认为作者所追求的并非对一个事件的剖析，而是力图展示出生活本身的风景与逻辑。在这个意义上，小说中那些风景、闲谈便并非无关紧要的，而是乡村生活的一部分。细心的读者可以数一下小说中涉及“种葱”的细节，这一细节贯穿小说的始终，不仅显示了作者叙述穿插的能力，也让我们看到了他将日常生活呈现在小说中的追求。

但是，王祥夫并没有因为日常性而放弃戏剧性，他的小说有散文化的笔法，但并不是散文。日常生活呈现在他的小说中，仍是有故事、有线索、有冲突的，他通过生活一角的把握也有提炼、概括，而力图展示出生活的“整体”。在这个意义上，这篇小说写的并非只是三小归来的故事，而是我们这个时代的典型故事，或者说是一个“中国故事”。只有在当代中国的剧烈转型中，在城乡之间的巨大鸿沟中，我们才能更加深刻地理解三小归来—离去的意义，他正在告别传统中国的乡村伦理与逻辑，走向残酷而现代的都市生活，这又何尝不是当代中国的一种隐喻。

三、道德的脆弱性与人性拷问

在《寻死无门》中，一个得了肝癌的下岗职工，在去世前为了给妻儿留下一笔钱，想尽了种种办法，先是想卖肾，后又想撞汽车以获得巨额赔偿。作者在他一次次寻死的冲动与求生本能的挣扎中，写出了“贫贱夫妻百事哀”的无奈，以及底层人在被极端剥夺之后在精神与道德上的困窘状态。

《尖叫》中，米香被丈夫屡次殴打，离婚又离不成，走投无路后雇凶杀人，最后被抓。小说同情的笔墨集中于米香，写她在整个过程中的屈辱、无奈与善良，因而她的被抓也使读者反思法律的“公正性”。

《流言》写桃花开出租车被劫，丈夫及全家卖血救治，但当他们知道她还曾被强奸时，态度却发生了变化，从而引发了夫妻之间的精神折磨。

这三篇小说向我们展示了现代伦理的困境，在现代法律制度下合理的行为，在与传统伦理、人心、人性的纠葛中却显示出了尴尬的一面，让我们不能不重新反思我们所处的现代社会，以及“现代性”本身的合理性。

《西风破》讲的是一个刑满释放的犯人想认儿子，怕伤害他而不敢认、最终又认了的故事。《驶向北斗东路》写的是一个捡到钱的司机，既想把钱留下，又想还给失主，在这个过程中他的内心矛盾、家人的反应及与失主讨价还价的故事。这两篇小说故事很简单，但曲曲折折，写出了层次感与人物心理的复杂性，也让人们看到今日道德的脆弱性。王祥夫正是在不断向前推进的叙事中，不断拷问着道德伦理的底线与可能性。

《我本善良》也是一篇关注普通人道德状况的小说。小说的主人公吴美芳本想做一件好事，让自己的儿子翔宝去救溺水的马来亚的儿子，结果马来亚的儿子救上来了，翔宝却被淹死了。吴美芳在悲愤之余，向马来亚索要40万元的赔偿，但卖鱼为生的马来亚只愿拿出4万，这还需要做通妻子李小榕的工作。在这里，是否应该救人的道德问题转化成了一条人命值多少钱的经济问题，双方的争论聚焦于此。巨大的分歧和一次次的奔波与争吵，让失去儿子的吴美芳陷入了绝望，而李小榕最后的条件成了压垮她的最后一根稻草：如果吴美芳一定要40万元，必须退还市里给予的奖金与荣誉称号，并向媒体公开说明。吴美芳最后铤而走险，将马来亚家的小儿子骗到了一栋旧楼的水箱中，让马来亚与李小榕体验到了失去儿子的痛苦与焦虑，但她同时也触犯了刑律……

在这篇小说中，我们可以看到故事的核心是要不要“救人”的问题，这是所有情节的出发点。如果简单地从抽象的“道德”出发，救人无疑应该是天经地义的，在任何一种价值观念体系中，见死不救都是为人所不齿的，但在具体的现实生活中又并非如此简单。在小说中，我们从各种人与事的纠缠中，可以看到对这一“天经地义”的原则的挑战，而这主要来自于：经济社会中以金钱为尺度的价值标准，底层人困窘的生活与精神状态，以及具有中国特色的复杂的人际关系及其纠葛。

可以说，市场经济及其在经济领域之外的泛化，造成了当今社会价值观念的极度扭曲。小说中关于一条命值多少钱的议论是令人触目惊心的，但也是一种客观现实，在这样的现实处境中，“善”是一种多么奢侈而又无力的原则，尤其对置身社会底层的人来说，他们被房子、医疗、教育等重担压得喘不过气来，必须在生存与“道德”之间进行艰难的选择与内心的挣扎。但他们有向善的愿望，无论是吴美芳让儿子下水救人，还是最后她那么在乎“荣誉称号”，都表明了她想在这个世界上活得体面、有尊严或者“高尚”。然而在残酷的生存处境中，在复杂的人际关系纠葛中，这一愿望却显得那么脆弱无力，最后只能以一种“反讽”的方式回到自身：早知今日，何必当初？为什么当时一定要去做呢？——这可以说是对当代社会道德状况的深刻质问。在一个正常的社会中，应该肯定或鼓励人们向善的愿望，尤其是普通人向善的愿望，因为这是社会稳定的基石，如果“好人不得好报”成为一种常态，成为人们习以为常的现实规则，那么整个社会秩序便失去了其合法性与合理性，离“礼崩乐坏”甚至“解体”已经不远了，这是我们应该警醒与反思的。

王祥夫的卓异之处，在于他抓住了“救人”这一核心问题，在浮世绘式的世象描绘中，以一种戏剧性的情节推进，展现出了当前中国社会复杂的道德状况，这同时也是他的拷问与反思。他以温和而悲悯的目光注视着笔下的人物，对他们抱有深深的同情，但同时他也在追问：这就是我们置身其中的现实处境吗？在这样的社会中，人之为人的原则为什么会低落到这种地步？这个社会究竟出了什么问题？难道我们就要在这样的处境中生存下去吗？是否应该有一种更美好的生活？——这样的追问并没有在小说中直接显现，却令人深思。

可以说，这些问题的提出本身即是一种反思，对于当代中国文学来说，这是具有重要意义的追问。当代中国处于剧烈的转型期，经济、社会以及普通人的日常生活都发生了巨大的变化，人们的价值观念也发生了巨大的变化，旧的价值观念受到了前所未有的冲击，而新的价值观念又没有形成，于是置身其中的人们难免感到尴尬与无所适从。这篇小说具体而微地揭示出了这一精神困境，王祥夫所面对的问题，也是托尔斯泰、陀思妥耶夫斯基、萨特、加缪等人在他们的时代所面临的问题，但他不从知识分子的内心挣扎入手，而从普通人的日常生活着墨，在艺术上也借鉴了传统中国小说的长处，举重若轻，化繁为简，可以说是西方小说“中国化”与古典小说“现代化”的一个成功尝试。

王祥夫小说的长处不在于故事，而在于故事进展中的曲折，以及由此展现的人物内心的波动与人际关系的微妙之处。更难能可贵的是，王祥夫对底层民众有着深厚的情感，他的小说写得最多的是底层民众，写他们的生活、他们的困境、他们的情感、他们的喜怒哀乐，王祥夫关注着他们的生活，感受着他们的情绪，写出来就特别感人，或者引起人们思考。表面上看起来，王祥夫“士大夫”一样的性情与底层之间似乎有不小的距离，但是他与底层接近不是依靠知识或思想，而是靠一种直觉，他与底层似乎有一种天然的联系，这是在生活与经验中建立起来的深厚情感。在思想上整体思考底层的处境与命运，并不是王祥夫所擅长的，他所擅长的是在具体可感的经验中描述他们的生活，在这个意义上，王祥夫不是知识分子型的作家，而是才子型的作家，他长于体贴、感悟与表述，善于把握细节与情绪，但在整体的组织上却有些欠缺，这也可以解释为什么他的中短篇小说要比他的长篇更优秀。不过这并非他的缺点，而是特点，每一个作家都有自己的特点，只要扬长避短，就可以写出优秀的作品。而且，王祥夫的直觉有时可以突破思想的局限，他在对生活与经验的描述中，可以直接切入时代的核心命题，在王祥夫的小说中，我们可以看到他的忧思与感慨。

第十一章　刘继明：从“先锋文学”到“底层文学”

如果说“晚生代”或“新生代”是对“先锋文学”后继者的命名，那么这一创作群体大多没有摆脱先锋作家的阴影。他们所做的突围只不过是有限的、局部的改写，这使他们难以摆脱“影响的焦虑”，面对前一辈作家在形式、叙述、技巧上圆熟的控制，以及从“宏大叙事”向“个人叙事”的转变，他们大部分亦步亦趋，无法找到自己的特色。

作为被归纳为“新生代”的作家之一，刘继明也面临着上述困境，但他很快寻找到了突围的方向，这首先是1990年代中期创作的一些“文化关怀”小说，如《前往黄村》、《海底村庄》、《明天大雪》、《桃花源》、《中国迷宫》、《我爱麦娘》等，这些小说在文坛上产生了广泛影响。周介人先生指出：“‘文化关怀’小说的创作背景，是对中国大陆的经济起飞、加速现代化进程这一历史阶段的文化反思”①，“‘文化关怀’并不仅仅指关怀文化事业、关怀文化人，而是指小说应该关怀社会的精神环境、关怀人的灵魂追求”②。值得注意的是，周介人先生并没有像一般评论者那样，强调刘继明小说中的神秘主义、颓废情绪和形式上的现代感，而是指出了它与特定历史阶段之间的关系，这确实是理解这些小说的决定性因素，也是认识刘继明此后创作转折的关键。

---

① 周介人：《编者的话》，《上海文学》1994年第2期。

② 周介人：《编者的话》，《上海文学》1994年第5期。

在“文化关怀”小说之后，刘继明继续着“突围”的道路，并发展出了新的创作方向。首先，刘继明致力于思想评论及随笔写作，出版了《我的激情时代》一书，以其“直面现实的批判立场和深切的人文情怀”在文化界获得了较大的反响；其次，他创作的50余万字的报告文学《梦之坝》被誉为“一座文学和史学的巨坝”；而最为重要的是，他近来的小说创作在语言、形式上更为简单、质朴，在内容上则更贴近现实、贴近底层，呈现出了一种崭新的面貌。

要理解这些小说，我们必须对刘继明的创作做整体上的把握，一方面，如果说思想随笔呈现出了刘继明对文化、思想问题的理性思考，报告文学体现了他对现实社会问题的深刻关注，那么这些思考与关注则深刻影响到了他近期小说创作的面貌；另一方面，这些小说不同于以往的“先锋小说”、“文化关怀小说”，但又留有这些小说技巧上的圆融，同时这些小说虽然写底层，但也不同于当下一般的“底层叙事”，它有思想上的穿透力与艺术上的独特追求。刘继明20年的创作，是从“先锋”到“底层”的道路，是从对形式、内心的探索转到对现实、底层的关注，这对当下文坛具有重要的启示意义，我们将结合他近期的一些作品对此加以分析。

一、先锋的意味与“节奏”

在刘继明的小说《被啤酒淹死的马多》中，我们看到的是一个颇具现实性的讽刺故事：啤酒推销员马多四处去小酒馆，每次他都点名要黑妹啤酒——他推销的那种啤酒，但哪家都没有，他每次总是说：“我只喝黑妹啤酒，你们怎么没有呢?”以此来进行推销，最后他被一家小酒馆痛殴了一顿，也宣告了这种推销方式的失败。后来他遇到了唐朝啤酒的推销员老韩，老韩教他以女人拉拢批发商黄老板，黄老板控制着佴城啤酒市场命脉，但马多没有漂亮女人，只好以自己的老婆薄荷顶替。第一次他带薄荷去见黄老板，黄老板对她印象不错，第二次薄荷被黄老板单独叫走后，马多在家里苦苦等待，家里堆积的啤酒不断炸裂，涌出的啤酒将他淹没了。

对于这个具有现实批判色彩的小说，我们可以从以下几点来分析小说蕴含的意义：首先，它对市场经济带来的人的“异化”进行了批判。建立在金钱交换基础上的市场社会，将一切都纳入了“交换”的范畴，甚至破坏了最基本的夫妻关系。小说对“交换”原则的无限扩大表达了深刻的忧思。其次，小说也可以看作对不正常市场竞争的批判。老韩说：“这黑妹味道还真不赖，比唐朝差不了哪儿去，可就是销不动，你拿它啥办法？”这是因为有黄老板这样的批发商控制着市场，所以，要占领市场，首先要打通这样的人。小说以献出妻子这样的极端行为，对市场垄断的后果进行了尖锐的质疑。再次，小说表现了现代伦理关系的脆弱性。马多采取这种行为并没有经过多少思想上的斗争，而薄荷虽然第一次回来哭过，第二次却仍“换上了那件新裙子”，这是颇具讽刺效果的。最后，从马多和薄荷的表现来看，在不合理的现实面前，他们已经接受了弱者的地位与“强者的逻辑”，准备承受被侮辱的命运。由此我们可以看出“新意识形态”无所不在的笼罩性，它已经成功地俘获了弱者的思想，使他们不是反抗，而是认同，这就为同样社会关系的再生产提供了意识上的合法性。

以上这些分析，都是从小说的“意义”层面上来阐释的，但一篇优秀的小说，如果只能从意义上来解释是不够的。正如新批评在“结构”之外还要强调小说的“肌理”一样，在小说展开的过程中，如果没有丰富的“意味”，那么作为小说则是不成功的。在这个意义上，任何一部优秀的小说都是一个有机体，是无法以故事梗概来简单概括的，梗概永远无法达到作品本身的丰富性与矛盾性。《被啤酒淹死的马多》也是这样，它的“意味”主要来自作者对叙述节奏的控制，而这些主要来自“先锋文学”在形式与技巧上的训练。在这篇小说中，我们可以看到“先锋”的技巧是如何被作者融入到现实事件的叙述之中的。

“马多走进酒店，在一个不大引人注目的角落坐了下来。”小说以这样一种漫不经心的语调开始了叙述，这个开头一下子便将读者带到了故事的现场，却是以谜一般的方式带入的，读者并不知道马多的动机，只是在故事的逐渐推进中，我们才慢慢抓到了故事的线索。此后，尽管故事的发展有转折、高潮与结局，但作者始终保持着从容、冷静的态度，并与故事保持着一定的距离。马多在两家小酒馆要黑妹啤酒，虽然表现的是同样的内容，但在具体描述中却有着详略、直接与间接等处理方式的不同，马多两次送薄荷去见黄老板也是如此。正是在相似情节的重复中表现出的这种节奏感与层次感，使小说具有微妙与参差之美，显示了作者对叙述的熟练把握。结尾处啤酒瓶不断炸裂，最终淹没了马多，这样一个超现实的场景具有深刻的寓意，它既具有戏剧性与奇崛性，又将真正的“结局”延宕了，给我们开辟了一个想象的空间，这是典型的现代主义处理方式。

不仅《被啤酒淹死的马多》是这样，在《父亲在油菜地里》、《火光冲天》、《刀下》、《送你一束红花草》等小说中，我们也可以感受到作者从“先锋文学”到“现实主义”蜕变的过程与痕迹。

《父亲在油菜地里》描写了一个故土难离、不愿移民的父亲，但小说的重心却不是故事及其可能带来的意义，而是通过叙述刻画出来的“父亲在油菜地里”这样一个意象，这仿佛一幅浓墨重彩的油画，镂刻在读者的印象中。

《火光冲天》也是这样，小说中的辍学、贫困等只是作品的素材，最重要的则是爆竹厂冲天而起的火光，这一意象使小说超出了故事可能蕴含的容量，而具有了更为丰厚的象征意义。

我们可以看到，核心意象的营造是刘继明小说创作的一个重要特色，不仅在《海底村庄》等早期小说中如此，在《放声歌唱》等小说中同样如此。对“意象”的关注，与他早年写诗的经历有关，也与“先锋文学”的训练有关，但当他转向关注现实时，这一特点却使他与一般的“现实主义”区别开来，使他的作品有着更为丰富、复杂的意蕴。

《送你一束红花草》以儿童小宝的视角串联起了两个故事，一个是乡村医疗状况，另一个是在城市做“小姐”染病的樱桃姐的遭遇，这两个故事相互推动，让我们在叙述中感受到了作者对当下农村的忧虑，而“红花草”则可以说是一种祝福。

我们很难说《刀下》在意义层面有何新意，但小说的叙述却像带领我们穿越迷宫一样，只有到最后我们才知道故事的重心在哪里，这个很难说是故事的故事，正是在叙事的摇曳中才获得了光彩。

在这些圆熟的控制中，我们发现在叙述之上有作者的目光与语调，“他”与故事之间有着明显的距离，但又无所不能地掌握着一切。这是一个不动声色的旁观者，但在这里他已不再是“先锋文学”中冷漠的“零度叙述”，在表面的平静下，我们可以感受到作者忧患与沉思的目光，这是作者即将走出“旁观者”的迹象。

二、现实：关注与反思

2005年春天，有网友发帖声称“李锐剽窃刘继明”，因为李锐的小说《扁担》在题材上与刘继明的小说《回家的路究竟有多远》极为相似，不过随后有人指出，这两篇小说应该都是根据前两年的一则新闻来写的。其后李锐也声明：“《扁担》的故事梗概并非是我虚构的，一个进城打工的农民受伤后被老板抛弃，最后自己千辛万苦爬回了老家，这件事曾经在媒体上广为流传，我是在中央电视台的节目中看到这个故事的。因为故事大家都已经知道，所以，我的《扁担》要写的不是一个伤残的农民工如何回家的，我要写的是一个人的死而复生，要写的是一个人自己为自己的‘创世纪’。”① 刘继明在答记者问时也认为：“的确如他（李锐）说的那样，这两篇小说都是根据一则新闻创作的，不存在所谓剽窃的问题。”②

到这里，“剽窃”一说不成问题了，但有人据此批评当代作家生活贫乏，“作家是不是非要跟在媒体的屁股后面，跟在生活的屁股后面，跟在素材的屁股后面，去进行他们的‘再创作’呢?”③ 这种批评有一定的道理，但同时也显示出了片面性，正如刘继明所指出的：“以新闻和真实事件入小说的情形，……这种现象的大面积出现，凸显出了作家生活积累日益贫乏和狭窄的困境，这当然只是问题的一个方面。或许还有‘积极’的一面，比如当作家不再满足于写‘自我’和‘私人生活’，希望把笔触和视野从‘小圈子’和内心生活，转向广阔的现实世界……”④

---

① 李锐：《关于剽窃》，http://bbs.99read.com/dispbbs.asp?boardID=18&ID=9234。

② 《写作需要对时代发言——刘继明访谈录》，载《文艺新观察》2008年第2期。

③ 何徐：《刘继明·李锐·孙文流》，载《畅销小说选刊》2006年第4期。

④ 刘继明：《由新闻到小说》，载《中篇小说选刊》2007年第4期。

以新闻和真实事件入小说，本身并无可指责，文学史上的一些经典作品，如《安娜·卡列尼娜》、《罪与罚》等最初写作的动机都是来源于新闻。这个话题之所以值得讨论，在于它提出了这样一个问题：在资讯发达的当代社会，文学存在的理由是什么？与新闻相比，它是否能够更准确有力地击中时代的心脏，以艺术的力量将一则新闻上升为一个精神事件？

如果说“纯文学”已经放弃这样的追求，仅将自己的探索局限于形式与“自我”，那么新世纪以来的底层转向则为我们显示了这样的可能性。今天不少人在重返或反思“1980 年代”，但他们看到的 1980 年代文学只是“纯文学”，这是极为狭隘的。我们可以将 1980 年之后的中国叙事文学分为两部分，一部分是强调虚构、技巧、“个人”的“纯文学”，另一部分则继承了文学中批判现实、干预社会的传统，这便是 1980 年代的报告文学与 1990 年代的纪实文学。这一传统在“纯文学”话语霸权的压制下不被认可是文学，或被认为是次等的文学，因而被评论者与研究者长期忽略了。但在今天看来，这一被遮蔽的传统对于我们认识 1980 年代以来中国文学的整体面貌具有重要的意义，在某种意义上，我们也可以说这一传统是“底层叙事”的思想资源之一。

我们可以将刘继明的报告文学《梦之坝》看作对这一传统的直接继承，而《回家的路究竟有多远》及其他小说则是在虚构文本中进行这一尝试的努力，刘继明试图打开“纯文学”日益狭窄的视野，让文学在现实、生活中重新获得力量。

《回家的路究竟有多远》的故事虽然简单，但它在叙述中却具有一种动人的力量，这种力量既来自主人公悲惨的命运，也来自作者在笔端流露出的深切同情，它通过一个人近乎荒诞的遭遇，让我们看到了一个时代和一个阶层的悲剧。在这篇小说的结尾处，主人公在梦境中回到了故乡，但现实中却爬错了车，又回到了他出发的贡城，梦境与现实的巨大反差为小说营造出了一种荒诞的氛围，而这种荒诞并非是对现实的逃避，反而是对现实更深的切入，让我们对置身其中的世界产生一种总体性的怀疑。另外值得一提的是，在小说的结尾处营造巨大的反差，也是刘继明常用的艺术手法之一，在小说《请不要逼我》中，作者也采取了这样的方式，小说将可能的结局作为梦境前置，与小说结尾处的平静形成了较强烈的反差，使这个打工儿子为母亲治病的故事抹上了一层亮色。但这并不能消除小说内在的紧张，反而与《请不要逼我》的题目产生呼应，让人们意识到在特定情景中他也会铤而走险，这种暗示为小说增加了更为丰富的意蕴。

《太阳照在天鹅洲上》是刘继明从新闻中得到灵感而写的另一篇小说。某派出所“扫黄”时，将一名发廊女以卖淫的罪名拘留，随后却发现这位发廊女竟是处女。小说从这一新闻出发，却并没有强调“处女卖淫”这一戏剧性的情节，而是通过城市与乡村的对比、现代文明与“大地”的对比、梦想与现实的对比，以及对周围不同人物内心世界的描写，将这一则故事发展成了一个时代症候的隐喻。桂琳指出：“这部充满了寓言意味的小说让我想到了卡夫卡的《变形记》，刘继明冷静地在故事里游走着，表面上看起来是在编织一个完整而充满玄机的故事，实际上却在秘密结构着一个充满文化符号的寓言世界。”[①]在这篇小说中，主人公小米穿梭于各种矛盾之中，她在发廊中保持贞洁，却在最后无谓地献出了自己，以自己的处女之血质疑着整个社会与时代的合理性。从现实到寓言，是作者把握世界并进行艺术处理的方式，这一方式使小说不仅关注具体的人与事，而且获得了更为宏大的视野和更加深邃的思考。不过，在具体的描述中，或许作者的追求过于宏大，使小说的枝蔓过多，叙述的重心有所摇摆，这在一定程度上削弱了小说的力度。

新闻是我们生活的一部分，但并不是生活本身，小说取材于新闻无可非议，但这无法代替我们对生活的体验，只有有了深厚的生活底蕴，并以独特的视角加以反思，才有可能写出优秀的作品。刘继明的特点在于，他不仅关注包括新闻在内的现实生活，而且有自己关注问题的角度与较为成型的思想体系，这使他区别于那些简单描摹现实的作家，而能在现实生活中发现别人无法发现的问题，写出属于自己的新鲜体验。

---

① 桂琳：《暧昧而残酷的寓言——评刘继明的中篇小说〈太阳照在天鹅洲上〉》，载《文艺报》2003 年 3 月 8 日。

三、从“底层叙事”到“新左翼文学”

在当下文学界，刘继明是少有的能够以自己的头脑来思考的作家，他有自己的关怀、体验与思考，以及开阔的视野和广博的知识，这既使他的小说具有独特的色彩，同时也使他的笔触超越了虚构文本，直接对社会、文化问题发言。正如阳燕所指出的：“从一个纯文学的诗人、小说家到一个思想的言说者和公共事务的介入者，刘继明所跨越的不仅仅是题材、文体上的沟壑，更是写作态度上的一种巨大改变，在‘60 年代出生作家群’中更加彰显其独特性。尤其在世纪之交众声喧哗而实则冷漠贫乏的文化语境下，刘继明的创作变化更是一个值得注视、应予以分析的对象。”①

在这里，我们所关心的是刘继明的思想随笔与其小说创作的关系。2004 年刘继明的《我们怎样叙述底层?》在社会上产生了广泛的影响，对底层的深切关怀不仅使他的思考更加开阔、深远，也改变了他的小说风格。

在《放声歌唱》、《我们夫妇之间》中，刘继明进一步摆脱了“先锋”式的叙述控制与冷静语调，在语言、形式上更加质朴，更加贴近底层人物的生活与心理。在这里，原先超脱于叙述之上的作者的目光消失了，而代之以平视的目光，他与他的主人公一起经历着苦难，他不再是同情与怜悯，而是理解并与他们一起承受，既承受他们感觉到的，也承受他们没有感觉到而自己感受到的。这使刘继明超越了一般作家的身份，而具有了知识分子的良知和道德承担，他以作品对我们这个社会的现状发出质疑，并承受着撕裂所带来的痛苦。

由此更进一步，刘继明开始探究造成这一切的社会与思想根源，与旷新年的对谈《新左翼文学与当下思想境况》和随笔《回眸五七干校》代表了他的思考。在前者中，他对 30 多年来的思想状况进行了梳理，指出我们对“左翼文学”遗产的忽略造成了重大的损失，而我们今天的文学要继续前进，必须对这一遗产重新评估并继承其合

---

① 阳燕：《体验者的书写与思想者的言说——刘继明近期创作分析》，http://www.eduww.com/bbs/dispbbs.asp?BoardID=15&ID=40522&replyID=&skin=1。

理的部分，这在当前文学界是刺耳的声音，显示了作者非凡的理论眼光与勇气。在《回眸五七干校》一文中，他对当下一些回忆“五七干校”文章所描写的知识分子的“受难”提出了另外的认识角度，他认为“到民间去”是空想社会主义、俄国民粹派以及20世纪中国早期知识分子的自觉追求，“五七干校”不过是将这一追求制度化了，我们应当在这一思想脉络中加以认识，而不能简单化地将之视为“专制”、“集权”的象征，这一认识角度大大超越了“诉苦”的水平，为我们理性审视“五七干校”现象提供了新的知识视野。

《两个朋友》以两个朋友在街头相遇的寒暄开始，以他们反目成仇结束，在短短的篇幅中包容了近50年的中国历史变迁，触及了当下农村中的一些重大问题，而这些“宏大叙事”消融在两个朋友的日常闲谈与世态炎凉之中，显示出了历史变化对普通人生活的影响，在艺术上则举重若轻。

刘继明新世纪以后的小说描绘的多是普通人的生活，他能在思想的观照与历史的勾连中挖掘出深意，小说在叙述上有一些问题，但总能给人以警醒。如果联系到他以往小说的艺术高度，我们可以说，在如何将底层关怀转化为小说艺术上，他还处在转折的过程中。

在我们的时代，刘继明的写作是一个异类，但也代表了一种趋向，他的写作向我们表明了“先锋”的当下形态，那就是向“底层”的转向。在这里，“底层转向”包括以下层次：首先，“底层叙事”是一种先锋，是今天的先锋。在内容上，它的探索不再囿于人的内心世界，而是扩展到了更广大的社会范围，这是“先锋文学”合乎逻辑的发展。其次，“底层叙事”不仅仅是字面上“描写与同情底层”的意思，它还应该有更为高远的追求，有更为丰富的思想资源和艺术资源。在这方面，20多年的先锋探索为之提供了最为切近的可资借鉴的艺术方式，如果简单地加以抛弃，不仅会使“底层叙事”粗糙无味，而且将使我们的文艺倒退到1985年之前；“左翼文学”的思想资源也同样提供了文学与“底层”结合正反两方面的经验，我们必须在扬弃的基础上加以继承。

正是在以上两个层面，刘继明的创作为我们开拓了一条新的路径，这是一条正在延展着伸向前方的路，同时也是一条孤独的路，对这条路的探索成功与否，将决定着未来中国文学的面貌。

第十二章　陈应松：中国乡村的“新现实”及其艺术化

陈应松的小说《野猫湖》、《夜深沉》和《一个人的遭遇》，向我们揭示了当前乡村中出现的新现实与新经验，并以迥然不同的风格呈现出来，在艺术上达到了较高的成就。这首先得益于陈应松在家乡湖北荆州一年的挂职生活，这让他可以更深入地认识与理解当前社会的变化，并对各阶层尤其是农民的生活与心理有细致的把握。其次得益于他在艺术上孜孜不倦的追求与探索，这让他将自己的观察与思考加以艺术化，从而创作出优秀的作品。以下结合对这三篇作品的具体分析，谈谈陈应松的创作及其启示。

一、《野猫湖》：被逼而成的“同性恋”

《野猫湖》讲述的是一个有点怪诞的故事：乡村女子香儿在孤苦无依的状况下，得到了同村庄姐无微不至的照顾，于是在这两位中年女子之间发展出了一种超越友谊的“同性恋”。笔者最初听到陈应松讲这个故事是在2009年夏天“清华会议”的间隙，蔡翔先生在评论《泉涸，相濡以沫》中也提到了这件事。但是，读到这篇小说，仍与当时听到的“故事”有所不同，这种不同主要是小说虽然保留了故事的怪诞性，但是并没有突出这个故事的传奇色彩，而是将之放置在具体的社会与生活环境中，让我们看到了这个故事的现实合理性与内在逻辑，于是这便不只是一个可以满足猎奇心理的“故事”，而且成为了对现实生活及其秩序的一种反思与批判。

小说中两个女人的“同性恋”并不是天生的，或自然而然的，而是被具体的生活环境逼迫而成的。对于香儿来说，她的丈夫三友长期在外打工，不着家，她的娘家哥嫂也指望不上，甚至还需要她帮忙，村里还有村长马瞟子、偷牛贩子牛垃子等人觊觎着，想要占她的便宜，她的生活与内心处于一种极度不安定的状态。而一旦遇到洪水淹没了庄稼或牛被偷了这样的突发事件，她只能陷入孤苦无依的状态。在这样的情形下，庄姐对她的关心、照顾和呵护，不能不引起她情感上的触动，进而产生依赖。虽然对于同性之间的情感与生理上的需要，她是矛盾、纠结甚至是不情愿的，但在现有的具体生活之中，她所能找到的依靠与安慰只能来自庄姐，于是在经历过种种的内心矛盾、心理障碍甚至不断拒绝之后，她最终接纳了庄姐。而对于庄姐来说，丈夫早逝，一旦她再嫁，在婆家的压力下，便会失去丈夫的抚恤金和儿子，她也只能一个人带着孩子生活，在这种情况下，她在情感与身体上也处于饥渴的状态，此时遇到香儿，她们两个人互相照顾、相濡以沫也就可以理解了。

在这里，陈应松的独特之处在于，他通过对这两个人具体生活环境的描写，充分写出了两个人走到一起的“合理性”，而这种“合理性”是以社会对人性的扭曲为前提的。小说也通过对这种扭曲的“合理性”的描述，对当前农村的社会现实进行了深刻的批判，这主要包括：外出打工所造成的两地分居对夫妻情感所造成的损害，以马瞟子为代表的乡村政治权力与资本对乡村正常秩序的破坏，牛垃子等偷牛贩子对乡村道德伦理的破坏，以“吹毒管”的方式杀狗卖到餐馆中的恶劣行为，等等。呈现在我们面前的农村，是一幅凋敝而凄厉的场景，置身其中，人人自危，像香儿这样的弱小者无依无靠，只能以扭曲的方式寻找安全与安慰，于是庄姐便成了她情感上的依靠。

需要提及的是，“同性恋”在国际与都市题材中是较为常见的，如《断背山》、《春风沉醉的晚上》等影片。李银河等性学研究者所关注的也多是都市空间，他们大多以性别认同的差异来凸显人类生活的丰富性，以作为反抗现实秩序的思想与理论资源，但这种反抗大多囿于私人领域，难以构成一种社会力量，甚至成为精英阶层的游戏或另一种“政治正确”。但在陈应松的《野猫湖》中，我们可以看到，置身中国社会最底层的农村女性，为生活所迫，竟然改变了性认同的取向，不能不说是令人触目惊心的，也让人反思我们置身其中的现实，这可以说是一种有力的批判。

小说在艺术上也具有鲜明的艺术特色。野猫的叫声，洪水的袭击，偷牛贼，逮野猫揉麝，“吹毒管”，同性恋，为所欲为的马瞟子，突然出现的牛垃子，等等，营造出了一种令人恐惧而鬼魅的艺术氛围，这既来源于现实，又具有一定的象征色彩，为我们勾勒出了一个诡异的艺术世界——这种整体上的象征色彩与艺术特色，使小说超越了一个故事的单纯讲述，而在思想与艺术上具有更为丰富的意蕴。另外值得称道的是小说中方言的运用，这些方言执拗，简洁，不规则，时常跳跃，丰富了小说的艺术表现力。在这篇小说中，我们可以看到陈应松“神农架系列”小说风格的延续，但具体现实因素的增多，无疑也显示了他在创作上的新变化。

二、《夜深沉》：故乡为何难以归去

《夜深沉》涉及当前农村中出现的一个新问题，并以一种独特的角度讲述了出来：小说的主人公隗三户早年外出打工，在广东做生意并小有成就，在一场大病之后，他萌发了叶落归根的想法。但是，当他回到家乡，向村支书、村长武大雨提出想要回承包地、批一块宅基地时，却遭到了拒绝，他为此四处奔波，费尽周折，终于也未能如愿，只好失望地踏上了回广东的路。然而走到村口时，却意外地被偷牛贼杀死了，他活着不能留在村中，临死时，“他突然想，这下就可以死在家乡了”。小说通过隗三户回乡奔波的历程，向我们展现了他这一代打工者困窘的精神处境，他们尽管获得了一定意义上的成功，却无法融入当地城市（广州）的生活，也无法对之产生情感上的认同，但是当他们回到家乡，同样无法找到归宿感。就像小说中写的，“自欺欺人的隗三户终于回来了，回来却如走在异乡，没有一点儿回家的感觉，家乡已没有了亲人，房子早卖掉，已经拆了。承包地早就退了。心茫然而虚空……”

小说对隗三户无所归依的精神处境以及他为走出这一困境所做的努力与挣扎做了精彩而细致的描述，但是小说中最为精彩的部分并不在此，因为打工者类似的精神困境，在不少小说中已经有所表现了。

小说中最引人注目的地方，在于对隗三户无法回乡的原因的探讨——在他离乡的这一段时间，农村的土地关系已经发生了巨大的变化，正是这种变化，使得武大雨不可能再批给他承包地与宅基地。这种变化就是小说中所写到的“土地流转”——

> 十年前一大批在外打工做生意的人都失了地，跟他一起出来的，基本都不要了。那时的地是个吃人的老虎，张着血盆大口，一亩竟要四百多的税赋，送给人家代种人家也不要。那时也没有这么高产的杂交稻，这么高产的油菜。稻谷也便宜，根本卖不出钱来，刨去种子、化肥、农药七的八的成本，根本赚不到钱，还倒贴，隗三户的田一年就要交近五千块，只好抛荒。钱村里还是得找他们收，抛荒了也收，你名下的地么。听说乡里的干部腊月二十八还在村里，不交的一绳子捆到镇里去，让你过不了年。有钱的交钱，无钱的揭瓦牵猪。杀了猪的，收猪肉。村里就说，交钱呀，不交我工资都拿不到。这样，你不找我要钱，我不找你要田。好呀，你说的。行。村里贷款交。村里就把田收回了。至于收回后是怎么变成大驴的猪圈，他这就搞不明白了。

在这里，我们可以看到“土地流转”的一个轨迹：外出打工者抛荒—村里收回—土地流转到村干部私人手中。于是村干部武大雨（绰号“大驴”）便成了“土地流转”的最大受益者，他事实上成为村中土地使用权的最大拥有者，并且以规模经营的方式“养猪”，虽然村里的土地名义上仍属于“集体所有”，但并不影响他对土地的支配权。在这种情形下，作为一个既得利益者，他自然不会按照1980年代“包产到户”的惯例，将承包地再分给隗三户，而且土地作为一种他可以支配的资源，甚至可以成为他交换政治或经济利益的筹码，“胡妖儿……要跟大驴争村长的，大驴发动族人要她别争，条件就是收回外人承包的这片河滩，给她承包种树搞农家乐，这事儿就这么搞掂了”。在这里，所谓“承包”已经成为一种利益交换的手段，而这一权力则掌握在村干部的手中，这可以说是我国农村土地关系的一个重大变化，尽管这一变化的后果还没有充分显现出来。

具体到小说中，由于隗三户在广州已成为小老板，他无法回到故乡的痛苦还只是精神性的，但是我们也可以想象，像他这样的“成功者”并不多，大多数的打工者并不能真正融入城市之中，在这种情形下，故乡的土地至少还可以为他们提供一块立足之地，如果连这样的土地也失去了，他们就只能进退失据、走投无路了，而这对于中国来说，则有可能会酿成更加严重的社会问题。所以，小说中所写到的“土地流转”虽然还只是一个苗头，但应该引起我们足够的警惕与注意。“土地问题”是中国农村问题的核心，近年来农村中土地关系已发生了不少新情况（包括撂荒、“土地流转”以及新的“合作化”等），但农村题材的作品中却很少涉及，陈应松敏锐地捕捉到了当前农村土地关系的最新变化，并以艺术化的方式呈现了出来，值得我们认真思考。

《夜深沉》不只是提出了“问题”，在艺术上也达到了很高的造诣，它以隗三户返乡—离乡为主线，通过他与不同人的接触，呈现出了当前农村的复杂性，并以“偷牛贼”照应首尾，既使结构完整自然，也渲染了农村中人心惶惶的氛围。小说中的人物也是丰富的，不仅主人公隗三户的内心世界得到了充分的呈现，即如村干部武大雨，也不是平面化的。小说写到了他早期面对土地撂荒的忍辱负重，他为争取上边支持所付出的代价（忍辱陪酒等），也写到了他为村民谋利益的一面（建沼气池等），这样一个人也有其可以理解的地方。小说深入到了矛盾纠结的复杂之处，呈现出了历史与现实的内在皱褶。此外，这篇小说的语言是诗化的，带有浓重的忧伤与抒情意味，这不仅与隗三户的“乡愁”相适应，可以说也表现了陈应松的忧思与感慨。

三、《一个人的遭遇》：信任问题

《一个人的遭遇》与肖洛霍夫的一篇名作同名，显示了陈应松的抱负，但或许更重要的是，两篇小说同样着重的是“一个人”，也即从“个人”或人道主义的角度出发，展开对历史与现实的反思。肖洛霍夫的《一个人的遭遇》作为“解冻文学”的代表作之一，反思了斯大林时期所造成的伤痕，从回顾历史中找到了继续生活下去的勇气，充满了沧桑之感。陈应松的《一个人的遭遇》所反思的则是现实生活中的“伤痕”。小说写的是主人公刁有福上访的历程，通过他屡次上访所遭遇到的事情——欺骗、诱惑、分化、劳改，向我们展示了“一个人”在现实生活中的困境及其挣扎。小说涉及的一个尖锐问题就是信任问题，即底层人对基层政府能否维护社会正义与公平的质疑，小说通过刁有福的“遭遇”及其心路历程的描述，向我们揭示了这一问题及其面临的困境。

刁有福最初是因为家庭纠纷去派出所、法院、信访局告状，但是司法机关的推诿与冷漠伤透了他的心，“这不仅是一个利益集团，而且是一个冷漠的利益集团。走到哪儿都是一张冷脸，你要老百姓心气能顺的?”家庭纠纷没有解决，但在与信访局打交道的过程中，他了解到他作为“水牛哞哞酒厂的正式职工”，在厂子“改制”后，按政策应该得到安置，但是“下面没有执行”，他于是和其他下岗职工联系，并被推举为职工代表，开始上访。这是一个漫长的过程，他遭遇到了种种挫折，但他一直不屈从，直到被以“妨碍公务罪”判刑两年半。出狱后，当初拥护他的下岗职工也疏远了他，他继续上访，却被他们市驻京办的人殴打，虽然信访局治好了他的伤，但他自己也绝望了，只好回到村里“贷款”养猪搞酒坊，最终放弃了上访的念头。

在小说中我们看到的是“一个人”与一种体制的较量。安置下岗职工本来是国家政策，但基层政府不执行，并想尽种种办法阻止刁有福等人的上访。刁有福的上访是有理有据的，但在现实生活中却无法实现，他倔强地一次次走上上访之路，是因为相信他们的问题能够通过这样的形式得到解决，而现实所给予他的却是一次次失望，直到他最后彻底放弃了上访的念头，这也是他对“上访”、对能够得到公平对待逐渐失望的过程，是一种质疑与不信任情绪逐渐弥漫的过程，而这一过程也意味着他对政府、司法、信访等部门已经完全失去了信任，甚至是处于对立乃至对抗的位置。如果是“一个人”失去了这种信任，或许并不可怕，但刁有福所代表的是几百下岗工人，与他们相比，刁有福或许是最顽强地相信可以通过上访解决问题的，所以他的失望与不信任也代表着这些下岗工人的不信任情绪。如果仅仅是这些工人失望，或许并不可怕，但我们联系近年来不少突发事件的发生，就会知道，这种不信任情绪是我们当前社会最为严重的危机之一。我们只有正面应对这一危机，重新建立起民众与政府的互信机制，并形成一种良性循环，才有可能建设成一个和谐稳定的社会。

《一个人的遭遇》通过对刁有福上访历程的描述，让我们看到了这种不信任情绪是如何酿成的，从而反思社会结构中所存在的隔阂与障碍。小说直面当前社会中的重大问题，通过“一个人的遭遇”，具体而微地展现了他在这一过程中所承受的压力、屈辱直至最后的刑罚，让人看到“一个人”在当前的社会结构中是多么无力。而他最后的放弃，既是对现状的一种无奈认同，同时也是一种有力的批判。

在艺术上，小说平实自然，与陈应松“神农架系列”的瑰丽神秘形成了一种鲜明的对照。小说不注重故事性，而是注重对人物命运的把握，在具体生活场景的写实中，展现了社会中鲜为人知的一个侧面。但是这篇小说的不足之处也在于其过于“平实”，因过分拘泥于现实或“原型”，在艺术上不如《野猫湖》与《夜深沉》成熟。

四、新问题的发现及其艺术化

以上分析了陈应松的三篇小说在思想艺术上所达到的高度，这不仅涉及他个人的创作，而且具有更加普遍的启示，这主要包括两个方面，即发现新问题的能力以及将之艺术化的能力。

当前的中国社会处于剧烈的变化之中，一个作家只有置身于这一变化的过程，才能发现社会发展中的新问题与新经验，才能不断地有自己新的观察、思考，并进而将之艺术化，写成文学作品，这就需要一个作家与社会的变化保持密切的联系。我们看到，当前的不少作家，或者是关在书斋里“两耳不闻天下事”，沉浸在虚幻的想象中，与中国的社会现实颇为隔膜；或者是问题意识较为陈旧，仍然停留在二三十年前的思维模式之中，对社会发展的新变化缺乏了解与认识，因而只能写出在思想意识上较为陈旧或僵化的作品。而陈应松与这两类作家不同，他始终与社会保持着密切的联系，观察着现实中出现的新问题，并以文学的方式作出自己的思考与回应。这其中尤为突出的是，他曾先后到神农架、荆州两地挂职去体验生活。“体验生活”，作为作家与社会联系的一种方式，可以让作家走出个人生活的范围，深入到不同阶层尤其是底层生活的内部，对社会的变动及其在不同阶层心灵上所引起的波折有一个更加具体、生动、形象的理解与把握，有助于作家观察与理解社会的整体，也有助于他们写出更加生动形象的作品。

当然，“体验生活”作为社会主义文学的一种传统，在历史上也曾有过偏差，那就是认为只有“工农兵”的生活才是生活，而知识分子或其他阶层的生活则“不是生活”或者是不那么重要的“生活”，这一观念在历史上对于强调并加强知识分子与民众的联系有过积极的作用，但一旦走到极端，则泯灭了创作者的主体性。因而1980年代文学理论界所讨论的“处处有生活”是有历史针对性的，在当时也起到了思想解放的作用，但是很快我们的文学又走到了另一个极端，那就是认为只有“个人”的生活才是生活，而“个人”之外的生活则“不是生活”，文学中强调“私人写作”、“日常生活”、“下半身写作”便是这一思潮的表现，这同样是一种偏颇。“人”作为社会化的动物，仅仅从“私人”或“下半身”的角度是无法涵盖其复杂性的，只有对社会生活有深入的认识，才能够对社会及置身于社会之中的“个人”有一个整体的理解，也才能够写出更加开阔、丰富与深邃的作品，在这个意义上，我们有必要在批判的基础上重建“体验生活”的传统。陈应松的创作实绩也向我们展示了这一传统的巨大力量，不仅其“神农架系列”在文学界引起了广泛的关注，他的新作再一次向我们显示了“深入生活”对一个作家是多么重要，乡村中的女同性恋故事，离乡者无家可归的故事，以及上访者不断遭遇挫折的故事，在书房里是很难想象出来的，即使可以想象出来，也无法具有生活的实感与质感。

“体验生活”是重要的，但仅有生活也是不够的，对于一个作家来说，能否在生活中发现新的经验与新的问题，能否将这些加以艺术化，则是同样或者更加重要的。发现新的问题，需要作者的积累，需要作者的眼光与思想，乡村中的女同性恋或许并不少见，但是如何讲述这个故事？是将之作为一个具有传奇色彩的故事，还是将之置于乡村变化的整体中并作出反思？我们看到，陈应松选择了后者，而正是这种处理题材的方式，让他的小说更富深意，更有价值。同样，离乡者无家可归的故事，在当前的乡村中应该说也是较为常见的，但是陈应松的独特之处在于，他将之与乡村中土地关系的最新变化联系在一起，让我们从一个新的角度思考这一变化所可能造成的后果，这样一种思考与表现的方式，显示出了创作者开阔的视野，以及他对乡村土地关系变化的忧思。

在艺术上，这三篇小说也各有特点。陈应松的艺术表现方式颇为丰富，小说的艺术风格也有较大的差异，这可以使他根据不同题材的需要，以适合的方式加以表达，而在这样的差异中也有相对的统一，那就是陈应松始终关注社会现实的变化及其对底层民众的影响，他的小说虽然具体的题材不同，但都从不同方向指向这一核心问题，并以艺术的方式表达出来。我们可以看到，陈应松努力的方向在于两个方面：在深入生活中发现新的问题与新的经验，关注底层民众的命运与心灵；在艺术上不断探索，执着追求，不断开拓新的可能性，这是陈应松的小说在文学界引起广泛关注的原因，也是他的创作所给予我们的启示。

第十三章　贾平凹与新世纪文学的“底层”转向

“底层文学”在新世纪兴起，在这一文艺思潮中，贾平凹是一个特殊的现象。在1980年代成名的作家中，他是对“底层文学”感兴趣的极少数作家之一，同时他在“底层文学”中也具有特殊性：与“底层文学”中大多的中短篇小说不同，他的《秦腔》、《高兴》都是长篇小说；而在关注底层的同时，他也在“民族形式”上进行探索，这使他的创作呈现出了不同于别人也不同于自己以前创作的面貌，因而值得探究。

一、现实关怀与“底层”转向

自1980年代初期成名以来，在文学思潮的纷纭变化中，贾平凹并不是一个追逐时尚的作家，但在新世纪的“底层文学”中，贾平凹却以《秦腔》、《高兴》两部长篇小说，成为这一文艺思潮中的重要作家。我们可以将这一现象视为耦合，即贾平凹不是通过对思潮的迎合，而是通过自己创作道路的延伸，将对底层现实的关注与这一思潮自然地贴合在一起，而与“底层文学”的相遇，不仅使贾平凹获得了更广泛的关注，而且也丰富了“底层文学”的创作。

《秦腔》是贾平凹试图真诚面对故乡、面对当下农村现实的一部力作，它试图通过一个村庄改革开放以来的变化，全面表达作者对中国农村历史与现实中诸多现象丰富、复杂、细微的感受。这样的努力在很大程度上获得了成功，成功的主要因素来自于作者真诚而具有反思性的态度、细致而全面的观察。

在《秦腔》中，最令人触目惊心的莫过于农村的荒芜了。这里的“荒芜”，既包括土地的荒芜，也包括人的荒芜——很多人尤其是青年人都离开农村到城市去了，农村剩下的只是老人和孩子，整个村庄暮气沉沉。夏天智去世后，在东街甚至找不够抬棺材的人，“君亭说，‘还真是的，不计算不觉得，一计算这村里没劳力了么！把他的，咱当村干部哩，就领了些老弱病残么！东街的人手不够，那就请中街西街的。’庆金说：‘打我记事起，东街死了人还没有请过西街人抬棺，西街死了人也没请过中街人抬棺，现在倒叫人笑话了，死了人棺材抬不到坟上去了！’”① 从此处不难看出农村中的劳力少到了什么程度，那么这些人到哪里去了？无疑是离开农村到城市里去了。

不只是在小说中如此，贾平凹在《秦腔》后记中也写道：“村镇出外打工的几十人，男的一半在铜川下煤窑，在潼关背铜矿，一半在省城里拉煤、捡破烂，女的谁知道在外边干什么，她们从来不说，回来都花枝招展。但打工伤亡的不下十个，都是在白木棺材上缚一只白公鸡送了回来，多的赔偿一万元，少的不足两千，又全是为了这些赔偿，婆媳打闹，纠纷不绝。”② 可见不仅在文本中如此，在现实中也是如此，也不仅是在贾平凹的视野中是如此，关于土地撂荒、劳力外出的报道我们在很多地方都可以看到，在不少文学作品中也都有所反映。1990 年代初李昌平在给总理的“上书”中，更是以乡书记的身份描绘了一幅比这里所写的更加令人惊心动魄的状况，可见这样的情况是相当普遍的。

在《秦腔》中，如果说夏天义联系着 1950—1970 年代农村的社会主义传统，那么夏天智则代表着儒家文化传统，热衷占卜的“中星的爹”代表着迷信或民间信仰。在小说故事展开的改革开放时期，以上三种“传统”处于逐渐湮灭的过程中，小说也以这三个人物的去世为结束，表明了作者对处于瓦解状态的乡村政治与传统文化的反思与凭吊。在作品中，这三种“传统”与农村的现实紧密联系在一起，而作者的态度也较为复杂。

---

① 贾平凹：《秦腔》，载《收获》2005 年第 2 期，第 199 页。

② 贾平凹：《秦腔》，载《收获》2005 年第 2 期，第 207 页。

> 夏天义一辈子都是共产党的一杆枪，指到哪儿就打到哪儿。土改时他拿着丈尺分地，公社化他又砸着界石收地，“四清”中他没有倒，“文革”里眼看着不行了不行了却到底他又没了事。国家一改革，还是他再给村民分地，办砖瓦窑，示范种苹果。夏天义简直成了清风街的毛泽东了，他想干啥就干啥，他干了啥也就成了啥，已经传出县上要提拔他去乡政府工作了。①

从对夏天义的具体描绘中，可以看出作者对社会主义传统持较为肯定的态度，这表现在夏天义在村民中所拥有的崇高威望、他处理事情的政治才能，以及他为维护农民利益所做的一些事情等方面。在村里演秦腔出现乱子后，现任村领导唯一的办法就是“把天义叔请来”，在村中大旱、水库拒不放水的情况下，也只有夏天义出面，问题才能得到解决。

夏天义代表着社会主义传统，不仅在于他在1950—1970年代是清风街的村领导，而且在现实的发展思路上，他仍延续着社会主义、集体主义的传统，与现任领导产生了分歧，还突出地表现在村里的主要工作是放在“淤七里沟”还是放在“建农贸市场”的争论上。“淤七里沟”是夏天义的发展思路，将七里沟淤平，可以为村里增加几百亩土地，这项巨大的工程因天旱等原因，以前失败了，但夏天义却一直坚持这样的想法。“建农贸市场”是夏君亭（夏天义的侄子）的工作方向，他“拿了树棍在墙上划着算式给大家讲：以前清风街七天一集，以后日日开市，一个摊位收多少费，承包了摊位一天有多少营业额，收取多少税金和管理费，二百个摊位是多少，一年又是多少？”② 对于“淤七里沟”，他说：“那里确实也能淤几百亩地。可你想了没有，就是淤地，淤到啥时候见效？就是淤成了，多了几百亩地，人要只靠土地，你能收多少粮，粮又能卖多少钱？”③在这里，夏

① 贾平凹：《秦腔》，载《收获》2005年第1期，第118页。

② 贾平凹：《秦腔》，载《收获》2005年第1期，第140页。

③ 贾平凹：《秦腔》，载《收获》2005年第1期，第141页。

君亭所考虑的是短期利益与物质利益，这是市场经济社会的逻辑，同时他也对土地这一重要生产资料表示了漠视。正如秦安所说：“农民只有土地，只会在土地上扒吃喝，而清风街人多地少，不解决土地就没辙。这几年盖房用地多，312 国道又占了咱那么多地，如果办市场，不但解决不了土地问题，而再占去那几十亩地……那几十亩可都是好地，天义叔他们曾经在那几十亩地上亩产过千斤，拿过全县的红旗的……”①

夏天义不仅仅是社会主义传统的代表，也代表着村民的利益，正是由于代表着村民的利益，他所代表的“社会主义传统”才具有活力，而不仅仅是国家意志的传声筒。在小说中他恰恰是由于不同意修 312 国道、保护 40 亩耕地和 10 多亩果园而撂挑子的。

这里的两条发展思路以及两种与人民关系的态度，我们在 1950—1970 年代的《三里湾》、《创业史》、《艳阳天》等作品中也可以看到。与这些作品相比，《秦腔》并非以这一矛盾为核心组织起来的，矛盾也并未上升到“两条路线斗争”的地步；与新时期的作品比较起来，小说则更倾向于“社会主义传统”，即使集体事业（“淤七里沟”）最终没有取得成功，但它在精神上的感召力却是重要的遗产，而新时期的改革使群众得到了温饱，但过于注重短期利益与物质利益，也使得当下农村陷入重重困境。

小说中有着对革命与改革的双重反思，这不仅是对 1950—1970 年代文学、新时期文学的同一主题的延续，同时也是贾平凹的自我反省。在贾平凹早期歌颂改革开放的作品，如《腊月 · 正月》、《天狗》、《浮躁》中，改革开放具有天然的正确性，是人们摆脱愚昧生活方式的唯一选择。但在《秦腔》中，问题便不再这么简单，改革自身所带来的负面影响凸显了出来，而社会主义集体化的一些优越性也开始为人们认识到。正是在这种双重反思中，作者表达了自己对现实弊端的反思，以及对乡村政治的希望。

贾平凹的新作《高兴》写了刘高兴等在都市捡垃圾的农村人的命运，同时涉及了城市底层中的各种人群，有乞丐，有民工，有妓

① 贾平凹：《秦腔》，载《收获》2005 年第 1 期，第 140 页。

女，等等，较为全面地展示了城市底层生活中的各个方面。《高兴》是《秦腔》在题材上的延续，《秦腔》写的是农村中的农民，《高兴》写的是进城的农民。贾平凹的可贵之处在于，他总能在社会现实的变化中发现新问题与新题材，在艺术上加以呈现，这是他超出其他作家的地方，他的立足点始终在农村、城市的底层，并始终贴着他们的实际在写。

二、民族文化与“民族形式”

在小说的创作中，既有个人体验、“地方性知识”是否以及如何才能融入普遍性架构的问题，也有在艺术上如何能将个人风格与文学传统结合起来并在表达独特经验的过程中创造出新颖的表达形式的问题。在《秦腔》与《高兴》中，贾平凹既着重描述了传统文化与民间文化，也试图汲取“民族形式”中的因素，创造出了不同于西方长篇小说的新形式。

在《秦腔》中，儒家文化的传统主要表现为夏天智作为长辈的尊严，以及对家族事务的处理，而其式微，则表现为夏天义的五个儿子小家庭之间为了利益的争执。在小说中，儿子们给夏天义摊粮食、吃过年饭等段落中都有着真切、细致的描绘，在对乡间伦理的刻画上显示了作者高超的功力。而有趣的是，仅从小说人物的名字来看，也能读解出作者的态度。夏天智一辈四个弟兄，名字的最后一个字分别是：仁、义、礼、智。在小说开始，夏天仁已经去世了，而在小说进展的过程中，夏天礼、夏天智、夏天义也先后去世。伴随着“仁义礼智”的消逝，中国文化的传统也衰落了。夏天仁的儿子名字叫君亭，是村支书。夏天义的五个儿子分别名为：（庆）金、玉、满、堂和瞎瞎。从“仁义礼智”到“金玉满堂”，传统文化的追求从精神层面转到了物质层面，而这也正和资本主义的利益追求达成了巧妙的嫁接。事实上，1990年代初的“国学热”也正是出于同一逻辑，他们比附韦伯论述的清教与资本主义的关系，讲国学，也恰恰是在论证资本主义的合法性。而小说中伴随着传统文化的解体，“一切坚固的东西都烟消云散了”，人与人之间的关系逐渐显示出了注重实利的残酷一面，对此，作者的态度是平静中透出了苍凉与无奈。

对风水、占卜等民间文化和信仰的表现，一直是贾平凹小说的重要特色，这使他的小说具有一种神秘色彩与传奇性。在《秦腔》中也有这样的表现，“一个地方得有一个懂风水和阴阳的人，不知怎么，中星爹就充了这个角色，清风街上红白喜丧都是他选定的日子，盖房、拱墓、修灶、安床，也都是他定的方位”[①]。但在小说中，中星爹的预测却常常不准，他常做的是对自己病情的占卜，留下了不少内心惊慌的记录。他预测自己死后肉身不坏，但又一次失算了，“他全身的肉都腐烂了，就像是红烧的猪肘子，一挪动，肉是肉，骨头是骨头。那分离开的头颅几乎是个骷髅”[②]。这里失败的中星爹显示了民间信仰的破灭，这是现代社会“合理化”过程中的必然现象。但与此同时，贾平凹却仍写了不少神秘的现象，比如引生能看到人头顶的光晕，两个死去的村干部的灵魂的争论，等等，这些描写在小说中并非处于主体的部分，但对于烘托氛围、形成独特艺术风格具有重要作用，从中可以看出既有魔幻现实主义的影响，也有中国民间艺术的特色。但当这一传统只成为形成艺术风格的一种方式时，也正是它的衰落之日。不过这里所说的“方式”并不仅仅是一种点缀，它直接与作者的世界观相关，只不过它在世界观中所占的位置也式微了。

小说中对秦腔有浓墨重彩的描写，并将不少曲谱写入正文，这是一种将音乐与文字融为一体的尝试，颇具新意。但在小说中，寄托着老一辈农民精神的秦腔也处于衰败的状态，这表现在县剧团的解散上。剧团曾经兴盛过一段时期，但到最后，缺乏观众使它无法维持下去，剧团的人只能三三两两结伴，在村里人家红白喜事的时候进行表演，以维持生存。新一代的年轻人不喜欢秦腔，他们开始喜欢上了流行歌曲：

> 陈星的演唱，使剧团的演员惊喜不已，那一个下午和晚上，他们几乎都唱起了流行歌曲。清风街的年轻人都跑了来，酒楼前

---

① 贾平凹：《秦腔》，载《收获》2005年第1期，第150页。

② 贾平凹：《秦腔》，载《收获》2005年第2期，第155页。

的街道上挤得水泄不通。①

两人也没多少话，听得不远处咿咿呀呀演奏了一阵秦腔曲牌，竟然唱起了流行歌。夏天义说：“你瞧瞧现在这演员，秦腔没唱几个段子，倒唱这软沓沓歌了。”赵宏声说：“年轻人爱嘛。”②

在小说的结尾，夏天智去世时，出现了大段大段的秦腔曲谱，这是在为热爱秦腔的老人送葬，同时也是在为秦腔送葬，当这些深蕴着民族无意识的曲调悲怆地响起，我们同时也是在告别一种传统文化，一种精神的生活方式。此后，被全球化文化生产哺育出来的新一代再也无法领略这样的文化了，他们的精神生活在时间上与整个世界联系在一起，但在空间上却与本乡本土失去了血脉联系，同时这也使他们失去了精神的自主性。

与秦腔的衰落类似的是社火。在小说结尾处出现的社火描写，更像是一出敲鼓的闹剧，虽说在清风街出了“抗税”事件之后，很多人都没有心情闹社火了，但敲了一通鼓，没有引来人，这样的冷清反映出了社火吸引力的衰落。秦腔和社火都是民间文化的代表，当这些都处于衰落的状态时，我们可以看出农村文化尤其是农村自身文化的衰落。农村文化上的衰落既是相对于过去的，也是相对于城市的，这是农村政治、经济上衰落的结果，也是其反映。而之所以如此，既是我国国内现代化与市场经济发展的结果，也是全球化的必然要求。民族国家现代化的发展要求内部在市场等方面的统一，而伴随着交通、通信、教育等各方面的整齐一致，各地的“地方性知识”必然会逐渐消泯或者整合为其他形式，而“传统”如果要生存，也必然会改换方式，并将失去以往的支配地位，仅成为现代化之后的某些因素。全球化建立在民族国家内部的整齐划一之上，并追求将民族国家也整齐划一。在这双重“整齐划一”的制约下，中国农村的民间文化消

---

① 贾平凹：《秦腔》，载《收获》2005年第1期，第200页。

② 贾平凹：《秦腔》，载《收获》2005年第1期，第199页。

失乃是必然之势。

与小说中对民族文化的重视相似，贾平凹在形式上也追求"民族化"。自从《废都》以来，贾平凹就尝试一种"奇书体"的写作。所谓"奇书体"，是指我国古代一些"奇书"如《金瓶梅》的写作方式，这一方式的重要特点是意图创作出如生活本身一样丰富的作品，在结构上也以生活的逻辑而自然形成。这样一种追求自然无法达到，但可以无限接近，而《秦腔》在这一意义上可以称为贾平凹最成功的作品。在小说中，几乎包罗了当下农村中我们能想到的所有事情，总体上莽莽苍苍，而细部描写真实。同时，在文体上，除了小说的叙述之外，还穿插了对联、段子、笑话、诗赞、札记、申请甚至曲谱等各种体裁，这既是一种创新，同时也是对我国古典文学传统的一种回归，这样的创作显然不能简单地以西方长篇小说的样式为标准来评价。

但在作者的融合创新中，仍有不少问题值得注意，一是"包罗万象"的追求自然宏大，但过多事件、人物的罗列与铺排也很容易使小说陷入无主次、无区分的状态。《秦腔》在这方面做得比较好，不过仍有不少地方处理得不无缺憾，读者之所以不易进入，这应该是很大的原因。二是在叙述语言中，对话较多，而描写与叙事较少，这便使语言有时过于啰唆，总体上也不太均衡。三是艺术风格上，小说总体有一种苍茫的效果，结尾处的悲怆更使全篇生色，不过也有些地方过于混杂。

就总体来说，《秦腔》仍是一部重要的作品。如果说《白鹿原》以个人的观念重写了农村的历史，那么，与它有一个固定的观念不同，《秦腔》更多表达的是作者的困惑与内心矛盾，固定的观念可能会过时，但真诚的表达与反思却总能感动人心；如果说《故乡面和花朵》和《受活》是农村的超现实主义狂想，在艺术上继承的更多是西方现代、后现代的表现手法，那么《秦腔》则更贴近农村现实，也更注重向中国古典文学传统吸取营养，在表达现实的要求上融会传统并加以创新，而不是一味以西方的表达方式来切割现实或狂想，应该是创作上的一个重要方向；如果说《上塘书》描写了改革开放以来农村交通、教育等各方面的变化，但人物消泯在变化之中了，那么

《秦腔》则以人物贯穿在了上述变化的过程中，并在气象、格局上都更宏大。

在艺术形式上，《高兴》与《秦腔》形成了鲜明而有趣的对比，从极繁走到了极简。如果说《秦腔》更多继承了古典世情小说的传统，像一幅清明上河图，那么《高兴》则更像是西方长篇小说的标准样式，它有主要的主人公和波澜起伏的故事，可以让人跟随着去进行“灵魂的冒险”。但贾平凹在其中也对之进行了改造，和《秦腔》一样，《高兴》注重的不是故事的转折与起伏，而是生活的波光和潜流，正是对这些细微之处的捕捉和描绘，使《高兴》呈现出了质感，也发展出了它独特的语感与叙述语调。

在这个意义上，可以将刘高兴与本雅明所说的“拾垃圾者”联系在一起。在本雅明那里，这是对资本主义现代文明的批判，是对历史与心灵碎片的珍藏，是一种诗意化的波希米亚的生活方式。作为废都现实生活中的“拾垃圾者”，刘高兴在反映社会现实这一层面之外，可以说仍具有一定的象征意义，他的存在以及梦想，或许可以称为对现代文明、现代性的一种批判，一种中国式的“拾垃圾者”。只是这样波希米亚式的生活方式与城市生活中“小资”的想象不同，不是叛逆、浪漫、不羁的“生活在别处”，而是在极为有限的穷困的物质生活中，保持精神上的超越与个人的独特性，保持一种“富有诗意的”生活方式。中国式的“拾垃圾者”不仅是对现实生活的一种概括，而且是对本雅明理论的中国化，这也是在对现代文明的反思中产生出来的。同样值得注意的是，小说中女主人公孟夷纯，被作者塑造成了一个菩萨心肠的妓女，与西方作家将妓女圣化为“圣母”不同，贾平凹将之视为“锁骨菩萨”在现实中的投影，这可以说是他在民族文化资源中寻求解释现实的一种尝试，是一种中国式的“拯救”方式。

三、长篇、生活与整体性的态度

如果说中短篇小说更注重形式、技巧，注重对生活某一侧面或某一事件的描写，那么长篇小说则更能从整体上体现出一个作家对待生活的态度，一个作家的世界观与人生观。“底层文学”中的大多作品采用中短篇小说的形式，从一个侧面反映出这些作家虽然对某一现象、某一事件有所思考与表达，但还没有形成一种总体性的态度，贾平凹的《秦腔》、《高兴》则较完整地表达了他的生活态度。在《秦腔》后记中，贾平凹写道：

> 我决心以这本书为故乡树起一块碑子。当我雄心勃勃在2003年的春天动笔之前，我奠祭了棣花街上近十年二十年的亡人，也为棣花街上未亡的人把一杯酒洒在地上，从此我书房当庭摆放的那一个巨大的汉罐里，日日燃香，香烟袅袅，如一根线端端冲上屋顶。我的写作充满了矛盾和痛苦，我不知道该赞歌现实还是诅咒现实，是为棣花街的父老乡亲庆幸还是为他们悲哀。那些亡人，包括我的父亲，当了一辈子村干部的伯父，以及我的三位婶娘，那些未亡人，包括现在又是村干部的堂兄和在乡派出所当警察的族侄，他们总是像抢镜头一样在我眼前涌现，死鬼和活鬼一起向我诉说，诉说时又是那么争争吵吵。我就放下笔盯着汉罐长出来的烟线，烟线在我长长的吁气中突然地散乱，我就感觉到满屋子中幽灵飘浮。①

从中我们可以看到贾平凹为写作《秦腔》所付出的心血与努力。而在小说中的省城作家夏风的身上，也有不少作家自身的影子，但这一人物并没有成为小说的叙述者，只是一个被叙述者、一个归乡者，小说的视野没有延伸到他所在的省城，只限制在清风街的视野之内。在这里，作者之所以没有将夏风设为小说的叙述者，而是选择了“引生”，原因在于他不想以外来者（或作者自己）的目光观察清风街，而试图最大限度地以清风街的目光来观察自身以及所有的外来者，在这个意义上我们可以理解贾平凹所谓要以《秦腔》为家乡树一块碑的说法。

但在《秦腔》中安排夏风这样一个人，一个作者自己的影子，

---

① 贾平凹：《〈秦腔〉后记》，http://news.china.com/zh_cn/news100/11038989/20070514/14095022.html。

却并非没有意义，在这里我们可以看出作者试图以家乡的眼光来看自己。在家乡人的眼中，夏风是成功的外来者，但同时也是无能的（对村里人的许多事情无能为力）、自私的（比如他对妻子白雪的态度）、与家乡有隔阂的（比如无法理解父亲夏天智对秦腔的热爱），我们可以将作者对这一形象的塑造视为对自我的一种反思。如果将夏风与引生联系在一起看，我们可以看出作者在对故乡态度上的内心矛盾或精神分裂：一方面，他试图以自己的眼光写出故乡，另一方面也试图以故乡的眼光写出自己；一方面对故乡的衰落深感惋惜，另一方面也认识到时代的变化使这一衰落成为必然。

在《高兴》的两个后记中，贾平凹写到了小说创作和“体验生活”的过程。与《秦腔》相比，作者投入的感情显然不一样，在《秦腔》中我们能感受到作者面对30年来农村变化时精神与情感上的强烈困惑。但《高兴》的感情并不那么强烈，我们能感受到作者关切的目光，但这种关切是外在的，并不是感同身受的。在这个意义上，我们可以说《秦腔》是从“生活”中来的，而《高兴》则是从“体验生活”中来的，能够“体验生活”虽然可贵，但如何让自己的感情更紧密地与之贴近，也是“体验”所不得不考虑的，这不只是《高兴》的问题，而且涉及了“现实主义”的一般理论与创作实践问题。

如果与1980年代成名的其他作家相比，我们可以发现，这些作家大多仍在1980年代的思想框架之中写作，他们把握世界的方式是抽象的，大多以一种抽象的观念凌驾于现实生活之上。而贾平凹则一方面突破了1980年代的主流意识形态，另一方面也突破了个人艺术上的局限，从优美走向雄浑，从小格局走向了大格局，这在《秦腔》中尤为明显，而之所以能够如此，与贾平凹对现实的关注密切相关。改革开放以来，中国农村一直处于变动不居的状态，贾平凹始终与这种现实的变动保持着有机的联系，因而他能够将农村最新的变化纳入自己的观察与思考之中。而另外一些作家则仍在关注1970年代或1980年代农村中存在的问题，不能将农村的新变化与新问题当作自己观察与思考的对象，因而只停留在旧的印象与旧的思维方式上。同时，贾平凹态度的真诚，使他克服了旧思维方式的局限性。他并没有整体上新的理论视野，而只是紧贴着现实，但正是对现实变化的关注，使他突破了时代与个人的局限，走向了一个更加开阔的艺术空间，而他之所以能够融入“底层文学”思潮，也与这种对现实的敏感有着密切的关系。

贾平凹的探索及其所取得的成就在当代文坛是引人注目的，他具体的创作方式虽然不无缺点与遗憾，但从中显示了当代中国文学的生机与活力。贾平凹的创作，既建构了底层的主体性，也建构着中国和中国文学的主体性，而这种“主体性”的建立，是中国文学走向新的辉煌的基础与必由之路，在贾平凹的身上，我们看到了这种希望。

第十四章 我们如何叙述农村

“乡土文学”的说法最早来自鲁迅先生，1935年他在《中国新文学大系·小说二集序》中指出：“蹇先艾叙述过贵州，裴文中关心着榆关。凡在北京用笔写出他的胸臆来的人们，无论他自称为用主观或客观，其实往往是乡土文学，从北京之方面来说，则是侨寓文学的作者。”① 后来也有人将所有关于农村的小说都说成是“乡土小说”，这虽无不可，但在严格的意义上来说则是不确切的。“乡土小说”往往以回忆的笔调描绘童年与故乡，虽然不无优美，但在写作主体与“乡土”之间却存在着不小的距离。“农村题材”的说法，来自新中国成立后对文学题材的划分，是与“城市题材”、“工业题材”、“军事题材”相对应的，其长处在于将农村作为社会主义建设的一个部门加以强调，缺点则在于划分过于简单、机械，忽略了文学的灵活性。今天的“新乡土小说”，应该在继承既往文学传统的基础上，发现农村中的新问题与新经验，并对一些“老问题”作出新的思考。

一、“故乡”的消失

鲁迅的《故乡》是现代文学的经典，它表达了现代中国人，尤其是现代知识分子的一种普遍经验。在这篇小说中，鲁迅表达了启蒙知识分子与乡村的疏离感，这种疏离同时也带着留恋、感伤与寂寞，不仅来自时间上的距离，同时也来自知识上的优越感或自卑感，可以说是新知识在面对旧世界时的一种态度：一个旧日熟悉的世界，在一

---

① 《鲁迅全集》第六卷，人民文学出版社1981年版，第247页。

种新眼光的注视下，呈现出了它黯淡乃至黑暗的一面，但同时知识分子又不能决绝地弃之而去。在这种疏离感与隔膜感的背后隐藏着不同知识——现代知识与传统中国的矛盾，同时也隐藏着文化与社会制度的深刻变迁。

在前现代社会，“故乡”或“乡愁”也是文人墨客经常吟咏的题材，但这里的“乡愁”只是空间或时间意义上的距离所造成的，“儿童相见不相识，笑问客从何处来”，虽然他们也有沧桑感与物是人非的感叹，但这种疏离感是可以弥合的，在主人公与故乡之间并不存在难以逾越的鸿沟。而之所以如此，原因有二：

首先，主人公和故乡、故乡的人们之间，在世界观、价值观、伦理观上是统一的。在以儒家思想为国家意识形态的传统社会中，在以血缘关系亲疏为序组织起来的“差序格局”人际关系网络中，尽管个人之间也会有差异，但总体上他们之间对人对事判断的标准是固定的，彼此之间是可以互相容纳的。而对于现代知识分子来说却并非如此，新的知识使他们有了新的世界观，同时也使他们与传统的宗法社会隔离开来。所以，在《故乡》中，鲁迅一方面留恋着童年的伙伴与美好时光，同时对现实中的人们却“哀其不幸，怒其不争”，在这方面，他的思想与情感是分裂的。

其次，在前现代社会的农村有一个乡绅阶层。在政治上，他们作为国家权力的延伸，参与乡村的治理；在文化上，他们作为知识分子，承担着维护教化与风化的责任，他们与乡村生活是融洽的，并没有现代知识分子与乡村的“隔膜”。但伴随着1905年科举制的解体，这一阶层也发生了种种分化，乡村中的文化人纷纷逃离乡村，到大中小各种城市定居①，而乡村也就成了没有“文化”的地方，或者说是只有旧文化、旧传统遗留的地方。于是，当现代知识分子回到“故乡”，会发现他所面对的是一个没有变化、没有活力的乡村，记忆中的美好与现实中的丑陋便难免会发生矛盾。在这个意义上，我们可以说鲁迅的《故乡》表达了一种普遍的现代情感与经验，这种经验不

① 参见罗志田《科举制废除在乡村中的社会后果》，载《中国社会科学》2006年第1期。

同于古代中国，也不同于当代中国。

如果说对于鲁迅来说，他的痛苦在于故乡是“不变”的而自己已经发生了变化，那么对当前的作家来说，痛苦不是来自于故乡没有变化，而是变化太快了，而且以一种自己意想不到的方式在发生变化：迅速的现代化与市场化不仅改变了农村的面貌，也改变了农村的文化以及人们相处的方式，而外出打工、土地撂荒等现象甚至从根本上动摇了人们对传统农村的想象。

如果说贾平凹在《秦腔》中，表达了面对故乡时的痛苦与难堪，那么郭文斌在小说集《吉祥如意》[①] 中，则充分表达了一种诗意化的乡愁。他的《大年》、《中秋》、《吉祥如意》等作品，将“乡愁”与“禅机”结合在一起，颇有韵味，而且其“乡愁”是丰富的，既有对故乡的怀念，也有对童年生活与传统民俗的回忆，交织在一起如一幅幅云锦。然而这种诗意化的表现来自于作者将写作的视角限定于回忆，一旦触及现实，便会呈现出尴尬的一面。

对于鲁迅来说，“故乡”还处于远方没有变化，而对于今天的作家来说，不变的“故乡”只能存在于内心。在这个意义上，我们或许可以说“故乡”已经消失了，与“故乡”相联系的一整套知识——祖先崇拜、宗族制度、民间风俗等，在现代化的冲击下已经或正在慢慢消失，而这一变化对现代中国人的影响似乎还未得到充分的重视与表现。

在《中国新生代农民工》、《中国新工人：迷失与崛起》等非虚构作品中，我们也可以看到，对新一代打工者来说，乡村已经成为回不去或者不愿回去的家，“长期在外的打工生活已经改变了打工者的观念和生活方式，一些打工者真的回老家的时候，即使已经盖了自己的房子，却发现自己很难适应那里的生活了。所以说，打工者‘不能回家’的原因是多方面的，客观原因是需要打工维持生计、需要挣钱盖房、没有假期，但是主观原因也已经越来越重要，就是打工者已经不愿意再回去了”[②]。

---

① 郭文斌：《吉祥如意》，宁夏人民出版社 2008 年版。

② 吕途：《中国新工人：迷失与崛起》，法律出版社 2013 年版，第 142 页。

当打工者离开乡村，而乡村只剩下老人、儿童、妇女的时候，我们一方面看到农村的衰败凋敝，另一方面也看到农民与土地的感情已经分外淡漠。这可以说是中国历史上前所未有的状况，作为农耕文明的国家，中国对土地的重视贯穿于所有历史之中，农民对土地的感情是深厚的，在20世纪，围绕土地的变革与革命更是牵动着所有中国人的心。比如《创业史》中的梁三老汉：“在土地改革的那年冬里，梁三老汉在他的草棚院里再也蹲不住了。他每天东跑西颠，用手掌帮助耳轮，这里听听，那里听听。他拄着棍子，在到处插了写着字的木橛子的稻地里，这里看看，那里看看。他那灰暗而皱褶的脸皮上，总是一种不稳定的表情：时而惊喜，时而怀疑。老婆嫌他冒着冬天的冷风在外头乱跑，晚上尽咳嗽一夜；但她稍不留意，草棚院就找不见老汉的影子了。她跑出街门，朝四外瞭望，果然，那罗锅腰的高大身躯，孤零零地站在空旷的稻地中间。”①

类似梁三老汉这样对土地饱含深情的农民，是我们以前经典文学作品经常描述的，但在今天，这样的“老式农民”已经越来越少了。这一方面说明我们正在经历前所未有的现代化进程，这一进程极大地改变了中国乡村，极大地改变了中国农民的情感结构与生活方式；另一方面，如此剧烈的变革冲击着传统乡村的文化与生态，也应该引起我们的思考：在这一进程中，作为一个人口大国，我们如何避免农业凋敝可能带来的粮食危机？作为一个文明古国，我们如何避免中国文化可能发生的内在断裂？

二、土地：问题的核心

土地问题是传统中国与20世纪中国革命的核心问题，但在当今关于农村的小说中，很少看到直接涉及土地问题的小说。这首先或许在于经历过土地改革、合作化运动以及“承包到户”，中国的土地问题不像历史上那么尖锐突出了；另一方面或许也在于，对于当今的作家来说，对土地问题的重要性尚缺乏充分的认识。

在王祥夫的小说《五张犁》中，五张犁是一个人物的名字。他

① 《柳青文集》第二卷，人民文学出版社2005年版，第15～16页。

们村里的地都被征了，被用作建高尔夫球场。五张犁是农村里以前干活的一个好手，但他出于对土地的热爱，每天还到他以前的承包地去干活，把原先属于他的那块地种得特别好，后来还把人家种的花草都拔掉了，被别人说是“神经病”，最后他被赶走了。这篇小说写出了五张犁对土地的感情，被剥夺土地之后那种无奈的、绝望的情绪。

陈应松的《弥留》讲述“父亲”在弥留之际，一一回忆起亲人所遭受的灾难，以及由这些灾难引起的家庭内部的伤害，在作者隐约的叙述中，灾难与伤害都来自于土地“集体化”，这就引出了小说最后的结尾，“父亲”死不瞑目的原因，是想最后埋在一块属于自己“私人”的土地上，但这样的要求是村长也无能为力的。这篇小说在艺术上不是很成功，但提出想有一块属于自己“私人”的土地的想法现在是很新鲜的，虽然理论界不断有人提出“土地私有化”①，但在小说中这样直接地表达出来是很少见到的。阎连科的《受活》以加入“合作社”、要退出“合作社”为小说的主要线索，但没有直接提到“土地”的问题。在赵树理、周立波、柳青、浩然等作家描写“合作化”的小说的落后农民那里，会坚持“私有”土地而不入社，他们也常常是被批判、教育的对象。而在经过“合作化”、“人民公社”，到实行“家庭联产承包责任制”的现在，以渲染苦难而争取“私有”土地的形象和小说是很少见的，这既是一个老的话题，也是新鲜的话题，这篇小说是有相当价值的。

关仁山的《麦河》表现了当下乡村中国正在实行的土地流转政策，以及面对这个政策麦河两岸的鹦鹉村发生的人与事。小说中的主人公曹双羊的创业道路是艰辛的，他穷则思变，投靠官员子弟合开煤矿，又扳倒老板独占企业，实现了原始的资本积累。他回归土地，在村里流转土地，搞规模经营的现代农业。鹦鹉村上城打工的农民越来越多，土地出现撂荒。曹双羊的麦河集团要跟乡亲们搞土地流转签约。因方便面厂资金紧张，曹双羊提前弄到农民的土地证，到银行抵押贷款，回来给乡亲们发放土地使用金，但这一切都是秘密进行的。

① 杨小凯：《为什么土地所有权私有化是当务之急》，http://www.eduww.com/bbs/dispbbs.asp?boardid=15&id=7429。

对待签约，农民心态非常复杂。在城里打工的人愿意流转，可是，像郭富九这样的老式农民就非常担忧，怕土地给糟蹋了。土地流转到麦河集团，曹双羊采用工业化经营管理，连年丰收，但是好多农民极为不适应这样的生活……

《麦河》从正面描述了曹双羊创业的过程，涉及了当代中国乡村的诸多深层次矛盾，让我们看到了土地流转过程中的复杂社会现象。在资本介入当代中国乡村时，乡村内部也发生了巨大的变化，在人与人之间、人与土地之间，传统的相互依存的关系在慢慢解体，而新的矛盾与新的问题则不断涌现，这既是中国乡村的新现实，也关系到中国乡村的未来。

土地问题是中国农村的核心问题，但在文学中却没有得到足够的认识与反映。美国人韩丁的社会学著作《翻身》、《深翻》、《大逆转》三部曲，以山西张庄为中心，对中国农村从土改、合作化到“承包到户”的整个过程有着深刻的反映，既写出了历史的复杂性，也让我们看到了革命成就的来之不易，很值得我们反思。今天，在中国土地制度可能发生重大变化的时刻，如果不从土地这个核心的问题入手，我们将很难深入认识农村的整体面貌。

三、新的问题与新的经验

当前描写农村的小说，大多仍局限于旧的主题，对于新出现的问题并不敏感，这不能不说是一个缺憾。当前农村出现了不少新问题，比如全球化市场与中国农村的关系、粮食安全与耕地问题、农业与农村的“工厂化”或“空心化”、转基因食品与跨国公司的控制、化肥农药的过量施用带来的影响等，而不少作家视而不见，应该说这一方面与作家的思想视野过于狭窄有关，另一方面作家也可能尚未找到适合的艺术方式加以表达。当然，我们并不是说作家一定要表达上述问题，但在这些问题出现之后，中国农村已非传统意义上的农村，它出现了一些新的因素，也使旧的因素在新问题中得到了新的表现或组合，如果没有新的视野，不仅无法理解当前的中国农村，更无法创作出具有新意的大作品。

在这方面，反而是文学之外的著作可以给我们一些启发。在

《寂静的春天》中，我们可以看到化肥农药的施用对自然与人类自身造成了多大的伤害；在《失窃的收成》中，我们可以看到跨国公司如何通过控制种子等的价格，造成了对印度底层民众与自然环境的巨大伤害；而在《拉丁美洲：被切开的血管》中，我们可以看到资本主义世界体系对发展中国家的血腥掠夺。如果我们不能认识到这些，甚至无法理解马尔克斯的《百年孤独》，因为这部著作并不是只有“过去现在未来时”，而是饱含了拉美国家底层民众的苦难与血泪。在全球化的今天，这些问题并不是只发生在纸面上，而是与我们的生活息息相关。大豆问题就是一个例子，正是由于跨国公司控制了中国的大豆市场，东北的大豆种植被冲垮，而进口的又都是转基因大豆，这一方面对中国的大豆产业造成了损害，同时对消费者的健康也会造成消极的影响。

现在也有一些作家关注农村中的新因素。鲁敏的《颠倒的时光》写青年农民木丹夫妇种大棚西瓜的经历，作者没有着重写他们经济收入的提高，或者劳动的辛苦、生活的困窘，而重点描绘了他们对“颠倒的时光”心理上的不适应。由于蔬菜大棚的出现，正常的四季循环被打破了，春种夏长、秋收冬藏，几千年来的农耕习惯，人与自然之间的和谐关系，在这里被完全颠倒了过来，这给木丹带来了精神上的困惑。在这里，小说触及了当前农村所面临的新问题，而且从独到的角度提了出来。如果仅从经济发展的角度来看，“大棚”的出现是一种飞跃，可以给农民带来更多效益，但如果从人与自然的关系、人内在的和谐来看，并不一定是一件好事，作者以细腻的笔触，描述了木丹在这一过程中的矛盾。

高建群的《大平原》为我们描述了中国乡村正在发生的巨大变化。祖父一代的逃荒经历，父亲一代的下放经历，以及“我”经历的乡村正在城市化的过程，让我们看到了中国乡村近百年的变迁，以及生活在“大平原”上那些人的苦难、辛酸与血泪。如果说祖父、父亲的命运仍然与传统乡村及其生活方式密切相连，那么“我”所面临的则是更加剧烈的变化，在“我”的面前，传统的乡村消失了，“家”也消失了，在那片土地上生长出来的不再是树木与庄稼，而是一片片楼房。

> 在土地被征用了以后，他们离开了自己的生身热土，被安置到了这里。按照政策，被解决了城镇户口，从而成为西京城的市民。而过去的村民小组，也成了街道委员会，镇政府则变成了办事处。但是，当握着这蓝皮户口本的时候，大家觉得，一切都不是那么回事。对自己的以后，多出了许多忧虑。……安置小区的一部分人，拿出自己得来的那为数有限的钱，开始瞎折腾，做点小本生意，买辆出租车，在街区开个洗脚房，等等。而大部分人茫然无措，不知自己干什么才好。他们的孩子，这些脱离土地的青年们，一部分在第四街区办技校里经过速成班培训，成为区内企业中一些做简单技术的蓝领。而另外一部分孩子，穿起制服、皮鞋，做了这些企业的门卫、保安。……也许，要真正成为西京城里的一个市民，要真正进入和融入西京城的主流社会，那还需要几代人的努力。①

在《大平原》中，我们看到传统的中国乡村在城市化进程中的命运。在城镇化之后，村民转变身份，成为市民，但是离开熟悉的乡土生活之后，他们还不能在城市中找到自己的位置，也不能找到适合自己的生存方式，这可以说是城镇化之后所面临的重要问题，同时这也将是中国乡村在此后长期面临的一个问题。传统中国文化与中国人的生活方式都是建立在农耕文明之上的，虽然在20世纪中国乡村经历了各种变革的激荡，但是“乡村”作为中国最基本的单位却始终未变，而今正在进行中的城镇化必将对中国乡村及中国文化的生态产生极大的影响，可以说这是中国乡村前所未有的变化。从“乡土中国”到“城市中国”虽然还有较长的路要走，但可以预见的是，随着这一进程的展开，“乡村”、“中国”都将会呈现出与我们经验中不同的样貌，这将会是一个重要的转折。

当然，不只是“城镇化”之后会面临新的问题，在“城镇化”的过程中也会遇到新的问题，我们以乔叶的《盖楼记》和郑局廷的

---

① 高建群：《大平原》，北京十月文艺出版社2009年版，第405～406页。

小说《上楼》为例来看。

小说《盖楼记》中的张庄和乔庄被规划为焦作市高新区的组成部分，这对张庄和乔庄的村民而言，虽然会从此失去赖以为生的土地，但也是一个千载难逢的脱贫机遇，他们可以趁着房屋尚未被拆、土地尚未被征之前抢建抢盖，以此获取更多的政府补偿。小说围绕着“盖楼”，开始了一系列故事的讲述。小说中的“我”，靠着多年的努力和奋斗，终于从焦作乡下调入省城郑州工作，成了这座城市中的体面人，渐渐与农村失去联系。某天，乡下姐姐一个关于“咱姨高血压犯了”的电话，将“我”拉回曾经生活了20多年的老家，并卷入了一场因拆迁而引发的盖楼事件当中。原来，“我”三姨妈之所以犯高血压，是因为盖房子。从城里退休回到乡下的她，听说要拆迁，就自顾自地挑头盖起了房子，用“我”姐姐的话说，“这一盖，上头一拆，钱一到手，多好”。没想到，三姨妈刚一有动静，村支书就带人过来把匠人们的工具没收了，姨妈跳脚跟支书吵了一架，便犯了高血压。“我”为了替姨妈打抱不平，在姐姐的撺掇下，决定帮她们盖楼。最主要的阻力当然来自村支书王永，他为人正直厚道，坚持原则。但直接阻力来自王永的弟弟王强，这个有些狡诈的支书弟弟，很想盖楼，却迫于他哥哥的压力不敢带头。为了“拿下”王强，让他成为同一条战壕里的兄弟，“我”、“我”姐姐和姐夫、三姨妈、退休教师赵老师夫妇等人，又是借钱，又是请客，费尽周折地拉拢王强。最后，在大家的共同斡旋下，终于抢在政府拆迁之前把楼给盖起来了。

《盖楼记》细致地呈现了农村在城市化进程中的历史细节和复杂微妙的农民心理，逼近生活真相，呈现出了内在的生活逻辑，同时表现出了作者的困惑与矛盾；叙述简练、自然。但作品也有值得思考之处：“我”与底层乃至自己亲人的关系，是高高在上的，是“哀其不幸，怒其不争”的，其中很多描述虽然真实，但又很残酷，甚至对自己的姐姐、姐夫也有某种程度上的“歧视”。作品中“我”的“介入”只是为了个人或家族的“私利”，而并非作为一个公共知识分子去谋求公共利益，甚至当“私利”与公共利益发生矛盾时，很鲜明地站在前者一边。最突出的一个例子，是“我”出谋划策、合纵连横，去对付一个不谋私利的村支书，在这里，“我”反而成了“公义”的破坏者。以上的问题涉及作家与叙述者“我”的关系，也涉及非虚构与“小说”的关系。“我”的“介入”调动了个人的社会资源，是在承认“潜规则”的前提下，最大可能谋取私人利益（为自己的姐姐增加了6万元赔偿）；“我”的写作是一种“公共性”，而这种“公共性”的表达只是表达了谋取私人利益的过程，公共性与私利之间存在的矛盾与分裂。——但无论如何，小说细腻而真实地呈现出了“城镇化”过程中农民的心态及他们的生存技巧，虽然他们无法改变拆迁的进程，但也以他们的方式参与了“博弈”。这部作品也让我们看到了城镇化中复杂而真切的现实场景。

郑局廷的《上楼》写的就是当今农村中出现的“上楼”。所谓上楼，是对农村城镇化、农民改变身份成为城镇居民的一种形象化描述，即农民在出让耕地之后，搬入楼房，开始楼上楼下、电灯电话的生活。小说以夏家圪村民拆迁为线索，“随着城市化的快速推进及工业化的迅猛发展，工业项目像雨后春笋一样在城郊周边倏地冒了出来，把工业园挤得满满当当，唯有夏家圪自成一体，成为名副其实的‘都市里的村庄’”。办事处主任曹军祥出于热心，为孤岛夏家圪引进一个大项目，98户农民签订了搬迁“上楼”协议，项目落地后，村子的发展、农民的收益无疑都能有较大的提高。然而，拆迁工作遇到了未曾预料的问题。养猪大户夏继承因不满拆迁赔偿，两次上访，给曹军祥造成了极大压力，拆迁迟迟不能展开。夏继承要求拆迁补偿的金额与投资评估公司评估的赔偿金额相差100万元。夏继承为了达到自己的目的，暗中联络村民，建立攻守同盟，答应将未来得到的赔偿款分给他们，使拆迁阻力倍增。最终，曹军祥将自己应得的100万奖金充当了村民的拆迁补偿款，及时化解了一起群体暴力事件。《上楼》从基层干部的视角写了“上楼”过程中各方博弈的过程，让我们看到了城镇化复杂进程的另一面。

对于当代中国农村来说，经验不是“自明”的，并不是待在农村就能够对农村有整体性的理解。只有打开新的理论与历史视野，才能有新的发现与新的可能性，也才能更加深入地走进农村的“生活”，希望“新乡土小说”能为我们提供更多丰富而新鲜的经验，能为我们提供更多优秀的作品。

第十五章　如何开拓乡村叙述的新空间

现在的中国乡村已经与传统乡村有了很大的不同，传统中国乡村以土地关系为核心，以小生产者的经营方式为主，形成了稳固的生产关系，并形成了影响深远的家族文化。20世纪，中国乡村经历了一系列变革，从“土地改革”到“合作化”、“人民公社”，再到“家庭联产承包责任制”，土地关系以及人与人的关系经历了几番调整，可以说经历了天翻地覆的变化。而对于现在的中国乡村来说，同样面临着前所未有的变化，这主要表现在：①中国乡村内部面临着巨大的变化。比如传统家族文化的解体，人与土地关系的淡漠，新的生产方式的出现，等等。②中国处于剧烈的城市化进程之中，这不仅对城市有着巨大的影响，也让乡村发生了巨大的变化，最主要的表现是青壮年劳动力大量进城，这不仅影响到乡村的社会经济秩序，也影响到了道德伦理秩序等不同层面。③中国乡村置身于资本主义全球化的语境中，中国乡村所面临的问题便不仅仅是乡村的问题，也不仅仅是中国的问题，而是与世界紧密联系在一起。比如粮食安全问题、食品安全问题、转基因食品问题等，就不仅仅是乡村或中国的问题，而是全球性的问题。在这样的视野中，“乡村”便不是远离城市的遥远之处，而是与每个人息息相关的所在，也不是落后于城市数十年的保守之地，而是与城市共处于同一世界的空间。或者说，正是中国乡村构成了中国乃至世界的底座，在当今的世界体系与中国的社会结构中，中国乡村处于双重性的底层，这是我们考察当今中国乡村及其文学叙述所必须具备的视野。

一、历史视野中的“乡村巨变”

中国乡村正处于剧烈的变化之中，这一变化可以说是中国历史上前所未有的，但这一变化尚未被我们的作家充分认识到。如何认识并把握这一变化，可以说是对中国作家的重大考验，而要认识到这一变化，我们不仅要诉诸个人的现实体验，也需要宏观的历史视野，只有在一个大的视野中，我们才能意识到变化的发生及其意义。对于这些变化，我们可以列举几个方面。

（一）传统文明的“解体”

中国乡村的宗族制度与家族文化经历了数千年的历史，在20世纪已经受到了较大的冲击，而当前正处于激烈的解体过程之中。宗族制度与家族文化对于中国乡村来说，不仅起着人际关系的组织作用，而且构成了传统社会价值观与世界观的重要部分，这一文化的解体对中国乡村的影响将会是根本性的。

（二）“土地”的贬值，人与土地关系的淡漠

在中国历史上似乎从未发生过这样的情况。传统社会中人与土地有着密切的关系与深厚的感情，一部中国乡村史就是围绕土地所发生的悲欢离合的故事。不仅传统社会是这样，20世纪所进行的“土地改革”、“合作化”、“人民公社”、“家庭联产承包责任制”等，也都是围绕着土地的所有权所展开的。而今天，伴随着现代化与城市化进程，“土地”作为一种生产资料越来越不重要，青年大量离乡进城，也让他们与“土地”在感情上越来越疏远，对于现在很多“80后”、“90后”的农村青年来说，不会或不愿做农活是普遍的状态，这对于中国乡村乃至中国的未来都将会产生深远的影响。

（三）中国人“生命意识”与伦理观的变迁

在我们这个时代看似自然的东西，在中国历史上却是前所未有的，它们正在悄然改变着我们对中国与世界的认知。比如，计划生育政策与独生子女政策，从根本上改变了中国人的生育观念与生命意识；进城打工所造成的夫妻长期分居，其数量之大也是前所未有的，而这已经对中国传统的道德伦理观念造成了极大的冲击。以上所说的只是几个方面，如果以历史的眼光来看，我们可以发现中国乡村正处

于空前的剧烈变化之中，而这样的变化为我们的作家提供了千载难逢的机遇与丰富的素材。

在文学史上，乡村的变化是文学关注的中心之一。从丁玲的《太阳照在桑干河上》、周立波的《暴风骤雨》中，我们可以看到“土地改革”时期的中国乡村；在赵树理的《三里湾》、柳青的《创业史》、浩然的《艳阳天》中，我们可以看到“合作化”时期的中国乡村；在周克芹的《许茂和他的儿女们》、古华的《芙蓉镇》、路遥的《平凡的世界》中，我们可以看到改革开放时期的中国乡村，可以说，我们讲述中国乡村的故事就是在讲述中国的故事，只有中国乡村的故事才是最为深刻丰富的中国故事。而在今天，我们则面临两个问题：①我们如何才能讲述中国乡村的故事？我们能否描述出中国乡村所发生的巨大而深刻的变化？②在乡土文明瓦解与城市化的历史境况中，中国乡村的故事是否仍能代表中国故事？——对于我们来说，讲述中国乡村及其变迁的故事，关注的不仅仅是“乡村”，而且是中国人在当今世界的遭遇，我们需要讲出现代中国人的“故事”。

以《红楼梦》为例，对于现代中国人来说，《红楼梦》呈现的是一个“昨日的世界”，它表现的是传统中国人的日常生活、情感结构与精神空间。我们对于《红楼梦》的世界是既熟悉又陌生的，自《红楼梦》诞生以来的200多年，中国人的生活与内心已发生了天翻地覆的变化，但仍有不变的因素，这为我们阅读《红楼梦》提供了一个有趣的差异性视角。比如，《红楼梦》中对以家族亲缘关系为核心的人际关系有着微妙的描绘，细致地呈现出了人物之间的亲疏远近及相应的礼仪，可以说是传统中国家族文化精妙而形象的表现。而在现代社会，家族不再是社会组织的主要方式，以“核心家庭”为主的现代家庭观念也极大地消减了“家族”的内涵。但是，中国人对血缘亲情的重视是一脉相承的，而在不同人际关系的相处上也积淀了中国人独特的文化。又如，宝玉、黛玉、宝钗的爱情故事是《红楼梦》的主要情节，但以今天的眼光来看，不仅近亲婚恋是天大的禁忌，而且他们之间表达情感的方式也过于保守了。不过从整体上，含蓄、幽微而又隐秘的表达方式正是中国人情感的主要特点。再如，儒释道三教合一的宇宙观与世界观，构成了《红楼梦》的思想空间，对于经受过现代思想与科学洗礼的中国人来说，《红楼梦》中的某些人物与情节未免是“不真实”的，但《红楼梦》对世事无常的沧桑感喟，其苍茫而又细微的艺术风格，却凝结了中国人数千年的经验与美感，在今天仍能唤起我们内心的认同。

我们将《红楼梦》的背景与现代中国加以比较，并非为了确认现代人的优越感，恰恰相反，自从进入现代以来，中国人尚未形成真正独特的既“现代”又“中国”的价值观，也尚未出现既“现代”又“中国”的集大成式的作品，而且中国至今仍处在巨大的转型之中，我们所经历的是激烈而又全面的社会变革，这在中国历史上是前所未有的。在世界范围内也是绝无仅有的，在这样的历史时刻，重温《红楼梦》，也是将我们的现在与过去相联系，并一起去探索我们的未来，在这个意义上，我们可以说《红楼梦》是传统文化的恩泽，是现代中国人挥之不去的“乡愁”。当然，我们更希望能够出现“现代《红楼梦》”，出现可以充分表达出现代中国人生活经验与内心世界的伟大作品。

二、世界文学中的“中国乡村”故事

从现代化的角度看，我国现在类似于欧美国家资本主义发展的早期阶段，在这样的历史时期，不仅乡村的经济与社会秩序处于瓦解之中，而且人们的传统观念也处于崩溃之中。如马克思、恩格斯在《共产党宣言》中所指出的：“资产阶级在它已经取得了统治的地方把一切封建的、宗法的和田园诗般的关系都破坏了。它无情地斩断了把人们束缚于天然尊长的形形色色的封建羁绊，它使人和人之间除了赤裸裸的利害关系，除了冷酷无情的‘现金交易’，就再也没有任何别的联系了。……一切固定的僵化的关系以及与之相适应的素被尊崇的观念和见解都被消除了，一切新形成的关系等不到固定下来就陈旧了。一切等级的和固定的东西都烟消云散了，一切神圣的东西都被亵渎了。人们终于不得不用冷静的眼光来看他们的生活地位、他们的相互关系。”[①] 但是在欧美资本主义的早期阶段，涌现出了一些批判现

① 《马克思恩格斯选集》第一卷，人民出版社1972年版，第253～254页。

实主义的文学大师，比如，英国的狄更斯，法国的巴尔扎克、司汤达，俄国的托尔斯泰、陀思妥耶夫斯基，美国的德莱赛，等等，但是在我国，尚未出现能够概括这个时代的大作家与大作品，这不仅在于中国作家的艺术能力，而且在于我们缺乏把握历史的理论与历史眼光，我们需要在世界文学中讲述出“中国乡村”的故事。

以“乡下人进城”的故事为例，不少作家都写到了这样的故事，在一个城乡剧变的年代，这样的故事也是很普遍的，但如何将这样的故事写得深刻、细致，写得独一无二、不可代替，仍是我们的作家需要努力的。在司汤达的《红与黑》之中，我们可以看到一个来自乡村的男青年如何“自我奋斗”的故事，在德莱赛的《嘉莉妹妹》中，我们可以看到一个乡村青年女子如何向往城市并在城市中逐渐堕落的故事，这些故事也都是每天发生在我们身边的故事。但在这两部名著中，这些故事不仅仅是“故事”，而且蕴含着丰富的社会历史内涵，它们不仅为我们奉献出了于连·索黑尔、嘉莉妹妹这两个在世界文学画廊中栩栩如生的形象，而且通过他们的命运与遭际，让我们看到了社会的丰富层面以及作家的批判性思考。在于连与嘉莉妹妹身上，我们可以看到社会、时代乃至人性深处最激烈的矛盾与痛苦，所以他们既生存于具体的社会现实之中，也超越了那个时代，让我们可以感受到那种最为深刻的“人类之痛”。而我们当前的作品大多仍停留在“故事”的层面，这样的故事根本无法触及时代的核心问题，更无法谈到超越时代了。

再以托尔斯泰为例，在托尔斯泰的《战争与和平》、《安娜·卡列尼娜》等作品中，我们可以看到他对待乡村的矛盾态度。一方面，他对乡村中的“农奴制”深恶痛绝，认为这是造成社会不平等的根源，从而在小说中乃至在现实中进行改造的实践；另一方面，在道德伦理层面，他却更认同于乡村中的传统观念。在《安娜·卡列尼娜》中，我们可以看到，与安娜“堕落”并列的另一条线索，是列文如何获得幸福的过程。这样矛盾的态度可以说是一代知识分子的核心矛盾，托尔斯泰在小说中不仅写出了他对社会的观察与思考，而且写出了他对传统乡村社会的留恋与赞美、对资本主义生产关系的批判。在我们这个时代，传统的乡村社会也处于瓦解之中，新的生产关系正在重新组织乡村社会的秩序，在这个意义上，我们的历史处境与托尔斯泰是相似的，但是我们能否意识到这一切？能否像托尔斯泰把握他的时代那样切入我们的时代呢？

陀思妥耶夫斯基《罪与罚》的主人公也是从乡村来到都市的青年。在笔者看来，《罪与罚》凝聚了 19 世纪后期最为深刻的思想矛盾与精神痛苦，这个时代的俄罗斯正处于从传统社会向现代社会的巨大转型之中。在社会层面，是封建农奴制向资本主义生产方式的转变，而在精神层面，传统的东正教信仰受到了前所未有的冲击，来自欧洲的无政府主义、个人主义、共产主义、无神论等新思想，在俄罗斯思想与文学界掀起了滔天巨浪，涤荡着人们的心灵世界，究竟是该信仰上帝还是该信奉无神论？是该保持传统的生活方式还是要追随西方？是站在穷人一边还是站在新兴的富人一边？面对这些重大问题，每个人都置身其中，不得不作出自己的思考与选择。在某种意义上，我们可以说《罪与罚》正是对上述问题的回应。小说的故事很简单，主人公拉斯科尔尼科夫是个穷困潦倒的大学生，他崇拜拿破仑，想靠个人奋斗干出一番事业，但是他缺乏发展的最初条件，为此他杀死了一个放高利贷的老太婆，可此后他却陷入了巨大的恐惧与精神危机之中。小说围绕“一个人为了伟大的事业，是否可以杀死一个渺小的人”这一主题，从多个侧面展开了激烈的辩论与痛苦的挣扎，这一辩论在拉斯科尔尼科夫的内心展开，也在他与持不同思想的朋友之间展开，在他与警察的猫鼠游戏之间展开，也在他与妓女索尼娅的相爱过程之中展开。他在索尼娅的感召下，从深刻的痛苦中开始信仰上帝之爱，最后他平静地接受了法律的刑罚，但是在内心中，他仍然存在着深刻的怀疑。陀思妥耶夫斯基的小说擅长刻画人的心灵深处的奥秘，《罪与罚》以激烈的戏剧冲突呈现出了一出惊心动魄的思想悲剧，让我们看到了那个时代最深刻的精神矛盾，以及超越于时代之上的对人类灵魂的深入剖析。

中国为什么没有产生这样的作品？从 19 世纪中期以来，中国不仅经历了艰难而曲折的历史，而且中国人的价值观与道德伦理观念也发生了天翻地覆的变化，从“三纲五常”到集体主义、理想主义与社会主义，再到以金钱为核心的价值观，中间发生了那么激烈的转变，可以说每个置身其中的人内心都是动荡不安的，但是我们却很少看到有人为此而痛苦，也很少看到有作家能够写出中国人的“心灵史”。相对于陀思妥耶夫斯基，我们缺乏的是感受这个时代精神痛苦的能力，而要创造出这个时代的经典，我们需要像陀思妥耶夫斯基一样具备思想的能力、理解他人的能力以及艺术创造的能力。

当我们从“现代化”的角度，将我们的当代经验与欧美国家资本主义初期阶段进行比较时，也应该认识到其间的不同之处：①我们处于21世纪，与19世纪已经相差了近两个世纪，处于不同的历史境遇；②我国是社会主义国家，社会主义的传统有着深远的影响；③中华文明是与西方文明迥然不同的文明。以上这些因素决定了中国乡村的现代化和全球化过程与19世纪文学大师所表现的现实有着很大的不同，也决定了中国的乡村故事是更加丰富、复杂、独特的，如何在世界文学的视野中讲出中国乡村的故事，对当代中国作家来说，既是诱惑，又是挑战。

三、“乡村巨变”与艺术的创造性

上述分析很容易让我们以为“现实主义”是乡土叙述的唯一方式，事实上并非如此，忠实地记录历史的变迁可以作为文学的追求之一，但并非文学的全部。作为一种“心灵史”，文学相对于理论著作、历史著作与社会学著作，可以让我们深刻、形象地触摸到人物的现实经验与内心世界，而作为一种艺术，文学无疑更应该具有美学上的追求，有作家独特的风格与独特的艺术世界。然而，这一切需要建立在对当代乡村深刻洞察的基础上，只有在此基础上，才能够真正具有艺术的创造力。

以上论述强调了中国乡村的剧烈变化，然而在这些剧烈的变化中是否有不变的因素？我们能否认识并把握这些不变的因素，并将之作为艺术创造的对象？在这方面，鲁迅的《阿Q正传》恰好给我们以启示。在鲁迅的《风波》、《离婚》、《祝福》等小说中，我们可以看到鲁迅小说对现实生活的深刻描绘，但鲁迅的着力点并非在此，鲁迅所着重的是对民族心理结构的把握与刻画，这一点在《阿Q正传》中得到了最为突出的表现。在《阿Q正传》中，我们虽然可以看到辛亥革命前中国乡村的世态风情，但更加重要的是他对中国人乃至人类心理情感结构的刻画。鲁迅艺术上的创造性表现在他对现实的穿透，为我们呈现出了一幅精神的图景，在这个意义上，这是更为深刻的现实主义，画出了人类灵魂的一个侧面。鲁迅在变化中写出了“不变”的因素，写出了亘古至今的一种“现实”，这也是艺术的魅力之一，他让我们看到了比直接的现实更深刻的内容，让我们看到了更深处的“真实”。

在马尔克斯的《百年孤独》中，我们看到的不只是拉美社会的百年历史，还有丰沛的想象力以及艺术上的创造，它为我们打开了一个神秘的艺术世界；在艾特玛托夫的《一日长于百年》中，我们可以看到历史、现在与未来以一种独特的方式交织在一起，为我们呈现了一个丰富的想象空间；而在福克纳的《我弥留之际》、《八月之光》之中，我们看到的也不只是历史现实，而是叙述方法上的创造。——然而对于我们来说，在今天，往往更容易重视这些作品在叙事上的创新，而忽略它们所包含的社会历史内涵。我们应该认识到，是表达的需要在推动叙述方法的革新，而不是为了创新而创新，如果我们忽略了《百年孤独》与拉美历史的关联，忽略了《八月之光》与美国南方社会的联系，便不能深刻地理解这些作品。然而，从另一方面来说，我们不仅要重视社会历史内涵，也要注重艺术上的创造。只有在把握社会现实的基础上进行艺术创造，才能行之久远。

“多年之后，面对行刑队，奥雷良诺·布恩地亚上校将会回想起，他父亲带他去见识冰块的那个遥远的下午。”《百年孤独》这个著名的开头让很多中国作家为之着迷，它所创造的“过去将来进行时”不仅为我们打开了一个多维时空，而且那种回环缠绕也体现了一种独特的语感与美感。这是一种真正的艺术创造。我们可以欣赏并学习这种叙述方法，但似乎不必顶礼膜拜。在笔者看来，李商隐《锦瑟》中“此情可待成追忆，只是当时已惘然”一句，不仅是“过去将来进行时”，而且蕴含着更丰富的意蕴，对“当时”的不同理解既可以指向将来，也可以指向过去；而在佛经中，“如是我闻，一时佛在舍利城”，“如是我闻，一时佛在忉利天”中的“一时”也同样具有更丰富的时态，既可以指向过去、现在、将来，也超越了具体的时空，为我们打开了更为丰富的想象空间。

对于当代中国作家来说，我们具有前所未有的思想艺术资源，近百年来，国外的重要经典作品大多已经译成了中文，可以充分地借鉴，而且相对于同时代的国外作家来说，我们还有丰富的传统文学资源可以借鉴，这对于中国作家来说是一个优势。我们不必盲目崇拜，也不必妄自菲薄，更为重要的，我们正在经历一个剧烈变化的时代，在这样的时代，中国的都市与乡村都在发生飞速的变化，我们的世界图景乃至我们自身也都在发生巨大的变化，如果我们能够深刻地把握这个时代，并在艺术上作出新的创造，必定能够创造出这个时代的经典，我们应该讲述出这个时代的“中国故事”，应该在世界文学的视野中讲出我们的故事，这既是对当代作家的一种挑战，也是其前所未有的机遇。

第十六章 “打工文学”的问题与前景

一、“打工文学”的兴起

近年来，“打工文学”引起了文坛的广泛关注。深圳文联的杨宏海先生是研究“打工文学”的专家，据他的研究，“打工文学”在1980年代就已经出现了，他还将“打工文学”的发展分为三个阶段。但是，“打工文学”引起全国性的关注，大约在2004年，在那之后，深圳关于“打工文学”召开了三次会议，每年一次，引起了越来越广泛的重视，这与“底层文学”大体是同步的，所以在这个意义上，我们可以将“打工文学”和“底层文学”看作在新世纪崛起的两个思潮，或者说是“重视底层”这一文艺思潮的不同侧面。

“打工文学”的兴起，表明了打工作家的创作能力，以及他们构建自身主体性的努力，同时也反映了打工者群体的文化需求得到了社会各方的广泛关注，这对于当代中国具有重要的意义。当沉默者开始说话时，必然会给我们打开一个新的空间，让我们重新认识打工者，重新认识底层，重新认识我们这个社会。在这方面，打工文学的出现已经达到了一定的效果，但由于社会规范与美学规范的限制，可以说还没有发挥其应有的作用。从总体上来说，现在“打工文学”还只是作为一个文化现象被讨论，这一讨论是由地方政府或文联、评论家、作家促成的，它们也都从中获得了相应的关注或利益，是一种多重性的“双赢”。但就文学来说，除了郑小琼、浪淘沙等少数人之外，其他作家还没有足够的创作实绩，也还没有形成独特的个人风格，如果“打工文学”要持续发展，还需要作家们不断的努力。

因此，讨论以下几个问题是必要的。首先，“打工文学”能否代表打工群体的整体利益与根本利益？“打工文学”能否代表打工作家的心声？其次，地方政府或文联的极力推举对“打工文学”有什么影响与利弊？再次，在“纯文学”原则的规范下，“打工文学”是向既有的美学标准靠拢，还是在发展中确立自身的审美标准？这三方面因素的综合，将决定着“打工文学”的未来。

首先，“打工文学”能否代表打工群体利益？

“打工文学”与“底层文学”虽然有所不同，却是同一种潮流的产物。知识分子固然不能毫无障碍地为底层“代言”，而打工作家也并不天然地代表打工者，但他们之间是可以互补的，如果能将他们各自的长处结合起来，有可能建设一种新的文学。

其次，“打工文学”与官方行为的关系。“打工文学”引起广泛的关注，与深圳政府与文联的大力支持是分不开的，现在深圳还为这些打工作家做了一些“实事”，包括解决户口、调入文联工作、召开研讨会、出版书籍等，这对于作家是好事，也树立了深圳作为“打工文学策源地”的形象，是一种“双赢”。但在这个过程中，也会出现一个问题，那就是这些作家在脱离打工生活、成为一个“作家”之后，是否还能写出“打工文学”？是否还能代表打工者的利益？“打工文学”是否还能保持自身的独立性与批判性？在北京召开的“打工文学论坛”上，也有不少学者提出这些问题，他们呼吁要防止“打工文学”被“收买”，这个词或许言重了，却显示出了“打工文学”面临的困境。

一个现实的问题是，“打工文学”按道理应该表现打工者生活上的苦难与精神的困窘，但在与地方政府或文联发生密切的关系之后，这样的描写是否会被接受？或者在什么程度上可以被接受？是否会受到限制？如果照实写，是否会被认为是在为政府的形象抹黑？如果不照实写，又怎样保持“打工文学”的特质？这是一个悖论。地方政府与文联的重视带来的另一个问题是，在目前我们所能看到关于“打工文学”的讨论中，参与讨论的几乎都是深圳的作家，可以说“打工文学”引起全国性的关注与深圳文联的努力是分不开的，但从另一个角度来说，这对其他地方的打工作家也起到了一定的遮蔽作用。深圳作为改革开放的先锋，出现"打工文学"与打工作家是可以理解的，在深圳之外，也有"打工文学"与打工作家，但现在这一部分作家却没有得到足够的关注。这可能需要一个过程，但笔者希望"打工文学"不局限于深圳，或许在不同的"地方性经验"的基础上，我们才能看到"打工文学"在全国的整体性面貌，而这也才能使"打工文学"得到更好的发展。

再次，是"打工文学"与既有"美学原则"的问题。现在一个有意思的现象，就是打工作家一旦成名，就不愿再被称为"打工作家"了，而愿意直接被称为"作家"，这样的心情是可以理解的，被称为"打工作家"总好像有被照顾的意思，因为打工者的身份，或者因为"打工文学"的潮流，而被称为"作家"，似乎更能显示个人的创作实力，是靠"文学"而不是靠"打工"得到承认的。不只是作家，一些评论家或读者也会认为，将某人称为"底层文学"作家或打工作家，总好像包含着照顾或勉强认可的意思。笔者却没有这样的意思，相反，认为"底层文学"与"打工文学"有可能创造出一种"新的美学原则"，一种不同于当前文坛主流的审美标准。

当前文坛主流的审美原则是1980年代以来逐渐形成的，这是一种精英的、西方的、现代主义的美学原则，而"新的美学原则"应该对此有所超越，是底层的而不是精英的，是中国的而不是西方的，是包容各种创作方法而不只是现代主义的。但这种美学原则也应该不同于1940—1970年代的"人民美学"，相对于"人民美学"，它应该保持独立性与批判性，应该保持对目的论与本质论的反省，应该有更多的思想资源与艺术资源，并在此基础上有新的发展与创造。这种"新的美学原则"并不是对"人民美学"与1980年代美学的绝对排斥，而应该在对它们的继承与扬弃中发展出来，在当前，我们已经看到了这种"新美学"的各种萌芽，应该加以关注并促其成长，而不应该"棒杀"或"捧杀"。

比如于怀岸的《台风之夜》，这篇小说写两个打工者被工厂开除后，和几个打工的小兄弟前往一个靠近海边的小城的过程。一路上遇到了各种事情，被赶下车，打架，遇到杀人的场面，碰见一个找儿子的老人，忍着饥饿和寒冷在高速公路上步行，而这些都发生在一个“台风之夜”。小说将自然界的狂风暴雨作为背景，具有一种强烈的象征性，写出了这几个年轻的打工者在动荡不安的时代中艰难的跋涉。再比如宋唯唯的《长河边的兄弟》，写两个农村小孩的生活和他们的心思，与邻居小朋友玩，到姥姥家去，等待外出打工的父亲，小说虽然有些冗长，但细腻地写出了这两个小孩的世界——外部世界与内心世界，也写出了父亲在外打工给他们的生活带来的巨大影响。像这样的小说，写出了我们这个时代的新经验，并在此基础上发展出了新的美学萌芽，很值得我们关注。

但遗憾的是，不少“打工作家”努力的方向不是创造新的美学，而是竭力向文坛既有的审美标准靠拢，这有可以理解的原因，比如可以在现实秩序与文学秩序中获得一席之地等。但笔者认为，如果只是简单地认同现有的美学原则，而忽略了个人经验与美学的独特性，是一件极为可惜的事情，这样做既使个人的文学事业行之不远，也无法在整体上对中国文学有所推进。

可以说，“打工文学”的发展离不开对上述问题的回答，如果“打工文学”能真正代表打工者的利益，能摆脱地方文联重视所带来的不利因素，能发展出一种自身的美学，那么必将会有一个美好的未来，而这也必将给中国文学带来整体上的一个转变。反之，如果“打工文学”不能代表打工者的利益，匍匐在既有的社会规范与美学规范之下，那么在不久的将来就会成为明日黄花。

二、深圳的新生代打工作家及作品

深圳的新生代打工作家置身于社会变革的最前沿，他们不仅感受着新的经验与新的现实，而且在艺术上也有自己的探索与追求，以下我们以毕亮、陈再见、付关军、唐诗为例，对他们的作品做一些分析。

（一）毕亮作品

毕亮是一个在情感与技术上已很成熟的作家，他善于发现生活中隐秘的真相，并能选取独特的视角加以表现。

小说《外乡父子》以打工者“我”的视角写一对“打工父子”

的生活故事，“男人”带着父亲出来打工，住在出租屋中，“我”帮人收房租，也以旁观的角度观察着他们。小说通过“男人”在工厂打工、失业、收破烂、照顾父亲、思念女儿、找“小姐”等事情，写出了他困窘的现实生活与内心世界，但这样的困窘也是属于“我”的。小说以《孔乙己》式的视角与语调，写出了打工者无望的生活。

《消失》写的是一个房客将房子转租给一对青年大学生的故事，他在他们身上看到了自己当初的影子：初闯世界的激情，以及两人之间的深爱，而他也预示了他们的未来：屡遭挫折之后的颓废与委顿，恋人之间的争吵、反目与伤害。小说中挥之不去的气味不仅暗示着一场情杀，而且象征着梦魇一样的生活氛围。

《铁风筝》写马迟与杨沫的相亲故事。“铁风筝”是马迟送给杨沫儿子的一件礼物，小说表面上写他们两人的相亲过程，但是通过银行、骆驼、狙击手等反复地出现，暗示了一个更为隐秘的故事：杨沫原先的丈夫是一个骆驼饲养员，为给儿子治病铤而走险去抢银行，被公安局的狙击手击毙，而这个狙击手正是马迟，为了照顾杨沫和她的儿子，马迟隐瞒身份来相亲……小说将最具戏剧性的核心情节隐藏在背后，在平静的叙述语调中暗含着波澜，给人留下了丰富的想象空间。这篇小说在叙述技巧上颇为成熟，从一个很小的入口切入，将不同的叙述元素有机地结合在一起，有力地暗示了一个更加丰富的世界。

毕亮的另一篇小说《绝活》，故事虽然简单，却包含着极为丰富的内涵。小说中，父亲在南方打工，轧断了一条腿。爷爷要将这个消息告诉读高中的孙子，孙子正好带同学来家里，爷爷无法说出口，而孙子却与他的同学们打扑克、调笑着，对爷爷颐指气使、呼来喝去……小说在三代人的命运之间展开，远在他乡受伤的父亲，默默承受的爷爷和娇纵任性的孙子，展现了当代农村代际之间的隔膜，以及留守儿童的心灵问题。其中，爷爷与孙子心理上的对峙和沟通的困难尤其构成了一种现实与心灵的悲剧。小说从爷爷的视角展开，这是一个孤独的驼背老人，他的儿子儿媳在外打工，孙子在县城读书，他一个人在家中生活，只能与一头青牛说话，他的生活世界是空缺的，在得知儿子受伤后，他也只能捡起做篾匠的绝活，默默地为儿子编织了一条“腿”。他的生活方式是传统的，曾经“是园艺场四里八乡闻名的篾匠”，但是“自从流水线上生产的塑料制品茂盛起来，市场打开传到乡下，老人这门手艺就慢慢丢了”。我们可以看到，无论在生活层面还是在技艺层面，这都是一个“过时”的老人，不再为人所需要。而他的生活世界与生活方式——千百年来中国农村习以为常的也处于瓦解之中。成长中的孙子对这一切却是漠然的，他只沉浸在个人的世界之中，在祖孙二人平静的隔膜背后，隐藏着惊心动魄的内心风暴与社会危机。

（二）陈再见作品

陈再见的《张小年的江湖》、《变鬼记》等小说都从儿童视角来切入，从他们的眼中展现出了一个不同的世界。

《张小年的江湖》写张小年初涉“江湖”的故事，从偷家里捡的饮料罐，到抢小朋友的钱，到撬别人的门窗，再到偷锡渣，张小年在盗窃的路上越走越远，而这不仅在于他的好奇，而且在于困窘的家境与“江湖”的逻辑。小说的最后，张小年得到了救助，但明显的说谎虽然可让他解脱困境，却又让他的未来蒙上了一层阴影。小说通过对张小年心理与内在逻辑的揭示，让我们看到了一个孩子的世界及其堕落的可能性，不能不发人深省。

《变鬼记》写的是“我”的童年故事。银剩是“我”和金枪、国雄的玩伴，他们对鬼都很好奇，二叔爱讲鬼故事，他死了，传说与一个女鬼结合了。“我”和银剩因新来的女老师而发生矛盾，互不理睬。学校闹鬼，女老师到“我”家去借宿，“我”去侦察，果然发现了鬼，落荒而逃，第二天才听说，银剩在学校的阳台上摔下来死了。小说通过对死亡与鬼的描写，让我们看到了乡村儿童的世界及其好奇心。

（三）付关军作品

付关军的《天梯》、《血蝴蝶》、《欲望之城》，写出了都市中青年人的压力与欲望，以及人性被扭曲的过程。

《天梯》中的冯小北与暖暖相爱，决心在城市里买了房子后就结婚，但是购房的压力实在太大，虽然意外得到了一位成功人士的帮助，但是离付清首付还差6万块钱，短时间内无法筹措到这笔钱。为了散心，冯小北与认识的一位美女去了丽江，回来后，这个被富豪包养的女人给了他这笔钱，而当他回到家时，暖暖也疲倦地拿回了一笔钱……

《血蝴蝶》中的“我”与周玲玲相爱已久，共同渡过生意的难关，但宋小梦闯入了“我”的生活，与“我”缠绵悱恻。到后来“我”才知道宋小梦是生意伙伴派来的谍报人员，“我”在生意上一败涂地。宋小梦也离“我”而去，在这个时候，“我”才知道自己的真爱在哪里。

《欲望之城》写一个奋斗者唐山与一个富家女崔梦的恋爱故事。唐山与同学郑小梅相恋，在艰难的环境中共同奋斗，但年轻貌美的郑小梅禁不住诱惑，最后离他而去，唐山处于惨败的境地。他的经理崔梦虽然出身富家，但因为长得丑嫁不出去，两个人很快就走到了一起。此事令公司里的人议论纷纷，郑小梅使得唐山离开了崔梦，去独自奋斗。他的事业很快就有了起色，并且逐渐发达了起来，在邀请原先的同事聚会时，一位同事挑明了他事业成功的背后一直有崔梦暗中相助，深感震惊的唐山找到在产房的崔梦，对她说：“亲爱的，我们结婚吧。”

付关军的小说充满了戏剧性与传奇性，从一个侧面揭示了当代都市生活瞬息万变的复杂性，让我们看到了在欲望的挑逗下人性的种种扭曲与变形。但另一方面，语言的芜杂与结构的随意，也在一定程度上削弱了作品可能达到的艺术性与深度。

（四）唐诗作品

唐诗的作品《尘埃里的行者》、《病》、《工厂里的病》，让我们看到了一颗在风沙中磨砺成长的灵魂。

《尘埃里的行者》写“我”打工生活的记忆，最早出来谋生的艰难深刻地烙印在“我”的心头，我们可以看到“我”如何在辗转中挣扎，如何在困境中挣扎。

《病》写了“我”对病刻骨铭心的感受，“该从哪说起呢？关于这身体里的病。是从脚踝处的伤开始，还是说额前永不消停的痘？碍人眼的是这该死的手腕，和皮肤上面淡淡的耻辱的痕”。作者从乡村记忆写到城市生活，写到不同的病对“我”的伤害，而这种伤害不仅在于身体，而且在于心灵，它们是如何深刻地改变了“我”对世界的感觉与认知。

《工厂里的病》以男性“我”的视角，写到了乡村与家庭中性关系的混乱以及给一个少年人带来的耻辱，到工厂后，“我”对傅霞的追求、相恋最后以失败告终，而“我”竟然幻想将她奸杀。当看到一则关于轮奸的新闻后，“我的人格又在分裂：一方面我强烈谴责丧心病狂的犯罪分子；另一方面又觉得自己就是那个犯罪者……”这部作品向我们展示了现实生活的残酷，以及主人公的内心是如何逐渐变得强硬的。

唐诗的作品深入到了生活的底部，让我们看到了真相及其残酷性。但语言与行文的率性随意也降低了对生活揭示的力度。

每一个打工者都有自己内心的疼痛，每一个打工作家都在表达自己的经验与思考，但是，如何在这些共同的体验中发掘出个人最独特的部分？如何寻找到最适合自己的艺术表达方式？这是摆在每一个打工作家面前的问题，只有从这些问题出发，新生代打工作家才能创作出真正属于自己的独一无二的作品。在以上这些作家作品中，我们可以看到一种新的美学的萌芽，且让我们拭目以待。

三、周述恒和《中国式民工》

周述恒和《中国式民工》受到了很大的关注，固然与“民工”这一社会问题相关，包括现在的“民工荒”，以及此前涉及民工的各种社会问题，比如“讨薪”、工伤、留守儿童等。这部小说关注打工者群体，从他们的视角、思维与经历去写，呈现出了他们生活的原生态，以及不同打工者的人生选择，贴近现实，贴近人生，既可以在打工者群体内部引起共鸣，也可以让其他群体或阶层认识、了解打工者的生活与感受。而在当下的经济环境中，我们可以越来越清晰地看到“打工者”的重要性。在金融危机的影响下，中国经济发展的动力很大一部分来自打工者的艰辛劳作，所以“打工者”会引起人们的高度关注，官员、企业家、学者会从不同的角度重视“打工者”，社会民众也会有很大的兴趣，因而这部表现打工者生活的小说也会引起各方重视。

这部小说引起广泛的关注，还有一些具体的、可能不为人重视的原因。首先，作者周述恒本人就是一位打工者。这一方面会让人觉得作品凝聚了作者的人生体验，更加真实，更加自然，另一方面也会形成媒体关注的一个话题或热点。其次，这部作品的体裁是长篇小说。在当下的文学界，长篇小说是一种最受关注的体裁，也更容易在市场上获得成功，这一点只要我们看看每年文学类的畅销书就会知道。最后，这部作品的传播媒介是网络与出版社，这是一种新型的文学传播方式，在网络上可以凝聚人气，正式出版则可以提高阅读的品质，两者相得益彰。

《中国式民工》确实提供了不一样的生存体验。以前，我们的作家包括“打工文学”作家也会关注打工者，但是还没有一部作品能像《中国式民工》一样，从作者个人的体验出发，全方位地写到打工者的生活以及他们人生道路上遇到的种种波折。对于专业作家来说，确实存在着体验生活不够的问题；而对于“打工文学”作家来说，则存在着另外的问题，一是他们描写打工者的中短篇小说或诗歌，只呈现了打工者生活的某一片段或侧面，没有呈现出生活的“整体性”；二是一旦个人的境遇发生了改变，就在感情上不再认同于打工者群体，而更愿意做一个“作家”，同时在美学上也竭力向主流的规范靠拢，从而削弱或丧失了自身的独特性。尽管如此，专业作家与“打工作家”关注打工者，本身就是一件值得提倡或鼓励的事情，相对于以前的漠视或忽略，是一个很大的进步。他们的作品也各有其长处，比如专业作家的作品一般艺术性会高一些，“打工文学”作家虽然可能写的只是一个片段，但会写得比较深入，可以发现生活中的新经验。作家们应该取长补短，从而创作出更优秀的作品。

《中国式民工》应该说是在这一潮流之中涌现出来的，并属于这一潮流的一部分，它并非对此前关于打工者作品的否定，而是一种承续或强化。

《中国式民工》对底层题材写作具有一定的借鉴意义，它是从内部而不是从外部来进入打工者群体的。作者对打工者的身份有一种强烈的认同感，并且调动了个人独特的生活与审美经验，所以在他的笔下，呈现出了一个打工者的世界，这个世界中的每个人都有自己的喜怒哀乐，有自己的人生选择，有自己的伦理观念与生活逻辑，所以它不是一个概念化的“底层”，而是呈现出了底层人生活与精神上的丰富性。

这与从外部视角去看是完全不同的，在一些影视或文学作品中，我们可以看到它们表现的“底层”是单一的，所有人似乎都是一样的，没有表情，没有内在的心理逻辑，而只是代表“底层”的符号，在故事情节上也只是竭力渲染他们的苦难。他们的生活中当然有苦难，并且是很深重的苦难，但是苦难并不是生活的全部，他们每一个人都有自己的喜怒哀乐，每一个人都是鲜活、生动、具体的形象，我们的作家只有在细微、差异中表现出每一个底层人所思、所想、所为的不同之处，才能在整体上呈现出一个更加丰富的底层世界，而这则需要我们的作家更加深入地体验底层的生活，在情感上更加投入，思想上更加认同，而不只是同情。

“真实”是文学作品尤其是现实主义文学应该具有的一种品质。而这部作品不仅“真实”，而且“真诚”，作者写作的目的不是为了要写出一部“小说”，而是要表现自己的生活，要说出自己想说的话。所以，在这部小说中，我们可以看到很多不合“文学常规”的表现方法，比如作者会插入一些议论，会插入一些关于民工现状、工伤、城管、留守儿童等问题的调查、统计与社会新闻，这些议论与社会学资料打断了故事的叙述，在阅读上会对读者造成障碍，是一般的“文学创作”所不取的。但出现在这部作品中，我们是可以理解的，因为我们知道，作者写到这里不吐不快，他所关注的不仅仅是主人公的处境与命运，而且是造成这一处境的社会原因，而这些议论与材料则为我们提供了相关的社会背景，丰富并开阔了我们的思维空间。当然，在具体的表达方式上，可以做更为艺术化的处理。

但在这里，笔者想强调的是作者写作的状态，他给我们的启发是，只有出于“真诚”，贴近“真实”，才能“不隔”，才能真正走进读者的内心。古人说“修辞立其诚”，一部作品写出来，总是要表达自己的内心，而只有写出灵魂与生命中最真切的疼痛才能够打动人心，而这则与那些编造故事或无病呻吟的作品不同，尽管后者中有的也不乏“文学性”，但在“血与泪”的文学面前，仍不得不黯然失色。

现在的媒体或社会民众关注文学一般都会关注已经成名的作家，所有的希望与失望都是因他们而发，于是这些主要是1980年代成名的作家便成为文学界的“权威”或“明星”。一方面，他们凝聚了社会各方面的关注，另一方面，他们的生活或审美经验已经凝滞，或者落后于时代，如同电影界的“第五代”一样。近年来不断有著名作家推出新作，但是令人满意的并不多，在这个意义上，人们对“圈内”作家的失望也是可以理解的，这是问题的一个方面。问题的另一方面是，文学界也不断有“新人”在涌现，他们有对生活与时代的新的观察、思考与表达，发现了新的生活经验与新的审美要素，更加贴近我们这个时代的现实与精神处境，但是这些作家却没有得到更多关注，如果我们将目光更多地投向他们，会发现我们的文学还是大有希望的。

“纯文学”与“畅销书”并不构成截然的对立，优秀的“纯文学”也可以卖得很好，而好的“畅销书”也必然在艺术上达到了一定的程度，或有某方面的特色。但是1980年代以后，“纯文学”作品或者“向内转”，或者只注重在形式、语言、技巧方面的探索，而忽略了外部世界，忽略了社会、时代与人们置身其中的现实，于是在今天便处于读者日益减少的困难境地，但是这种情况也正在发生转变。六六、李可与周述恒的出现与受到欢迎，也恰恰在于他们写出了现实中人的困境与问题，他们的描述真切、具体、可感，所以会受到社会的普遍接受，但是在他们的作品中，也存在一些艺术或思想上的问题，如果要创造出我们这个时代的“经典”，仍需要对这些问题加以克服或解决。

这些作品在“文学性”上都有不成熟之处。对于这些作品的评价，我们需要考虑两个层面。

首先，这些作品都引起了社会的广泛关注，它们所涉及的打工者的处境、办公室政治以及白领阶层的购房压力等，确实是我们这个时代的重要问题。从这些作品的畅销程度、接受方式以及接受阶层等方面，可以看到我们这个时代的精神症结，或者弥漫于整个社会的情绪，所以，即使从社会学的角度，也应该肯定这些作品的价值。

其次，从文学的角度来看，这些作品也存在一些不足。以《中国式民工》为例，虽然我们做了充分肯定，但它在艺术上也有缺点，比如人物形象不够生动鲜活，故事的安排有些随意，语言也有些粗糙。如果我们的作家在文学上有更大的抱负，应该在这方面做更多的探索，不能停留于对社会问题的反映，而应该刻画出处于这一问题之中具体人的性格，及其深刻、丰富、细腻的感受，这样，即使将来这些社会问题解决了，我们仍能感受到人物与艺术的魅力。比如托尔斯泰小说中写到的农奴制问题，鲁迅小说中写到的封建思想的压迫问题，现在早已不存在了，但他们的作品并不因为这些问题的消失而失去魅力，而仍然可以艺术的力量打动人心。

笔者认为文学应该关切现实，只有在现实中才能有具体而丰富的感受，在这方面，这些作品可以说是对此前“纯文学”的一个有力纠正，但如何将这些具体的感受写得更加开阔、深刻与细腻，在形式上更加完美，则需要作家们在“文学性”上作出进一步的努力。

四、“新工人美学”的萌芽与可能性

“新工人艺术团”的文艺与社会活动吸引了越来越多的目光，但是他们的意义尚没有得到更加深刻而清晰的认识。在笔者看来，至少在以下几个方面，他们可以为未来中国及中国文艺的发展提供借鉴。

首先，他们有着清醒的身份与阶层意识。他们清醒地认识到自己属于新工人群体的一部分，他们代表这一群体发言，并试图以文艺的方式凝聚起后者的经验与情感，改变这一群体涣散无力的状态。在当前中国的社会结构中，新工人群体处于城乡之间、阶层之间的巨大夹缝与鸿沟中，他们是当代中国发展的主体与动力，但在现实中他们却被压榨、歧视、伤害，甚至难以维持最基本的生活条件，这可以说是一个巨大的不公与不义。面对这样的不公平，很多人视而不见，也有人从中渔利，甚至很多底层青年也都转身而去，千方百计去追求个人意义上的“成功”。但是“新工人艺术团”不同，他们始终将自己的命运与这个群体联系在一起，他们自觉地认识到自己属于这一群体，他们对新工人所受到的压榨、歧视、伤害感同身受，不同的是他们将这些疼痛与耻辱升华为艺术，转化为改变的动力，唱出了新工人群体

心中的歌，也在与后者一起探寻着改变世界的途径与方法。

其次，他们的艺术来源于生活，来源于内心真切的感受，他们的艺术也与生活紧密联系在一起，成为组织生活的一种方式，成为精神生活的重要形式。“生活是文艺创作的唯一源泉”，但在现实中，我们更多看到的却是艺术与生活之间的割裂，很多文艺作品并非来自生活中的真情实感，而是以华丽的形式掩饰内容的空洞。如果我们将“打工春晚”与央视“春晚”比较一下就可以看出，“打工春晚”虽然简陋质朴，但是节目都言之有物，是从他们的生活中生发出来的；而央视“春晚”的很多节目只注重炫目的舞美、灯光、造型，节目的内容却是苍白空洞的，无法真正深入人的内心。在这个意义上，“新工人艺术团”的“打工春晚”可以为将来文艺的发展提供启示。

最后，他们的实践不仅探索新工人的出路，也在探索中国乃至世界的出路。在充斥着消费主义与原子化个人的社会氛围中，他们坚持“合作”，探寻着将生产与消费结合起来的健康生活方式，探寻着破解城乡二元对立的新思路。“新工人艺术团”的主要成员在一起工作、生活，以类似公社的方式将个人与集体紧密联系在一起，这可以说是对原子化个人的一种克服，也将理想与实践结合起来，探寻着新型合作的可能性。再以同心农园为例，在食品安全危机之下，现代城市人对蔬菜水果质量的担忧愈益加深，同心农园提供小块土地供城里人亲自种植，他们还可以亲近土地、颐养身心，而这也为同心农园及当地村民带来了可观的收入，可以说这样的探索为构建新型的城乡关系、人际关系提供了一种新思路。

在笔者看来，“新工人美学”不能简单地以现有的文学标准加以评价，现在的文学评价体系是建立于1980年代初期的，是以精英化、现代主义、面向海外为主要特征的“新的美学原则”，以这样的美学原则来评价新工人的创作，显然是不恰当的。评价新工人的创作，应该结合1980年代以来的“新的美学原则”与1940—1970年代的“人民美学”，结合新工人创作的具体实践，形成一种新世纪的“新工人美学”。但这一美学显然仍处于萌芽与未完成状态，我们可以尝试着勾勒其主要特征：①在立场上，“新工人美学”应该站在新工人及底层民众的立场上，书写他们的生活经验与内心世界。②在艺术上，“新工人美学”应该创造出自己的高级文化，即可以与经典作品相媲美但又与之不同的新经典，也就是说，我们不能因为立场正确而忽视美学上的追求，只有这样，“新工人美学”才足以与资产阶级美学相竞争，并在整体文艺生态中处于先进的位置。③在与生活的关系上，“新工人美学”应该从生活中来，到生活中去，来自生活中的真切感受，并在生活中起到重要的作用。当然，对生活的重视并非否定对经典作品的借鉴，但经典作品只是流而非“源”，我们可以继承，但不必模仿。④在发展方向上，“新工人美学”应该继承“人民美学”与“新的美学原则”的不同探索，在融会中创造出新的中国文化与中国文艺。

以这样的美学标准来观察新工人的创作，大多新工人的作品在立场上及与生活的关系上都可以达到一定的水准，但在艺术上及对美学原则的探索尚不够。对处于萌芽状态的“新工人美学”来说，我们也不必求全责备，或许更重要的是建设性的意见，以下笔者将结合获奖作品及相关问题，略做一些分析。

首先要说到体裁。在新工人的创作中，诗歌占据着绝大多数。这有着可以理解的客观原因，新工人大多是在高强度劳动之后的业余写作，诗歌简短易学，不占用太多时间，也能抒发他们的情感，或许这是诗歌被新工人广泛采用的原因。值得关注的一个问题是，不少新工人广泛使用旧体诗词、对联等形式，这些体裁的创作显示了一部分新工人具有较深的旧学功底，但问题在于其内容与情感较少新鲜感，或许是旧形式内在的规范性太强，他们很难以此表达出新的经验与情感。比如打工者的思乡之情有着丰富的时代内涵，但以旧体诗词的形式表现出来，便与“乡愁”、“闺怨”等传统诗词中的主题和情绪没有太大差异了，我们很难从中看出新工人此时此地的独特体验，他们的情感似乎被传统的形式“格式化”了，主要是旧形式无法表达新情感的缘故。这里又涉及如何借鉴与继承传统形式的问题，在一般的意义上，笔者并不反对以旧形式写新感情，但关键在于旧形式很容易束缚、规范情感，抹杀了新工人在新世纪中国打工这一特定主体、时空、事件的独特性与新颖性，让他们的经验与情感归于“一统”，他们生命体验中最独特、最有价值的部分反而得不到彰显，这便本末倒置了。在笔者看来，只要能表达出最独特的经验与情感，采取任何形式都是可以的，现有的形式难以表达，甚至还可以进行新的创造，旧体诗词等形式当然也可以采用，但这应该有助于独特生命体验的表达，而不是相反。

与旧体诗词相比，新诗似乎更能表达新工人独特的经验与情感，在形式上也更加自由。《大地上的素描》、《城中村》、《在远方（组诗）》、《矿工（组诗）》、《城市山歌》、《麦秸诗十二首》、《阿优诗十首》等优秀作品，让我们看到了新工人的所思所想所感，以及他们在美学形式上的探索。

如唐以洪《大地上的素描》中的《蚯蚓》一诗：

一截流着血
从我左边的身体爬出来
另一截，也流着血
从我右边的身体爬出来
它们是怎样断裂的
我不知道，也不想知道
这些年，我缝合了
很多件破旧的外衣
却没有针线和办法将它们
缝合在一起
我只能装成一个旁观者
眼睁睁地看着它们
分别在故乡和异乡
蠕动着

在这首诗中，“蚯蚓”既是具象的，也是一个比喻，作者通过蚯蚓及其断裂的意象，生动、深刻地表达了作者内心中故乡和异乡的“断裂”。诗歌的开头突兀而形象，让我们以为是在以拟人的手法写蚯蚓，但从“它们是怎样断裂的”到“缝合在一起”，我们可以看到作者所写的并非蚯蚓，而是内在的自我，缝合与无法缝合、外衣与蚯蚓的对比，更强化了蚯蚓断裂这一意象，也显示了内在伤痕的剧烈与创痛。“我只能装成一个旁观者”，不是旁观者，而“装”成旁观者，表现了作者面对这一断裂的态度，既有疼痛与坚忍，又能以平静的目光观察自省，而“蠕动”一词既贴合蚯蚓的动作，也显示了卑微渺小，以及创伤的剧烈程度。整首诗流畅自然，但包括着丰富深刻的内在体验，写出了打工者在故乡与异乡之间生命体验的断裂与痛楚。

再如吴开展《在远方（组诗)》中的《请求》：

那些在老家成长的孩子们
顽皮天真是你们的天性
你们都是好孩子，但你们要听我的请求
不要欺负我的女儿
她是你们的同学，好乡邻，小伙伴
与你们情同姊妹弟兄

这些年，她的爸爸出门在外
她显得越发羸弱，伶仃孤僻
少了自信。想哭时只能躲进妈妈的怀抱
找不到爸爸阳刚的肩膀
没有爸爸在身边，她少了许多话语
快乐，缺了很多技艺和刚强

今天晚上，她又在电话里哽咽哭诉
把我的心都哭碎了，枕头都哭湿了
我真想丢下手中的机器，回去陪着她
回去和你们好好谈谈心，请你们也一起来
关爱她，这个有父亲生没父亲带的孩童

这首诗写出了一位外出打工父亲复杂微妙的心情，面对留守在故乡的女儿被同学欺负，他无能为力，只能“请求”老家的孩子们关爱她。在这首以书信体写就的诗歌中，既有讲理（“与你们情同姊妹弟兄”)、讨好(“你们都是好孩子”)、劝慰(“她是你们的同学，好乡邻，小伙伴”)，也有自责(“没有爸爸在身边，她少了许多话语/快乐，缺了很多技艺和刚强”)、解释(“她的爸爸出门在外/她显得越发羸弱，伶仃孤僻”)、愧疚(“有父亲生没父亲带”)，也有伤心(“把我的心都哭碎了，枕头都哭湿了”)、愿望(“我真想丢下手中的机器，回去陪着她”)、期盼(“请你们也一起来/关爱她”)。在一首短短的诗歌里，汇聚了如此复杂而幽微的情感，作者似乎信笔写来，但内在的情绪却饱满而富有层次感，让我们看到了一位父亲孤单无助的心情及其勉力有所作为保护女儿的尝试。

其次，关于题材的问题也值得讨论，那就是新工人是否只能写“新工人”这一社会身份带给他们的经验与感受？是否可以（或提倡）写除此之外的情感内容？比如新工人作为一个“个体”对祖国的深厚情感，或者新工人作为一个“人”，面对自然万物抒发自己的细微发现与感动。从理论与实践的角度来看，这样的书写呈现了新工人的丰富性与层次感，但从“新工人”的身份来说，这样的作品似乎模糊了特定身份带给他们的独特感受。其实在这样的作品中也不乏佳作，比如瑶瑶的《冬天的树》（节选）：

孤零零地立着
任凭寒风
吹落最后一片枯叶
冬天的树
卸去沉甸甸的负重
轻轻地思索
昨天　现在　未来

这首诗中所表达的情感并不一定与“新工人”的身份及感受直接相关，作者对“冬天的树”这一意象及情感、色调的描述，为我们展现了一幅萧索的场景，以及在孤单、寒冷中忍耐及期待转机的心情。这样的情绪可以来自新工人，也可以来自其他社会阶层的人。那么，新工人是否可以超越自己的身份描绘更为广阔的世界呢？在笔者看来，这是应该的，也是必须的。新工人立足于个人独特的经验，以开阔的视野去触摸整个世界，这正显示了他们心灵的开放与完整。但另一方面，我们应该强调类似这样对世界的感觉，应该是从新工人的视角去看的，尤其在新工人处于弱势的情况下，如何表达出新工人的经验与情感是应该最先考虑的，只有在这个基础上，我们才可能拥有一个更为宽广的世界。

值得一提的是，口述这一体裁或类型以往很少被纳入“文学”的范围内评选，而多是作为社会史的一种调查方法。但考虑到“新工人”的文化或文学水平，以及他们讲述个人经历的愿望及其社会价值，从《工人抱团来取暖，集体谈判争权益》、《路到桥头自然直》、《我的打工生涯》、《一个职业病工友的自述》等作品中，我们确实可以看到新工人的独特经历与体验，以及他们在残酷现实面前逐渐团结起来“抱团取暖”的过程，这不仅是他们个人的经历，也是当代社会发展中富有历史性的时刻，当新工人逐渐具备自我意识与阶级意识时，将有可能改变中国乃至世界的未来。

散文同样如此。在《病房七友》、《爱，在工厂的夹缝》、《看燕子垒窝》、《孩子眼里的拆迁》等作品中，我们可以看到社会总体变迁中新工人的感受。比如《孩子眼里的拆迁》是按“五年级下册语文书165页习作要求”，让学生写自己感受最深的事情，文中选摘了五位学生对“拆迁”的感受，其中一位叫王子健的学生写道：

> 这次拆迁我有很大的感受，那就是我从没见过拆迁是什么样子的，这一次我看到了。拆迁就是把你的家拆了，多么可怕的事情。可是拆了，还是有好处的，可以盖楼房，可是要住上楼房是很贵很贵的，我们住不起，想也不敢想。现在的房子很贵，因为大家都在找房子住。据说刚毕业的大学生工资还不够租楼房住呢！
>
> 拆拆拆，拆完什么时候能盖完，盖完也很贵，比现在更贵。

这样的拆迁在我们的社会中已经司空见惯了，但出自于一个孩子的眼中，仍不能不令人讶异、感慨，我们为孩子提供了一个怎样的世界？

他们将为我们带来一个怎样的未来？这是我们不忍也不敢想象的，但我们必须面对。

新工人创作的小说也大多是从他们的生活境遇出发的。《死无对证》写在工厂受伤的刘老汉讨要赔偿不得，最后被迫自杀的故事。《蓝色的星期天》写一位年长的男工与一位女工之间相濡以沫的故事，他们之间虽然不无心动，却是纯洁的。当女工告诉“我”她的男友来找她时，“我”心中五味杂陈，但很快冷静下来，“我很快找到了答案：和她在一起的星期天，本不应该属于我，是我的不冷静而误入歧途。下个星期天，应该是俩年轻人和好的好日子，苦尽甘来!”如此简单而朴素的感情，显示了新工人内心及生活世界的单纯。不过相对来说，小说并非新工人创作的长项，或许他们尚未找到一种将自己复杂的生活经验相对化，并以审美的形式加以表达的途径。我们相信，随着越来越多新工人加入文化创造和文学创作，他们将会为我们提供一个崭新的艺术世界，这将极大地改变当前中国的文艺状况，并将为中国与世界探索出一条新的道路。

第十七章　“非虚构”文学中的底层叙事

2010年，《人民文学》杂志开设了“非虚构”栏目，发表了一系列作品，“非虚构”这一新的文体也开始为文学界所瞩目。此后，伴随着《人民文学》“非虚构与文学的可能性”研讨会的召开，以及“人民大地”写作计划的公开招募，“非虚构”更是成为文学界的一个焦点。但是，何谓“非虚构”?“非虚构”在什么意义上值得推崇?“非虚构”有什么样的理论与传统资源?“非虚构”与以前的报告文学、纪实文学有什么区别与联系?“非虚构”的边界在什么地方?——这些问题却并没有得到深入的认识与探讨。对于一种新兴的文体与新的文学现象，我们自然不必苛求，但是只有经过充分的讨论与争鸣，才能使这一新的文学形式得到健康持久的发展。

一、“非虚构”：问题与方法

“非虚构”的提出及其在文学界引起的广泛影响，让我们意识到这样的提法切中了我们这个时代文学的病症，这一概念的核心是对“虚构”文学所存在的问题的一种反思或反拨，试图以一种更直接的方式重建文学与世界的关系。而在方法上，这一概念则是对既有文学形式与分类的一种超越，它以一种新的区分（虚构/非虚构），打破了现有的小说、戏剧、散文、诗歌的文学格局，以文体变革的形式呼唤一种文学思想与文学观念的革命，让我们以“真实”（非虚构）的方式重新认识世界，重新认识自我，重新认识文学，去发现时代变革中的新的经验与新的体验，创造出这个时代新的美学与“新的文学”。

“非虚构”之所以有意义，就在于它直面我们这个时代，切中了当前文学中所存在的问题，为我们理解世界打开了一个新的渠道。“理解世界”并不是一件容易的事，因为我们置身于一个瞬息万变的社会之中，我们所得到的信息大多并非来自亲身体验，而现在的文学也并不以“真实”作为自己的追求，在这样一个时代，重建文学与世界的关系既是重要的，也是艰难的。

1980年代中期以来，在“先锋文学”等文艺思潮的影响下，文学开始注重文学的形式、技巧与叙述方式，注重个人内心世界的探索与主观情绪的捕捉，注重对西方现代派文学的借鉴与学习。这对校正以往文学倾向的偏差具有历史意义，但也造成了另外一个后果，那就是在文学“向内转”之后，开始忽略文学的社会性与当代性，忽略文学与世界的关系，使文学仅仅成为艺术技巧的演练与个人情绪的抒发，从而失去了与当代世界的有机连接。而这又因为以下原因而形成了巨大的反差，那就是中国社会的急剧发展，社会结构及其各个方面都发生了巨大的变化。当文学在一个巨变的时代仍然抱残守缺，拒绝参与时代的话题，那么其命运注定是无法乐观的。于是我们可以看到，在这30多年间，“文学”的位置发生了天翻地覆的变化，在1980年代文学不仅走在社会的前面，而且走在思想文化界的前面，很多值得讨论的思想命题都是由文学界率先提出，并产生了积极而广泛的影响；而今天则恰恰反过来了，文学不仅在思想文化界越来越不重要，甚至落在了普通社会民众的后面。或许这也是文学读者越来越少的重要原因之一，当作家仅仅关注个人的艺术而不关心这个世界时，被这个世界所忽视也是可以理解的。2004年“底层文学”的出现，可以说是文学直面现实的一种努力，而现在，“非虚构”的提出，也可以说是对这一文学状况的反思，是重建文学与世界关系的一种尝试。

“非虚构”的出现，不仅是对文学的反思，同时也是进入“世界”的努力。我们置身其中的这个世界，并不是不言自明的，要了解这个世界，不仅需要知识的丰富积累，而且需要个人的亲身体验。

以梁鸿的《梁庄》为例，梁鸿是一位评论家，但在这部书中，她却以纪实的方式直面农村的现状，写出了她所观察和理解的“故乡”。这样一种尝试与探索，可以说来源于两种不满，首先是对当前文学作品的不满。这些作品与农村“真相”的隔膜，促使评论家不得不直接拿起笔来，写出她所认识的“真实”。其次则是对自身评论工作的不满。文学评论作为思想文化领域的一种工作，与社会现实之间是一种更加“间接”的关系，如果长期陷于符号与知识的生产，便会与社会现实更加隔膜，而这样的写作方式使她摆脱了羁绊，直接面对具体的现实，突破了“从文学到文学”的内在循环。

再如慕容雪村的《中国，少了一味药》，这是作者冒着生命危险深入一个传销组织内部调查之后所写的一部作品。平常我们也可以看到关于传销的新闻，但并不了解其内幕，只有进入这一组织内部，只有在读了这部作品之后，才能看到这一组织内部的运作方法，才能看到现代的“洗脑”方式如何以赚钱为诱饵进行赤裸裸的欺骗，而这样的组织就存在于我们习以为常的城市生活附近，构成了某些城市生活的一部分。如果我们不了解这样的生活，又怎么可以说理解城市，理解这个世界？

萧相风的《词典：南方工业生活》也是如此，在这部作品中，作者以词典的形式向我们展示了他打工生活的体验，在那一个个词语中，凝结着作者的体温与情感，凝结着“打工”生活的辛酸、苦涩与欢笑泪水，这些鲜活的生命体验非外人所能道出，只有在那样具体的生活环境中摸爬滚打多年，才能够如此熟稔、如此痛切。“打工”是中国社会转型期间的一个重要现象，即使我们并未有过打工的经历，但打工者与我们的生活密切相关，可是谁又能够真正了解他们的生活？萧相风的作品细致地描写了打工者生活的各个方面，为我们打开了了解这个群体的一扇门，让我们可以进入打工者的生活及其内心世界。

以上三部作品虽然题材不同，笔法各异，但是作者都从个人的体验出发，为我们写出了不同的小“世界”，这些真实自然的描述拓展了我们的视野，丰富了我们对世界的整体理解。

对于置身于世界之中的个体而言，个人的经验是有限的，而社会的整体转型与生活节奏的加快，也使个人的经验呈现为碎片化的状态。在这样的状况下，如何构建一个完整而稳定的个人经验，如何理解“世界”并确定个人在其中的位置，便是一个我们必须面对的问题。这需要我们对生活及其各个方面有深入的了解、体验与实践，并在此基础上重建世界的“整体性”，只有这样，我们才有可能对“世界”有一个清醒的认识。“非虚构”的价值在于，它鼓励创作者去深入不同的生活领域，以亲身体验的方式去探索，从人们习焉不察的地方重新出发，去发现生活世界的丰富、复杂与微妙，将一个个“小世界”及其内部风景呈现在读者面前。在这里，体验、介入以及“行动”[1]之所以重要，就在于充斥我们日常生活的信息大多来自于媒介，来自于间接的经验，我们的生活与自我意识在很大程度上是“虚构”的，是没有痛感、没有血肉、没有体温的。在这种情况下，如何突破这个苍白的“自我”与世界，需要我们去“体验”、“介入”与“行动”，只有在这样进入世界的过程中，我们才能够丰富我们的生命，丰富我们对自我与世界的真切认识。在这个意义上，我们可以说，“非虚构”的出现，不仅是对当前“文学”的反思，也是对世界、媒体的重新认识。它所提倡的方法是体验、介入与行动，而这正是针对上述问题的一剂良药，也是通向真实世界的一个途径。

二、“非虚构”的界限与传统

2010年，在《人民文学》“非虚构”栏目下所发表的作品共11篇，这些作品在内容与形式上各不相同，呈现出丰富多彩的样态，这既说明“非虚构”本身的包容性，同时也显示出“非虚构”这一命名尚未真正形成一个有特定内涵的概念。在这些作品中，韩石山的《既贱且辱此一生》可以归为“自传”，李晏的《当戏已成往事》、土摩托的《关于音乐的记忆碎片》、刘亮程的《飞机配件门市部》可以归为“回忆录”，祝勇的《宝座》可以归为“历史散文”，梁鸿的《梁庄》、慕容雪村的《中国，少了一味药》、萧相风的《词典：南方

---

① “行动”一词是“非虚构”倡导者反复提及的，不仅在《人民文学》的“留言”中反复出现，而且在《人民文学》主编李敬泽的文章与访谈中也多次谈及，这个词的内涵主要是指：“我们感到，与其坐在那里守着电视感叹世界复杂文学无力，不如站起来，走出书斋，走向田野。”见《人民文学》2010年第10期卷首“留言”。

工业生活》可以归为“社会调查”或“报告文学”，董夏青青的《胆小人日记》、李娟的《羊道·春牧场》、王族的《长眉驼》可以归为“大散文”。

将如此纷繁复杂的作品以“非虚构”命名，可见其内部并未有文体自身的“规定性”，但是这些作品也有相同之处。首先，这些作品都是“真实”的，这正是可以将其命名为“非虚构”的原因。其次，一方面，这些作品都是以个人的体验为核心的（祝勇的《宝座》是一个例外），从个人的切身感受出发，进入一个“小世界”；另一方面，这些作品中所凸显的并非“个人”（韩石山的《既贱且辱此一生》是一个例外），而是在“个人”进入这个“小世界”的过程中，对这个“小世界”的观察、体验与思考，它们所竭力挖掘的是这个“小世界”的内部风景与内部逻辑，所以在“个人”与“世界”的关系中，这些作品虽然从个人体验出发，但是侧重点则在于对“世界”的发现。由此也带来了这些作品的特点：一方面，它们不同于从“客观”角度去书写世界的作品，而是带着创作者的情感、记忆与体验，这让这些作品带上了感性色彩；另一方面，它们也不同于注重塑造主体形象、抒发个人感慨的作品，而是将“世界”作为表现的重点。正如《人民文学》的编者在“留言”中所说，“纪实作品的通病是主体膨胀，好比一个史学家要在史书中处处证明自己的高明。纪实作品的作家常常比爱事实更爱自己，更热衷于确立自己的主体形象——过度的议论、过度的抒情、过度的修辞，好像世界和事实只是为满足他的雄心和虚荣而设。我们认为非虚构作品的根本伦理应该是：努力看清事物与人心，对复杂混沌的经验作出精确的表达和命名，而这对于文学来说，已经是一个艰巨而光荣的目标”①，——这可以视为提倡者对“非虚构”的一个理论设计，也是对“纪实作品”的一种反思。不过在笔者看来，《人民文学》编者所指出的弊端，在“虚构”作品中却更为明显地存在着。我们可以看到，很多作品都是“不及物”的，“好像世界和事实只是为满足他的雄心和虚荣而设”，如此，“非虚构”所反思的对象便不只是纪实作品，也包括“虚构”

① 载《人民文学》2010年第10期。

文类。

那么，“非虚构”与报告文学（纪实文学）有什么相同与不同之处呢？在笔者看来，其相同之处在于，两者都是对真实世界的呈现与挖掘，而不同之处则在于，在写作态度上，前者以个人的真实体验为基础去书写与探索，而后者则力图避免个人情感的介入，力图呈现出一个“客观”的世界；而在表现内容上，前者力图呈现出一个“小世界”的内部，而后者所关注的往往是具体的社会问题。我们可以梁鸿的《梁庄》为例，来具体地谈一谈。

在《梁庄》中，梁鸿所写的是农村，也是她的故乡，她出生并成长了20年的地方。对于她来说，这样一次写作是回溯生命源头的写作，她既是一个归乡的“游子”，也是一个观察者与思考者，因此，她的写作便不仅为我们呈现了当下农村的“真实”，而且也可以让我们感受到她的目光、她的忧思与感悟。在《梁庄》中，梁鸿对梁庄的各个方面都做了呈现：家族与人口构成，历史与环境，政治改革，孩子、青年、成年的生活状态，信仰、“新道德”、“新生活”，等等，向我们展示了这个村庄的全貌及人们的生活状态，尤其是一些人物的命运与遭际，让我们形象地看到了当前中国农村的凋敝、破败，以及精神上的涣散与结构上的解体。《梁庄》将外在视角与内在视角结合在一起，作者的体验成为文本的重要组成部分。

在谈及“非虚构”的文学资源与历史传统时，常被谈起的经典作品有杜鲁门·卡波特的《冷血》、诺曼·梅勒的《刽子手之歌》与《夜幕下的大军》、菲利普·罗斯的《遗产》、奈保尔的《印度三部曲》等作品，以及《史记》、《汉书》等中国的“史传传统”。在笔者看来，可以作为文学与思想资源的还应该包括基希的“特写”传统，以及中国的“报告文学”传统。从瞿秋白的《饿乡历程》到夏衍的《包身工》，到1950年代刘宾雁的《本报内部消息》，到1980年代苏晓康等人的报告文学，形成了一个丰富而多样的文学传统。将“纯文学”当作1980年代文学的主潮，是一种文学教育的结果，是一种文学史的建构，而这套知识是在1980年代后期与1990年代建立起来的，今天我们应该反思这一套文学知识，重新建立起文学与现实的关系。

我们也不应该将“非虚构”的资源局限于文学尤其是当代文学的范围之内，而应该广泛汲取历史学、社会学、人类学等其他领域的问题意识、方法及其新的进展，只有充分打开思想视野，在与不同学科领域的交流与碰撞中，我们的文学才能更深入地切入时代，才能更具活力。

以“三农”问题为例，在1990年代后期，社会学界已经提出了“三农”问题并做出了激烈而深入的讨论，温铁军、贺雪峰、曹锦清、于建嵘、李昌平、何慧丽等学者已经做了系统研究并提出了自己的方案。2002年之后，我国政府在政策上也进行了一系列调整，但是文学界对这一问题却较少关注，这主要与文学界“纯文学”的意识形态密切相关，在这一意识形态的笼罩之下，社会问题并不属于“文学”所应该关注的范围之内，“三农”问题自然也无法纳入文学的表现内容，如此，我们的文学便自觉不自觉地远离了社会现实，也远离了思想文化界的中心话题。在“底层文学”兴起之后，这一状况得到了部分改变，但是在对这一问题思考的深度与广度上，仍不能与社会学界所达到的程度相比。一个突出的例子是土地的所有权问题，这可以说是“三农”学界讨论的核心问题，无论是茅于轼、杨小凯“土地私有化”的主张，还是温铁军、贺雪峰“土地绝不能私有化”的看法，都代表着不同社会群体的利益以及不同思想意识的交锋，而在现实中，部分地区开始的“土地自由流转”，以及某些地方重新组织“合作化”的尝试，都预示着我国的土地制度可能将面临巨大的变化，但是在文学界，却很少有人对这一变化有敏感，并能以文学的方式参与到这一事关亿万人命运的讨论中。当然，我们并不是要求作家都变成社会学家，去从事自己可能既无兴趣也无能力的社会调查工作，只是希望作家能够具备这样的问题意识，以文学的方式去表现这一变迁中社会各阶层的命运及其心灵，以此参与社会变化的讨论与争鸣。在这方面，文学的生动性与形象性，文学与人生经验的接近，文学对个人情感与内心世界的揭示，使其具备其他领域所不具备的优势，而“非虚构”的提出，让我们可以打开既有学科的藩篱，广泛汲取其他领域的成果，让文学走向一个更加开阔的世界。

三、理论问题与新的可能性

在我们肯定“非虚构”的同时，仍有一些理论问题值得深入探讨，这包括何谓“真实”的问题，“非虚构”与虚构作品的关系问题，非虚构的“文学性”问题，等等。

“非虚构”以“真实”作为写作所追求的目标，但是何谓“真实”在当代却遭遇了理论上的问题，这可以包括不同的层面：作为个体的人能否认识真实的世界；叙述本身能否表现出个体所体验到的“真实”。在前现代思想中，“自我”与“世界”都是坚固的，通过科学或者“格物”的方式，我们是可以认识到世界的“真实”的。而在后现代主义的视野中，作为个体的“自我”是不完整的、碎片化的，也是一个不断建构的过程，而“世界”也并不是客观存在的，它只存在于人们可能意识到的内容之中。在这样的思想视野中，“真实”本身便是无法触手可及的幻象，追求“真实”更是一个虚妄的目标。这一思想本身正是欧美晚期资本主义的产物，是启蒙主义的“主体”在当今世界的一种变异。在“后现代主义转向”之后，我们虽然难以重新建立起一个“完整”的主体、一个“客观”的世界，并在作品中“透明”地加以反映，但是我们可以通过反复的实践、介入与体验，无限地趋向“真实”。在叙述问题上也是如此，古人曾说，“书不尽言，言不尽意”，今天的后现代主义理论更是让人们意识到，“真实”只是叙述所造成的一种效果，在这样的意义上，不但“六经皆史”，而且“二十四史皆文”，所谓“历史”也只是一种文学或“虚构”，“虚构/非虚构”的区分也就失去了价值。然而，在相对的意义上，“历史”毕竟不是“文学”，“非虚构”也不同于有意识虚构的文学形式，虽然绝对的“非虚构”并不存在，但是我们可以在叙述中最大限度地接近“真实”，这就对创作主体的态度提出了很高的要求，那就是要有追求“真实”的意志，以及真诚的态度、真切的表现。

在“非虚构”与虚构作品的关系上，我们虽然肯定“非虚构”的价值，但并不意味着对虚构文学的否定与排斥。这不仅是由于在绝对意义上“虚构/非虚构”并无明确的界限，而且也是由于在进入世界的深度与广度上，“虚构”并不一定逊色于“非虚构”，这一点，我们只要想想那些经典作品就够了。比如巴尔扎克、狄更斯、托尔斯泰，他们的作品对现实世界的概括与描述，远远超出了社会历史文献所能提供的内容，这主要是由于现实主义的胜利，他们以“典型化”的方式对现实生活进行归纳、提炼，这比自然主义式地罗列各种现象更能切入那个时代的“真实”。不仅现实主义作品如此，在卡夫卡、加缪等人的作品中，我们所能感受到的也会比关于那一时期的历史描述更多，他们以不同的方式抓住了那个时代的核心命题，写出了人类的命运及其精神困境，让我们可以更清醒地认识“自我”与世界。

“非虚构”与虚构作品在进入世界的方式上虽然不同，但是都可以达到极高的境界，我们可以具体的例子来做一下比较。比如杜鲁门·卡波特的《冷血》与马尔克斯的《一张事先张扬的凶杀案》，两者都取材于真实的凶杀案，前者是“非虚构”作品的经典，后者是马尔克斯的经典小说之一，两者相同之处在于对凶杀案发生前后当事人的生活状态及其人际网络、事件发生的过程都有着深刻细腻的描绘，都具有振聋发聩的艺术力量。而不同之处在于，《冷血》的作者杜鲁门·卡波特花了6年时间，采访了众多当事人，完全以纪实的方式写出了这部作品①，冷静，缜密，扎实，与他早期所写的《蒂凡内早餐》等小说有着完全不同的风格；马尔克斯的《一张事先张扬的凶杀案》虽然接近于新闻报道的风格，但是小说中的环形结构、“孤独”的意识，以及对拉美地区生活观念的批判与微妙反讽，也带有马尔克斯的鲜明特色。这两部作品虽然不同，但它们都为我们打开了一扇门，从这两桩凶杀案，我们可以更深入细致地了解彼时彼地的风土人情与生活逻辑。

我们也可以将萧相风的《词典：南方工业生活》与描写打工者生活的小说相比。比如在福建打工的周述恒所写的《中国式民工》，在网上曾受到很多网友的追捧，这部作品虽然在技术上还不成熟，但

① 《冷血》一书的“致谢”中指出：“本书所有资料，除去我的观察所得，均是来自官方记录，以及本人对与案件直接相关人士的访谈结果。这些为数众多的采访是在相当长一段时间内完成的。”见卡波特·杜鲁门《冷血》，夏杪译，南海出版公司2010年版。

这部作品不仅“真实”，而且“真诚”，作者写作的目的不是为了要写出一部“小说”，而是要表现自己的生活，要说出自己想说的话。萧相风的《词典：南方工业生活》与《中国式民工》相同，也写到了打工者生活的各个方面，融入了个人真切的生活体验，不同的是，这部作品没有采用小说的形式，而是以“词条”的形式记录下了真实的生活。两者的体裁虽然不同，但都有助于我们加深对打工者的认识，加深我们对这个时代与这个世界的理解。

在“文学性”上，“非虚构”与虚构作品相同，不仅应该追求“真实”，而且应该力求达到精确、细致、生动、形象，同时也应该形成创作者独特的个人风格，这并非是对“真实”的偏离，而是由个人的世界观、生存体验及其表达方式所决定的。在报告文学、纪实文学的发展史上，关于“真实性”与“文学性”的矛盾与争论始终是一个焦点，以追求“真实”为目标的“非虚构”也必将会遇到类似的争论。但正如我们在前面所分析的，绝对客观的“真实”是一个永远无法企及的目标，“世界”只能经由个人的体验与书写才能进入“文本”，而在这一过程中，个人的世界观、生存体验、表达方式便成为具有决定意义的“中介”，直接决定着呈现在“文本”中的“世界”的样态。由此我们也可以看到，文本中的“真实性”是经由文学性所表达出来的，二者应该是相得益彰的，这也是我们在追求“真实性”时并不排斥文学性的缘由。但是，我们也反对文学性的过度修饰，“因文害意”，反而损害了“真实性”。此外，如以上所分析的，“非虚构”与报告文学（纪实文学）的不同之处在于，这一文体是从个人体验出发的，这也为个人情感、思想以及表达的独特性保留了一定的空间。

不过，对于“非虚构”的文学性，我们还寄予了更高的希望。正如上面所分析的，《人民文学》“非虚构”栏目中的作品包含了传统意义上的自传、报告文学、回忆录、散文等诸多文体，但这并不是这些文体的简单相加，而是打破了旧有的文体分类方法，以一种新的方式重新进行分类，那就是以“虚构/非虚构”对所有的文学进行区分，并在这一区分中强调“非虚构”写作的价值，以救治当前文学的弊端。但这也并非只是一种简单的分类，而是一种新的创造，它以一种新的提出问题的方式，扭转了当代文学的问题域。这一新的问题域的出现，也将创造出新的美学形式与美学标准，这是一种无法以既有的文学标准加以衡量的美学，它在美学上的创造性就在于对既有标准的颠覆，从而将以往无法被纳入“文学”表现范围之内的经验、故事与情感，在一种新的“文学”范式中可以得到充分表达，从而创造出我们这个时代的“心灵形式”，创造出真正意义上的“当代文学”，以及美学的“当代性”。当然，在现有的“非虚构”作品中，我们还只能看到这一新美学的萌芽，很多作家也并未有创造新形式的自觉，但我们希望随着“非虚构”行动的展开，作家们在重建文学与世界的关系的过程中，可以创造出充分表达这个时代中国经验的美学形式。

第十八章 “底层文学”与青年作家

“底层文学”作为新世纪以来最重要的文艺思潮，不仅对老一代作家产生了影响，产生了具有代表性的作家，如陈应松、王祥夫、刘继明、曹征路、胡学文、罗伟章以及贾平凹、刘庆邦等，而且对青年作家的创作产生了深刻的影响。不过，这一影响又是带有这一代人特色的，这主要表现在以下几个方面：①他们的创作大多并不具有自觉的底层意识；②他们每个人的作品都带有鲜明的个人风格；③“底层文学”只占他们创作的一部分。以下我们将结合以上问题，对“底层文学”与青年作家的关系做一些分析。

一、从“先锋”到“底层”

1970年代以后出生的作家，在接受文学教育的年代，受到了“先锋文学”的深刻影响，这让他们在创作上注重形式、技巧、叙述方式的创新，以及对人性复杂性、丰富性的探索。但是，在他们开始写作的年代，中国社会的整体结构发生了剧烈的变动，“底层”作为一个社会问题已经越来越突出，置身于这一社会变迁之中，他们在经验层面也不能不意识到“底层”的存在，以及社会结构的断裂化与板结化，如此，他们的美学观念与生活体验便发生了彼此的错位、混杂与冲击，形成了一种饶有趣味的文学现象。这主要表现为，他们中的很多人并不认同“底层文学”的观念，但是，他们在具体的创作中，又会以自己的艺术方式关注底层，在观念与经验之间保持着一种张力。

（一）张楚

张楚的小说数量不多，但是每一篇都很有分量。他的小说注重语言、细节与叙述的肌理，他的语言冷静、优雅而充满诗意，但是这种诗意并不是对现实与生活的逃离，或者说不是一种浪漫的想象，相反，他的诗意是建立在直面现实，对现实进行深刻观察、思考与剖析之上的。在这个意义上，他的小说更接近波德莱尔以降的“现代派诗歌”，他不回避现实中的黑暗、丑陋甚至肮脏，相反，在对这些现象或事物的描述中，让人深刻地认识到当代人的现实处境与精神处境，逼迫人去寻找另外的出路。直面现实的黑暗，不被黑暗所压倒，而以一种悲悯的诗意去观察，以冷静而优雅的方式去表达，这是张楚和他的小说与众不同之处。

在小说《长发》中，张楚描述了一个叫王小丽的女孩，她在生活中不断地被别人——包括她的亲人们——鄙视着、轻蔑着，而她也终于没有逃脱被人踩踏和羞辱的命运。为了给自己办一件像样的嫁妆，她只好选择卖掉留了多年的心爱的长发。为了能多拿到 200 元钱，她反复地与住在梅镇垃圾场附近的“南方人”计较着，但最终还是算计不过精明的“南方人”，在卖掉长发、如愿以偿地拿到 500 元钱时，她绝然想不到“南方人”会把她按倒在床上。“这个拐着条腿的男人，匍匐在她身体上每冲刺一下就唠叨句鸟语，后来她方才听清，‘二十块……四十块……六十块……’在他那五百块钱尚未花完之前，王小丽疯狂地挺抖着身体，‘我只想买辆摩托车’，她想，‘我要结婚了。我只想要个好点的嫁妆……’”这篇小说写出了一种令人心碎的绝望感，对于这个女孩来说，她所有的人生道路都被堵死了，她那一点小小的心愿只能以如此羞辱的方式实现，不能不让人震惊。然而对处于底层的女性来说，这并不只是一个故事，而是一种“现实”与“生活”。这篇小说令人想到电影《罗塞塔》，在这部曾获得 1999 年戛纳金棕榈奖的影片中，我们看到的同样是一个女孩的“悲惨世界”，她在生活的压力下变得冷漠、自私、焦躁，最后甚至将喜欢她的一个男孩推入水中，只是想在他死后能够得到他的那份工作。如此不可理喻的举动来源于怎样一颗冷漠的心灵？而这样冷漠的心灵又是什么样的社会所孕育的？这不能不引人反思，张楚的《长发》

和这部电影一样，让我们看到了社会重压对一个女孩内心的扭曲。

张楚此后的小说延续了《长发》对底层、残疾人、病人、妇女儿童等“弱势群体”的关注，这些小说包括《草莓冰山》、《樱桃记》、《刹那记》、《大象》等。小说直面这些人困窘的生活状况，也写出了他们内心的波澜，让我们看到了一个丰富的底层世界。与从外部的观察不同，张楚的小说总是能在冷静的叙述中，切入他们的内心世界。如《大象》，这篇小说有两条线索，一条是下岗工人孙志刚与妻子艾绿珠因养女孙明净患白血病离世，内心充满极大的痛苦，女儿去世后，他们一一去拜访感谢曾经帮助过女儿的好心人；另一条则是女儿的同室病友劳晨刚与网上认识的大学生苏澈千辛万苦寻找女儿明净的亲生父母，希望他们让女儿的亲弟弟为姐姐捐献骨髓。两条线索交错并进，最终交汇于矗立着抗震纪念碑的广场，他们对生命的珍惜与唐山大地震遥相呼应，让人们重新思考生命的价值。小说在结构上的严谨对称，形成了一个近乎完美的“拱形结构”，小说开始时人物的心理动机一直隐藏着，随着故事的展开才逐渐清晰，并具有一种爆发力，这也是艺术上的一种探索，而两条线索中的行旅，仿佛穿透黑暗的光束，也让我们看到了人性中值得珍惜的美好。

（二）刘丽朵

从《幽梦影》到《续幽梦影》，可以视为刘丽朵小说的一个转折，这两篇小说虽然以“续”相联系，但在内容上没有直接的联系，当然，它们在精神上仍有着密切的联系。

《幽梦影》与刘丽朵以前的小说相似，写一个“零余者”的精神与生活状态，写他与“妈妈”的关系，写他给很多女网友打电话，写他与一个陌生女人的关系，写他的工作与日常生活。在这种最为逼真的描述中，我们反而看到了现实生活中荒诞乃至恐怖的一面，也看到了小说主人公孤独、无聊而又尴尬无奈的精神处境。值得注意的是，刘丽朵的叙述语调或口吻有一种漫不经心或者一种挥之不去的忧伤，在她流畅自如的叙述中，这种漫不经心的忧伤仿佛缭绕不尽的旋律，相伴始终，这样的忧伤没有来由，没有来历，与故事的进展无关，仿佛是来自天上，或者来自刘丽朵的内心深处，我们只能将这种叙述的语调视为她特有的音色或音调，这或许是一个诗人面对世事变迁时怅然若失的情绪在小说中的自然流露。这样的叙述方式贯穿于刘丽朵的所有小说，但是在不同的作品中也会有微妙的差异。如果说这样的叙述更适合表现个人化的情绪，那么，当刘丽朵以这样的笔调去描摹他人与社会时，会产生意想不到的反差与艺术效果，而《续幽梦影》便是这样的一篇作品。

《续幽梦影》是一篇令人欣喜的小说，笔者认为这也是刘丽朵迄今最为成熟大气的作品。这不仅仅是因为她写到了底层生活，也不仅仅是由于她关注的范围从“个人”扩展到了“社会”，而且主要是在于她以独特的方式写出了对这个世界的理解。她所写的虽然只是一个进城女工的命运与遭际，却呈现出了她对世界的态度以及她的艺术观。

这篇小说分为上下两篇，以第一人称“我”的叙述角度，描述一个进城的女农民工王幼娣所遭遇到的一切。在不少类似题材的小说中，我们都可以看到尖锐的城乡对立，以及戏剧化的情节与场景，但是刘丽朵在小说中却摒弃了这一切，她所关注的不是特殊的戏剧性事件，而是王幼娣的日常生活——她的社会关系，她的友谊，她的爱情，以及她对人生道路的选择，她幽微的感受与内心世界。在这里，刘丽朵写的不只是故事，而且是人生，她用自己的心灵去靠近王幼娣的心灵，去体会她的生活、她的屈辱、她的欣喜，她写出了一个卑微的人在这个时代的命运，写出了一个被侮辱与被损害的灵魂，写出了一颗不甘沉沦的心灵的挣扎，同时，她也写出了社会某些层面的复杂与黑暗，让我们看到了清白与坚守的可能性。这篇小说寄托着作者深沉的忧思与感慨，但是作者又将之压在纸背，以一种自然流畅的笔调写出，形成了一种微妙的张力。——尽管笔者很喜欢这篇小说，但仍不得不指出，小说的“下篇”与“上篇”是不相称的。在“上篇”结束时，小说已经积蓄了足够的情感力量，在叙述上达到了一个小高潮。“下篇”虽然承续了这一力量，但又将之引向了别处，并且没有以足够的篇幅展开，所以对这样的力量反而是一种削弱，在这样的情形下，若只保留“上篇”，会更有力量。从《幽梦影》到《续幽梦影》，我们可以看到刘丽朵走向了一个广阔的世界。

（三）杨遥

杨遥的小说可以分为两部分：一部分是纪实的。这些作品更贴近他的个人生活体验，像《表哥和一次青岛旅行》、《北京的阳光穿透我的心》等，平实质朴，像是直接从生活中剪贴过来的，他“如实”地描述他的经历与感受，几乎看不到艺术加工，就像老朋友在聊天。但是在这些作品中，对情绪与细节的敏锐捕捉，以及叙述语调的选择与转换，也显示了杨遥的艺术才能。而在另一部分作品中，杨遥则展示了他的想象力。在《你在巴黎到底呆过没有》中，杨遥给我们讲述了16世纪巴黎一个小学徒的故事，他以非凡的虚构才华抵达了那个陌生的时空，让我们看到了一个饶有趣味的寓言。

杨遥的叙事才能表现为他能游刃有余地控制叙述的节奏以及故事的走向，我们可以举两个例子来说明。

在《唐强的仇人》中，唐强到理发店时遇到黑社会头目王二，惨遭毒打，回家时发现有人来偷他的钱，黑暗中用力一锹打死了窃贼。想想反正要死了，就下决心要杀了王二，未曾想被王二出门的排场吓倒。后来他又发现窃贼并没有被他打死，就诡秘地与好朋友一起去城里贴悬赏打王二的广告……在这个故事中，以唐强复仇为主线，情节几次发生转折，杨遥出色地控制着故事的走向，在几次转折之中写出了唐强这个小人物的反抗及其心理状态。

《为什么骆驼的眼神总是那么疲惫》写的是一个颇具荒诞色彩的故事。元明工作不顺心，家庭生活也很沉闷，有一次妻子带回一个呼啦圈，他也开始玩，随后他全身心地投入这个游戏，不停地转呼啦圈。妻子女儿都无法忍耐，但他依然乐此不疲地玩着，旋转得越来越快，直到有一天，妻子女儿发现那飞速旋转的呼啦圈带走了元明……在这个故事中，元明被呼啦圈带走无疑是点睛之笔，深刻地表达了小人物逃避现实的渴望，在艺术上也颇为新颖独特。小说的前半部分都在为这一中心情节做铺垫，杨遥写元明工作的不如意、家庭的压抑，随后将笔墨收拢，渐渐集中在呼啦圈上，最后以出人意料的结尾收束，打开了一个新的想象空间。在整个故事的构思上，杨遥以绵密的手法逐渐编织与铺垫，最后才达到了如此艺术效果。

另一部分是纪实与虚构相结合。在《闪亮的铁轨》、《二弟的碉堡》等小说中，杨遥显示了他另一方面的长处，那就是他将纪实与虚构巧妙地结合起来，使写实带有隐喻性与荒诞性，更加耐人寻味。《闪亮的铁轨》讲一个陌生的少年为村里人排斥的故事，《二弟的碉堡》讲“二弟”一家与村里人对峙的故事，两篇小说都在现实逻辑的基础上不断推衍，将故事讲述到夸张的程度，但这种夸张并没有削弱故事的表现力，反而呈现出了某种本质性的力量。

杨遥小说的主人公都是处于社会底层的小人物，他们饱受屈辱与压抑，杨遥不仅写出了他们的生活状态，也写出了他们面对现实的态度，或者“复仇”，或者“逃避”，他们在怯懦中忍耐，也会在忍无可忍时爆发。对这些人物的关注，与杨遥个人的出身和身份认同密切相关，他是一个来自乡村经受过坎坷的青年，自然对“被侮辱与被损害”的人们饱含感情，想以自己的笔表达出他们的心声。同时，杨遥在他的创作中也逐渐发展出了一种“小人物”的美学，他们像野草一样生活在人世间，但也像野草一样坚韧有力，杨遥的笔触关注着他们，逐渐形成了自己的写作特点——短小的文体、随意自如的行文方式、独特的叙述语调、巧妙的构思与隐喻，这些构成了杨遥的“美学”，也向我们展示了“底层文学”在艺术上的新的可能性。

二、不同风格的“底层文学”

在当前的文学创作中，不少青年作家都形成了自己独特的艺术风格，具有自己观察世界的独特视角，以及把握世界的独特艺术方式。但是值得注意的是，他们都以自己的方式表达了对“底层”的关注，这既显示出“底层”作为一种社会现实已经融入了他们的生命体验，成为他们观察、思考与表现的对象，同时他们也以自己的创作丰富了“底层文学”。

（一）付秀莹

付秀莹以创作《爱情到处流传》、《旧院》等小说著称，她的作品继承了新文学中的“抒情诗”传统，即她所表达的是中国人的独特经验与情感，而她在表达方式上也发挥了中国美学的特长，含蓄，优美，余味悠长。如《旧院》写的是“外婆家的故事”，小说以后辈“我”的视角，写了外婆这个家庭中的人与事，写出了不同人物的性格，彼此之间的关系与纠葛，写出了这个家庭曾有的繁华或“盛世”，以及时间流逝中的风流云散与沧桑变化。这部小说写的是个人记忆，但又不止于个人记忆。更重要的是，这部小说写出了中国人经验、情感的独特方式，或者说，写出了我们的“民族无意识”。小说写的是一个大家庭之间复杂微妙的关系，其好处便在于幽婉细致地深入了每个人的内心深处，以及人们微妙的关系之间，向我们揭示了其中的隐约曲折之处。

感叹时光流变与世事沧桑，并通过一个家庭的盛衰来表现，可以说是中国叙事文学的一个传统，从《红楼梦》到《呼兰河传》都是如此，而《旧院》可以说是这一美学的当代继承者。而在一个更为开阔的精神视野中，《旧院》不仅写出了个人记忆与“民族无意识”，而且写出了一种人类共同的悲哀与惆怅，那就是一个美好世界的消失、人们面对世事变迁的沧桑与无奈，以及重返旧日时光的渴望。

但是，在另外的作品中，付秀莹却以同样的艺术风格来关注底层，从而为“底层文学”带来了新的美学元素。在《迟暮》中，我们看到的是一个日常生活场景，“他”是个农村老汉，儿子和媳妇在准备包饺子，“他”在黄昏柔和的光线中静静地坐着、看着。这一幕乡村场景看似祥和与平凡，但因为有新的时代元素融入，从而产生了新的艺术效果，那就是这两个年轻人即将踏上去城市打工的道路，而这是他们在家的最后一顿晚饭。小说并没有戏剧性的故事冲突，只是描摹了这样一个场景。但这一场景却融入了“他”在人生迟暮时送走儿子媳妇的凄凉心态，以及儿子媳妇对家乡的眷恋、对未来生活的向往与茫然，这也显示了“打工”这一巨大的社会迁徙对乡村伦理的冲击与影响。

在《六月半》中，我们看到的是另一个乡村场景。乡村女人俊省一大早起来就忙碌着，这是6月半，也是在外打工的儿子兵子要回来换喜帖的日子。小说的大部分篇幅都在写她的繁忙，她在张罗换酒席，盼望儿子，想着与亲家的来往，而只是在最后，她偶然听到了别人的议论，“谁知道就那么寸？狗日的。建业骂道。一下子仨！活蹦乱跳的小子！狗日的！香钗说，命，命里该。香钗说可惜了的，看俊省这命！兵子都要娶媳妇了。”——这决定了儿子的命运，也决定了俊省的命运，但如此戏剧性的冲突却只出于偶然的旁听，也只是在故事的结尾处出现，作者在这里既与前面的繁华热闹做了鲜明的对比，也以含蓄的方式省略了这一事件对俊省的影响，却为我们展开了更丰富的想象空间。

在《秘密》中，我们看到的是青年打工者良子偷窥女人的“秘密”，以及他横死的命运；在《琴瑟》、《幸福的闪电》中，我们看到的是寄居于城市里的打工者夫妇过着卑微而幸福的生活，城乡之间的巨大差距让他们不敢企及城市的生活方式，但又只能在城市里生活，他们只能想象城市里人的生活，而他们的生活和他们之间的关系也在发生着微妙而深刻的变化。小说从不同的视角展现了底层打工者的生活，但仍保持着含蓄蕴藉的“抒情诗”风格。

（二）陈集益

陈集益小说中的童年与故乡是令人惊讶的，在他的笔下，我们看不到温情脉脉的回忆与怀旧。对于陈集益来说，乡村的记忆并没有成为“过去”，而是仍然与他血肉相连，那些记忆中的人与事也仍然是他挥之不去的梦魇，时时噬咬着他的心。在这样的意义上，他的写作既是一种呈现，也是一种“复仇”，是他试图摆脱精神创伤的努力与挣扎，于是在他的小说中所呈现出来的便是一个充满着压抑、残酷、疯狂氛围的世界，这个世界既是“真实”的往事，也是作者写作时心境的投影。在其中，我们可以看到贫穷与闭塞，可以看到人与人之间关系的紧张，可以看到不断变得疯狂的一个个人，可以看到无奈的“父亲”和处于困境中的“母亲”，以及年幼无知的“我”，这些小说让我们看到了童年与故乡的另一面，不同于那些美丽的幻象，陈集益让我们看到了近乎残酷的真实，这既是一种批判，也是一种挣脱的努力。

“父亲”是陈集益小说集中关注的话题。在《洪水、跳蚤》中，我们看到的是一个无能的父亲，他受伤失去劳动能力之后，只能看着妻子找另一个男人以维持家庭的生计，只能与跳蚤比赛耐死的能力；《离开牛栏的日子》中的父亲，则是一个近乎无赖的人，他用尽办法与村长拉关系，为人看不起，也让家庭蒙受了羞辱；而在《城门洞开》中，父亲一辈子的渴望是能够进城生活，在他的希望无情地破灭之后，他将希望寄托在三个儿子身上，分别给他们改名为“进城”、“建城”、“保城”，想让他们完成他未尽的“大业”，但是在经历种种波折之后，他所收获的只有失望，最后他陷入了疯狂。三篇小说中的“父亲”都不相同，但是从中我们可以看到作者的“审父意识”，他通过对“父亲”的呈现所表现的是乡村与传统文化中的劣根性，也是对不同时代现实权力结构的反思。

陈集益对“父亲”的失望在小说中得到了淋漓尽致的表达，他呈现的方式是嘲讽乃至残酷的。在这里，他与“父亲”所代表的文化与生活方式拉开了一定的距离，他并不认同这样的生活。如果说小说中的“我”在面对父亲的所作所为时只能忍耐或伺机反抗，那么在小说中，作为叙述者的“我”则以讲述故事的方式对“父亲”展开了激烈的批判，这既是一种回顾，也是一种告别，作为子一代的“我”必将告别父辈的生活方式，寻找新的道路。

但是展现在“我”面前的，并不是一帆风顺的坦途。在《野猪场》、《吴村野人》等小说中，我们可以看到“子一代”的努力，无论是“我”与朋友开办养猪场进行创业，还是“哥哥”以野人为噱头开发旅游，最后都逐渐走入了近乎荒诞的结局。在这里我们可以看到，尽管时代已经是“我们”的时代，但是“我们”也并没有比父辈做得更好。在小说中，作者对当前这个时代做出了描摹与刻画，在经济大潮冲击下的小山村已经变得面目全非，世态人情在新时代中发生了新的变化、组合与扭曲。陈集益以忧虑的目光观察着这一切，以荒诞与隐喻的方式将这些呈现在我们面前，让我们看到了这个时代的疯狂与无理性。

在艺术上，陈集益也有新的尝试，他将现实与荒诞色彩很好地结合起来，展现出一个更加“真实”的世界。而离开家乡之后，“我”只能在城市中漂泊，却无法找到认同感，呈现在陈集益笔下的只是城市边缘人，或者“病人”，城市在他的眼中只是一个畸形的存在，只是一种新的压抑。在陈集益关于城市的小说中，我们看到的是另一种梦魇，这些小说具有现代感，也显示了现代人精神上的压抑与紧张，陈集益以夸张、变形的方式表达出了他的内心感受。

（三）文珍

文珍的小说大多描述都市青年男女的情感故事，细腻、丰富，为我们呈现出一个复杂多变的世界，这个世界既是人与人之间微妙的关系，也是个人幽暗而深邃的内心世界。她的小说在内外之间互相交织，为我们打开了一个通向内心与世界的道路。我们从中不仅看到主人公纠缠的关系与纠结的内心，而且看到这个时代城市生活的流动性、偶然性，以及置身其中的“个人”的孤单、寂寞以及交流的渴望。

文珍早期的小说所抒写的大多是单身青年的孤寂与交流的渴望，在《果子酱》、《色拉酱》、《关于日记的简短故事》之中，主人公都处在一个封闭的空间，他们沉浸在幻想与回忆中，喃喃自语，敏感地注视着身边发生的事情，但又置身度外。他们处于这个世界之中，但又仿佛置身于这个世界之外，他们有着一个孤单、敏感而又丰富的内心世界，有着一种莫名其妙的忧郁与诗意。这些小说的故事大多纠缠于内心，但是在叙述上显示了文珍的特色，那就是在故事之外，她的小说可以给人以一种独特的美感，一种诗意的哀愁缭绕其中，在她的小说中我们可以看到诗的特质。

《第八日》是文珍颇为成熟的一篇小说。在小说中，她描述了白领女青年顾采采的生活，让我们看到了在她平静外表下所隐藏的孤寂与焦灼，在忙碌的工作之外，她无法找到心灵寄托与情感慰藉，只能沉浸在幻想中自我安慰，在难以忍受的失眠中煎熬。小说写出了当代城市青年的生活状态，我们也可以从中看到自身的影子。在这篇小说中，文珍以自己的笔触去贴近主人公的心灵，显示出了她关注与理解他人的努力，这是她通向外部世界的一个窗口。

在《安翔路情事》中，文珍关注的是两个底层青年男女的爱情，他们在城市生活，但又不属于城市，他们生活卑微，但是他们也有爱情。小说写出了他们爱情的曲折与艰难，他们无法挣脱城市生活唤起的渴望，但又难以融入城市，他们之间也为此互相纠结着，爱是不可能的，不爱也是不可能的，到最后，他们只能隔着一条街遥遥相望。在这篇小说中，文珍写作的范围进一步拓展，她关注的是另外的人与另外的世界，这也显示了她不断突破自我的努力，预示着她更为宽广的写作道路。

三、“底层”与开阔的世界

（一）徐则臣

在笔者看来，徐则臣的“京漂故事”也是一种底层叙事，或者说是另一种“底层文学”，但与一般“底层文学”不同的是，他笔下的“京漂”或伪证制造者是一种边缘人，或者说是一种流动的底层、非法的底层、另类的底层。与“打工者”相似，他们也是从农村或小城镇来到北京的，但他们并不从事一种固定、安稳的工作，而是流浪在这个城市中，以制造或贩卖假证为业，走在合法与非法的边缘，也走在“正常”与非正常生活的边缘，这样的职业决定了他们必然走在一条冒险的路上，并充满了内在的矛盾。他们与这个城市的各个阶层都有接触，熟悉其中的一切但又无法融入其中，他们的生活中充满了偶然性，收入不固定，情感不稳定，并时常会遭遇到警察或同行的暴力，以及欺骗、侮辱或竞争。这样一个充满神秘色彩的小社会，可以说是徐则臣的发现，他丰富了我们对都市尤其是都市底层的认识。

除了关注的群体较为特殊，徐则臣的“京漂故事”与一般“底层文学”仍有不同之处。首先，他关注的重心不在于他们所遇到的苦难或不公，而在于他们整体的生存状态，或者说是他们生活的“全部”；不是仅仅突出某一侧面，将他们的生活简单化，而是使各个不同的侧面都能呈现出来，更加丰富，更有层次感。其次，他所关注的虽然是群体，但并不止于群体，而是关怀每一个“个人”的境遇，所以，同样是“办假证的”，但每个人都有不同的性格或性情。《啊，北京》、《我们在北京相遇》中的边红旗在诗歌与假证中穿梭，在不同的情感中纠葛；《天上人间》中的陈子午则呈现了一个“成长”的过程，从生疏到熟稔，从怯懦、屈辱到开始下狠手；《伪证制造者》中的“姑父”则是不争气而又好强的，充满幻想的，不幸运而又有女人缘的。这些鲜明的人物形象及他们之间的差异，让我们看到了这个群体内在的复杂性，也使全书更加丰满、紧凑，更富有立体感。小说依然延续了徐则臣的一贯风格，每一个故事都流畅自然，充满了曲折，而又合情入理，深谙世道人情。

小说中的爱情故事也是一个亮点。边红旗和沙袖的故事，陈子午与闻敬的故事，“姑父”与路玉离的故事，看上去都那么不可思议，但在这个瞬息万变的都市中，在这种充满偶然性的生活中，一切都是可能的，小说中的爱情故事即是对这种可能性的探索或捕捉。这种爱情有两个特点，首先，它是与他们的生活——“假证”紧密联系在一起的，不是浪漫的幻想，而是生活的一部分，爱情的出现不是让人们远离，而是加深了对这种生活的理解。其次，这种爱情虽然发生在都市，但都有一个遥远的乡村背景。正如在边红旗的家乡有一个“边嫂”，在“姑父”的家中有一个“姑姑”，这些爱情故事是镶嵌在他们漂泊之路上的，既给他们带来了安慰，也给他们带来了烦恼，而在乡村与都市的巨大跨越之间，这些情感必然打上了“落差”的烙印。

（二）肖勤

肖勤的《暖》写的是一个留守儿童的故事，但视角很特别，它写的是小等这个孩子的艰难处境，但没有像同类题材的作品那样强化社会性因素，而是将之置于一个特殊的情境之中，营造出了一种诡异而令人恐惧的氛围，这包括奶奶的梦魇，庆生努力克制的情欲，山林雷雨的威吓，以及小等最后无家可归的困境，等等，这些因素将小等的心灵感受意象化，显示了作者处理题材时的独特艺术方式。

在关于《暖》的创作谈中，肖勤说：“我工作在基层，‘三关’工作是近年来乡镇增加的一项重要内容——关爱留守儿童、关心外出务工人员、关怀空巢老人。……写这篇小说的时候，我眼前浮现的是自己曾经遇到的那个老练地谩骂攻击计生工作人员的6岁小女孩，当我们走进她家时，她保护着年老的祖母，自己像一个最粗野的村妇似地坐在院坝里，抱着手、翻着白眼泼口大骂。”① 可以说，正是现实工作中所遇到的问题以及忧思，为肖勤的创作提供了灵感与素材，而她的小说也以艺术化与典型化的方式，引起了更多人对留守儿童这一社会问题的关注。

---

① 肖勤：《通往幸福的方向》，载《小说选刊》2010年5期。

肖勤的《云上》所写的是一出人性扭曲的悲剧。在这篇小说中，我们看到一个坚强的乡村女子何秀枝如何走向了自己的反面，如何从一个村子的“救星”转变成了欺压者，如何从一个自强的女性转变成了镇党委书记王子尹的“情人”，然后又一步步走远：她要挟失手打死她儿子的岩豆家，最后她让岩豆的姐姐荞麦，一个像她当年一样漂亮的山村姑娘，去为王子尹“献身”，以实现自己转为正式干部的梦想。她的计划在镇长黄平的侦查下失败了，但是她也毁了荞麦的一生。这篇小说在平静的叙述中隐藏着巨大的能量，它反映的既是一出人性的悲剧，也是乡村现实中的社会悲剧。

《我叫玛丽莲》写的同样是一个来自山村的女子孟梅，她来到城市，成为一个风月场合中的女子，化名“玛丽莲”。小说写了她对山村与城市不同的情感，写了她在城市不同男人之间的辗转，她隐瞒得了绝症的秘密，继续卖身，只为了家乡的母亲与弟弟，而最后，她所遇到的唯一一个真心待她的人也不知所终，她临终前所能做的只是在墙上写下“亲爱的，我不是玛丽莲!”——她并不认同这种身份，而想要回归纯洁无瑕的“孟梅”。作者以充满同情的笔调，写下了对这个女子命运的思考。小说中洋溢着对故乡“那个山村”的思念之情，这与城市中残酷的遭遇形成了鲜明的对比，而主人公不仅在身体上备受男人与病痛的双重折磨，而且在精神上也备受煎熬，小说写出了这一代青年女性所付出的惨痛代价。

（三）王十月

王十月的《国家订单》与其他“打工文学”、“底层文学”的不同之处，在于它并没有仅在劳资关系上把握世界，而是引入了“全球化”的视野，让我们看到中国打工者在资本主义世界体系中的地位与处境。这可以说是一个双重性的压迫结构，在工厂内部，是一种阶级性的压迫，而在全球的分工体系中，中国工厂本身则是被剥夺的，处于以民族国家为单位的产业链的最低端。这种双重性的压迫结构不仅构成了对打工者的剥夺，对于工厂的主人“小老板”也是一种伤害。不同的是“小老板”所承受的只是来自世界分工的压力，而打工者承受的则是双重性压迫。从小说中对于美国的描述中，我们可以看清这一结构。

小说中的“美国”呈现出两个面影，一面是“9·11”之后，生产美国国旗的订单构成了小说的主要线索，无论是“小老板”的焦灼，还是打工者张怀恩的猝死，都是这一订单造成的，这显示出了美国在生产关系中残酷的一面。但另一面，小说中为打工者维权的律师周城依靠的是美国的基金，这又呈现出美国善良、人性的一面。这两个方面都是真实的，但唯其如此，才能让我们看到善良的“虚伪性”。如果说生产关系构成了人类关系的主导方面，那么我们可以看到，“残酷”的一面是实质性的，而“善良”只不过是一种掩饰。

“国旗”在小说中也不无象征意义。美国人表达民族情感的“国旗”，却需要中国来生产，这是一种具有讽刺性的现实，也呈现了世界分工体系的戏剧性与喜剧性。从小说中，我们还能注意到一个中介——来自香港的“赖查理”，正如他的名字中西合璧一样，他也处于中国大陆与资本主义世界体系的交接点上。赖查理被赋予了一种神话性的力量，他的一个订单可以使一个企业起死回生，他一出现可以将劳资纠纷消弭于无形，使工厂中焦灼的不同阶层如同注射了强心针一般，焕发出生命的活力与生产的积极性。在这里我们可以发现一个生产的链条：打工者—“小老板”—赖查理—美国订单，这一链条同时也是一个多重性的压迫结构，所有的压力最后都集中于处于最底层的打工者。而这篇小说的最大价值也在于对于这一结构的呈现，它以全球性的视野，对中国打工者的处境有一种总体性把握，让我们看到了更多层次的丰富性与复杂性。对于这篇小说而言，值得探讨的是它所着力倡导的一种“劳资和解”，即打工者与“小老板”面临共同的压迫“都不容易”，作者的立场与情感也更多倾向于“小老板”，这样一种倾向是对真实社会关系的掩饰，在美学与历史中并没有足够的突破及新因素。

以上我们简单梳理了“底层文学”与青年作家的关系，当然，这只是一个概略性的分析，在魏微、吴君、葛亮、肖江虹、鲁敏、阿乙等青年作家身上我们同样可以看到他们与“底层文学”的联系，以及各自不同的联系方式。这些青年作家已经形成了各自的艺术风格，但是就总体而言，他们大多并没有对底层关注的自觉意识，在既有的美学观念与现实体验之间还存在着一定的断裂，如何打破既有美学观念的限制，以艺术的方式呈现更加真切的人生体验，从而创造出新的文学经典，将会是他们面临的挑战。

余论　新“小资”的“底层化”与文化领导权问题

在新版《波动》的序言中，李陀指出：“文化领导权在很大程度上已经转移到新兴小资产阶级（以下简称“小资”）的手中。这个文化领导权的转移带来一个不可避免的后果，就是中国当代文化的“小资”特征越来越鲜明，越来越浓厚，如果我们还不能断定这种文化已经是一种成熟的新型的小资产阶级的文化，那么，它起码也是一个正在迅速成长中的小资产阶级文化。更让人惊异的是，它一点不保守，不自制，还主动向其他各种文化趋势和思想倾向发起了一波又一波的攻势，扩大自己的影响，巩固自己的阵地，充满自信。”① 李陀对“小资”问题的观察是敏锐的，为我们理解当代中国文化提供了一个新的视角。在这里，笔者想讨论的问题是：新“小资”是否掌握了“文化领导权”，或者掌握了什么样的“文化领导权”？“小资”在当前社会结构中处于什么样的位置？“小资文化”具有什么样的特色？在未来中国文化的发展中，“小资”将会起到怎样的作用？

“小资”在中国当代文化的发展中发挥了重要作用，如李陀所说：“九十年代以来的中国文化发生了急剧的变化，即使说瞬息万变也绝不过分，但是如果我们追问，谁是这急剧变化的真正推手？在具体地重新绘制中国当代文化地图的时候，谁是具体的绘图员？还有，种种文化上新观念、新规则、新做法又谁是最早的创导者和实行者？面对这样的追问，我想凡是熟悉近年文化的变动和变迁，并且对幕前和幕

① 《波动》序，牛津大学出版社 2012 年版。

后都有一定观察的人，答案恐怕是一样的——这些推手、绘图员和创导者、实行者，不是别人，正是当代的新小资们，特别是新小资中的精英们。”①“小资”的重要作用，不仅在于他们占据了各文化路口的要津，而且在于他们以自己的世界观与价值观在改变中国文化的面貌。

但我们也可以看到，“小资”所掌握的文化领导权是“有限”的，是在国家与资本所决定的缝隙中的有限空间中发挥作用，并且“小资”还没有形成一种独立的价值观念，或者说“小资”所倡导的生活方式与生活理念并不具有独立性，所谓“有房有车”的生活，以及有格调、有“个性”的生活方式，在很大程度上复制了当前社会的“新意识形态”——所谓“成功人士”的逻辑。在这个意义上，我们可以说，“小资”所拥有的文化领导权只是“实行者”，他们所表现出来的核心价值观并不能代表多数人的利益，甚至不能代表他们自身的利益，而只是“成功者”光环的装饰。

最值得重视的是，在当今社会两极化发展的趋势下，“小资”也正在“底层化”，在整体社会结构“断裂”的状态中，置身于社会上层与底层民众之间的“小资”并不具有稳固的社会地位，而处于分化之中。正如廉思主编的《蚁族》、《工蜂》两本书所显示的，不仅大学毕业生——这一精英群体的后备军处于“底层化”的过程中，而且大学青年教师——掌握了文化领导权的“小资”的重要组成部分——也处于越来越困窘的生活状态：他们不仅在社会结构中的位置越来越边缘化，而且在学院内部严格的学术体制与科层管理中，他们也处于真正的底层。在这样的状况下，大部分人只能在既定的学术规范中亦步亦趋，而不能真正发挥个人的活力与创造力，也不能真正形成属于自己的思想，如此，不仅“独立之精神，自由之思想”无法奢望，更可悲的是，很多青年知识分子也失去了“超越性”，而只能囿于个人利益的保障与争夺。不是他们改变了弥漫于整个社会的权力崇拜、拜金主义与市侩主义，而是这些将他们裹挟其中，构成了社会秩序与社会风气的一部分。在当今知识分子题材的小说中，我们可以

① 《波动》序，牛津大学出版社2012年版。

清楚地看到，构成故事主要冲突的也只是权力、地位、金钱与女人之争，与社会上流行的官场小说、职场小说无异，在其中，我们很少看到对民族和国家命运的忧患与思考（如鲁迅的小说），或者对知识与真理的执着追求（如巴金的小说），或者思想的辩论与真正灵魂的痛苦（如陀思妥耶夫斯基的小说）。在这里，知识只成了一种特殊的商品或资本，只是一种谋生的手段，而失去了其超越性与独立性。

造成这一现象既有社会层面的原因，也有知识分子群体内部的原因，两者互相纠缠在一起。就社会层面来说，30 多年来知识分子在中国社会的地位发生了天翻地覆的变化，在 1980 年代新启蒙主义的视野中，知识分子作为历史主体主导着社会历史的进程，但这只不过是一种幻觉，新启蒙思潮只是知识精英与政治精英的共谋，很快二者就分道扬镳了。1990 年代之后，在市场经济强劲启动后，一方面，知识精英与政治精英、资本精英形成了联盟，即所谓“铁三角”，此时资本已不需要知识的论证与支持而获得了自身的合法，因而在这一联盟中知识群体处于明显的弱势；另一方面，在市场经济的逻辑中，“知识”本身也是一种可以生产与消费的产品，而不再是不可替代的独特之物，而“知识分子”也是可以生产或大批量制造出来的，在这个意义上，知识分子的主体性与独立性便大幅削弱了——这是知识分子在社会结构中逐渐边缘化的根本原因之所在。

同时，在知识分子内部也发生了巨大的变化，不同学科之间的地位或重要性发生了变换，一个典型的例子是经济学的崛起与文学的衰落，相对于自然科学、社会科学，人文学科因其“无用”，在这个时代处于少人问津的状态。另一个重要的结构性变化是，即使在人文学科内部，也发生了巨大的分化，这一分化与社会其他领域变化的趋势相似。那就是，一方面，各种社会资源向少数精英集中，另一方面，形成了严格的等级制或科层制，在知识精英与“知识底层”之间形成了一道道鸿沟。对于一个青年知识分子来说，攀上知识等级制上“精英”的位置，既是一个巨大的诱惑，又是一个几乎不可能完成的任务：等级制本身的保守性与封闭性排斥创新，它所需要的只是“好学生”，而知识只有在不断地创新——提出新的问题、新的思考方式、新的学术“范式”——中才能发展，但是创新本身便是对等级制的一种冒犯。在这样的状况下，置身于学术体制底层的青年知识分子——那些“蚁族”或“工蜂”们——便不仅处于一种多重性的压迫结构之中，而且处于巨大的内心矛盾与撕裂之中。

在这样的意义上，构成“小资”主体的青年知识分子在整个社会中并不拥有强大的话语权，他们身上的光芒只是精英群体话语权的投射，如同月亮反射的只是阳光一样。但这只是相对而言的，一方面，相对于社会结构中的真正“底层”——那些工人、农民与农民工而言，他们处于社会结构的中层，拥有一定的话语权与主体性；另一方面，作为拥有特殊技能的社会群体，他们既是精英群体需要的，也是整个社会机构运转所不可或缺的部分。事实上，正如李陀在文章中所分析的那样，“小资”在1990年代以来的文化中发挥了不可替代的作用，他们创造了我们这个时代的流行观念，以及特定的生活方式与审美趣味。但“小资”及其文化如果能够在中国文化乃至中国社会上发挥更大的作用，尚需要考虑以下问题：

首先，对“小资”在社会结构中的位置及其“底层化”的趋势有一个清醒的认识。如同其他社会阶层一样，“小资”总是以自己的眼光观察世界，建立在个人奋斗基础上的“成功者”逻辑，以及建立在人性、人道主义基础上的“爱”的哲学，构成了“小资”们理解世界的特定视角。如果抽象地看，“个人奋斗”与“人间大爱”并无可非议之处，在现实中也起到了一定的作用，但如果放在具体的社会历史语境中，我们就可以看到，在社会结构“断裂”的当今时代，“个人奋斗”的基础及其可能性都是极为有限的；而“人间大爱”如果是在对劳动者大量剥夺之后的少量馈赠，同时塑造出馈赠者的高尚形象，其有效性也是值得反思的。“小资文化”过滤掉严酷的现实，为我们描绘出一幅朦胧的玫瑰色的美梦，但这个梦正如一个肥皂泡，很容易破灭。当“小资”也面临“底层化”的现实遭遇时，对于“小资”来说，更为重要的是能够清醒地意识到现实中的处境。只有在此基础上，才能重构一个真实的世界，才能在改变个人的同时改变世界。

值得关注的是“小资”与底层的关系问题。我们可以看到，尽管“小资”已经处于“底层化”的过程中，但“小资”并不认同于底层的身份。由于普遍受到高等教育，拥有独特的生活品味与审美趣味，“小资”在自我意识中对自我有着较高的定位，更认同于精英阶层与精英文化。但是，当一个大学毕业生的工资甚至无法达到一个熟练技术工人的工资时，这样的“自我意识”便如同流沙之上的海市蜃楼，只能是美丽而虚幻的。只有当“小资”更为真切地意识到现实处境，并将眼光由上而下转到底层时，他们才会认识到，底层并非精英文化视野下的愚昧无知者，他们有着独特的生活逻辑和另一种“文化”。不仅如此，正是在他们中间才蕴含着社会发展的真正动力，“小资”只有将他们的命运与底层的命运联系在一起，才能真正把握自己的命运，走向一条更为开阔的道路，也才能够真正摆脱“新意识形态”的笼罩，发展出真正属于自己的文化与美学。

其次，要对“小资”的特性及其历史演变有更为深刻的把握。李陀在文章中以《波动》的主人公肖凌作为“小资”的代表加以分析，“读者不难发现她和当代小资有很多相通之处：《月光奏鸣曲》，洛尔迦的诗歌，雪白的连衣裙，还有红茶和葡萄酒——这一类符号，恐怕今天也还是“小资”们共同认可，并藉以识别彼此是不是同类的重要标记”[①]。我们可以看到，“小资”不仅仅是社会经济地位的一种表现，而且是一种性格与趣味，是一种“符号”的标示。在1990年代文化塑造出的“小资”中，读张爱玲或村上春树是一种“符号”，听摇滚或看艺术电影也是一种“符号”，在这类符号中，“小资”的特点在于他们内在的矛盾与悖论，他们是反主流的主流，反时尚的时尚，反另类的另类。一方面，他们离不开主流、时尚与另类，这是他们生活方式与审美趣味的参照系，另一方面，他们总是以反主流、反时尚、反另类的面目出现，与主流、时尚和另类保持着一定的距离。这一距离既使他们处于不同流俗的前卫位置，也引导着主流、时尚与另类不断发生新的变化。在这里，“小资文化”的两个特性，一是“创新性”，二是“符号化”。前者使“小资文化”总是能引时代风气之先，不断引导着时代潮流发展，而后者则使“小资文化”浅表化，他们并不追求对某种文化的深入理解，而只是将之抽

① 《波动》序，牛津大学出版社2012年版。

象为特定的符号。在这个意义上，“小资文化”也具有消费主义文化的特征，或者说“小资文化”构成了消费主义文化的重要组成部分，在这样的视野中，张爱玲也好钱锺书也好，王小波也好村上春树也好，也都是作为某种符号被他们用来标示自身。而在某些特定的历史时期，这一符号也可以是“启蒙”（如“五四”时期），也可以是“革命”（如《青春之歌》中的林道静），也可以是“诗歌”（如1980年代）。在这样的视野中，“小资文化”是精英文化与大众文化之间的一种中介，精英文化由于其艰深晦涩很难为普通大众接受，只有抽象为某些符号，才能在社会上广泛传播，“小资文化”在这个层面上恰恰发挥了重要的作用。

最后，我们也可以在上述意义上来理解“小资”所拥有的文化领导权，即他们或许并没有原创性的文化创造力，但是在文化传播的意义上却具有将某种文化“简化”为流行文化的能力。正是因此，“小资文化”注定要成为不同文化竞逐的对象。在当今这个时代，在“小资文化”中占据主流的是“自由主义”及其价值理念，但并非从来如此。我们可以做一个对比。在革命文化成为流行文化的时候，在“小资”中流行的是《牛虻》、《钢铁是怎样炼成的》，这几乎构成了几代人的共同记忆。当张爱玲或村上春树小说成为这个时代最为流行的读物的时候，“小资文化”已经发生了天翻地覆的变化。但是正如我们前面所分析的，当“小资”逐渐“底层化”的时候，他们会对自己的现实处境有越来越清醒的认识，他们也会将这一认识带入到他们对当代文化的理解之中，在与底层的接触中形成新的“小资文化”，而这样的文化必定会为当代文化带来新的气象。事实上，这样的文化也正在形成之中，对格瓦拉的符号化可以说是一个典型的例子，在这一过程中，格瓦拉作为古巴革命领袖的具体史实被过滤，他成为反抗当今世界秩序的一种时尚象征，他头戴贝雷帽抽着雪茄的巨幅头像，既是“革命”的象征，又是那么“酷”。不仅格瓦拉如此，毛泽东也是这样，他的头像以不同的方式出现在这个时代的各种场合，让我们看到了“流行”的巨大力量。虽然对于“小资文化”的“符号化”我们不能寄予过高的期望，但时尚的转变也预示着时代的巨大变化。在社会价值观处于混乱状态的今天，“小资”或许会通过自己的文化选择为我们这个社会提供一副黏合剂，让我们更加清醒地认识自己和这个世界，让这个社会形成一种新的核心价值观。在这方面，“小资”及其文化发挥着不可替代的重要作用，也在某种程度上行使着“文化领导权”，我们也期待着充满活力的“小资”能够为中国当代文化带来更多新的因素，能够为我们构造出一个新的更加美丽的世界图景。